KB132362

남녀칠세부등석

이해선 소설집

청어

남녀칠세부동석

이해선 지음

발행처·도서출판 **청어**
발행인·이영철
영 업·이동호
홍 보·최윤영
기 획·천성래 | 이용희
편 집·방세화 | 김명희
디자인·김바라 | 서경아
제작부장·공병한
인 쇄·두리터

등 록·1999년 5월 3일
(제321-3210000251001999000063호)

1판 1쇄 인쇄·2016년 3월 10일
1판 1쇄 발행·2016년 3월 20일

주소·서울특별시 서초구 효령로55길 45-8
대표전화·586-0477
팩시밀리·586-0478

홈페이지·www.chungeobook.com
E-mail·ppi20@hanmail.net
ISBN·979-11-5860-391-5 (03810)

이 도서의 국립중앙도서관 출판시도서목록(CIP)은 서지정보유통지원시스템 홈페이지
(http://seoji.nl.go.kr)와 국가자료공동목록시스템(http://www.nl.go.kr/kolisnet)에서
이용하실 수 있습니다.(CIP제어번호:CIP2016002866)

남녀칠세부동석

작가의 말

올해로 고향인 진주로 가서 민간어린이집을 운영한 지 9년째로 접어들었다. 흔히 십 년이면 강산이 변한다고 하는데 지나고 보면 너무 빨리 지나가버린 그 시간 동안 내 마음의 강산은 주제 없이 수십 번도 더 오락가락했다.

우리 나이로 0세부터 7세까지의 영·유아들을 돌보는 건 결코 만만한 일이 아니었다. 한마디로 온갖 우여곡절을 다 겪으면서 오늘에 이르렀다고 표현해도 여한이 남을 정도였다.

매일 거의 쏟아지다시피 하는 시군구의 문서제출 기한을 맞추기 위해 발을 동동 굴러야 했다. 특히 매년 바뀌는 제도를 따라잡기도 벅찼을 뿐 아니라 친절하게 안내해주는 담당이 있는가 하면 안내책자를 찾아보라는 식으로 훈계하는 이도 있어서 스스로 무안하기도 했다. 책 페이지를 넘겨볼 시간 있었으면 왜 바쁜 사람에게 전화했겠느냐는 맥없는 반문도 목구멍으로 구겨 넣어야 했다.

아동학대니 차량사고니 하는 아이들 문제를 두고 매스컴에서 떠들어댈 때마다 모든 어린이집을 색안경 끼고 노려보기 일쑤여서 도무지 삭일 수 없는 울화가 가슴에 멍울져 맺히기도 했다.

개인적인 사정을 앞세워 학기 중에 너무 쉽게 아이들 곁을 떠나는 교사를 볼 때는 기가 막히다 못해 달랠 길 없는 분노가 정수리 위까지 뻗치고는 했다.

큰아이를 보내면서 작은아이는 그냥 끼워달라고 하는 영세민 학부형이 있는가 하면, 그냥 올려놓고 집에서 받는 양육수당보다 조금 더 달라고 손 벌리는 학부형도 있었다. 흙 파서 아이들 먹이고, 안전하게 모시러 다니고, 교사들 월급 주는 줄 아느냐고 하는 반감 깊은 호소도 다른 어린이집으로 옮긴다고 할까봐 차마 입 밖으로 뱉지 못했다.

티 없는 아이들의 웃음 속엔 언제나 멋모르는 희망이 있었다. 마음의 강산이 주제 없이 흔들리고 있었을 때, 불현듯 아이들의 그 희망에 편승되어 있는 좀 괜찮은 자신을 발견했다.

친절하게 설명해주는 시군구의 담당이 더 많았으며 어린이집의 고충을 알아주는 사람들도 있었다. 자기 옷을 벗어 아이를 감싸 안는 교사가 더 많았으며 아이한테 내일을 심어주는 학부형이 훨씬 더 많다는 것도 알았다. 이러한 것들이 내 마음의 강산을 어린이집

으로 꼭 붙잡아주었을까. 다시 한 번 말하고 싶다. 내 생의 에너지가
다 하는 날까지 아이들과 함께 하고 싶다는 것을.

끝으로 책 속에서 전개되는 갖가지의 사건들은 어린이집에서 발
생되는 실재의 일들을 작품으로 재구성했음을 밝힌다.

2016년 이해선

차 례

남녀칠세부동석

컨테이너

"민우야, 빨리 눈떠라. 눈떠……."

선생님이 큰 소리로 떠들며 내 어깨를 마구 잡아 흔들었어요.

"씨이, 시끄럽다. 고마."

잠이 눈꺼풀에 풀칠을 해버렸는데 어떻게 눈을 빨리 뜰 수 있겠어요? 여섯 살인 나는 아이랜드 어린이집에 다니고 있어요.

"마늘나라 보물섬 사나이가 요새 우째 이리 비실비실하노? 퍼떡 잠 안 깨나?"

선생님은 내 겨드랑이 속으로 손을 슬쩍 넣었어요.

'후후' 소리를 좀 내며 어깨만 비틀었어요.

"하나, 둘, 셋! 시이작, 민우야!"

친구들이 내 이름을 한꺼번에 부를 때에야 놀란 눈꺼풀이 떨어졌어요.

"어젯밤에 또 늦게까지 테레비 봤지요?"

이제 선생님의 잔소리가 시작될 차례에요.

"안 봤는데예."

옆으로 길게 가늘어진 선생님의 눈을 똑바로 쳐다보았어요.

"또 거짓말한다! 자, 이리 와요."

무서운 얼굴로 변한 선생님은 내 손을 아프게 잡고는 '생각의자'
로 갔어요.

"참말로 테레비 안 봤어예?"

'생각의자'에 앉아서 입을 쑥 내밀었어요.

"됐다. 됐어. 여 앉아서 생각 많이 많이 해봐라. 그라모 테레비 본
거 딱 생각날 끼다. 알았제?"

선생님은 내 말은 들어주지도 않고 친구들에게로 가버렸어요.

'생각의자'에 앉아서 아무리 생각해봐도 텔레비전은 보지 않았어
요. 어젯밤에도 우리 엄마를 지켰다고 큰 소리로 말하고 싶은데 선
생님은 들어주지 않을 거예요.

사람들이 우리 엄마 고향은 베트남이라고 그랬어요.

해가 지고 동네가 조용해지면 엄마 아빠 방에서 문 여는 소리가
들렸어요.

"쯧쯧, 불쌍한 것들. 요새 누가 저러고 사노?"

할머니가 잠을 자면서도 혀를 차면 난 조금 더 잠자는 척하다가
살그머니 이불 속에서 빠져나왔어요. 아빠는 벌써 마당으로 내려서
있고 엄마는 방에서 막 나오는 거였어요. 손바닥만 한 마루에 우뚝
선 냉장고 옆으로 돌아가서 숨었어요. 왜 그랬는지 모르지만 그냥
그렇게 했어요.

마루로 쏙 빠져나오면서도 엄마는 자꾸만 뒤를 돌아보고는 했어

요. 외할아버지인 베트남 할배는 잠들었는지 방 안에선 아무 소리도 나오지 않았어요.

"지낼 방이라도 하나 우찌 맨들어놓고 사람을 불러야 안 되겠나? 방이라꼬 달랑 두 개삐인데 덜렁 사람을 불러갖고 우짤라꼬?"

베트남 할배가 우리 집에 오기 전에 할머니가 자주 했던 말이에요.

"방 같이 쓴다. 오빠, 나, 아부지 다 같이 쓰면 된다."

퉁퉁 부어오른 얼굴이 된 엄마는 하루 종일 방 안에 앉아서 꼼짝하지 않았어요. 아빠가 다가가서 어깨라도 만지면서 달래면 팔로 마구 뿌리치다간 울어버렸던 거였어요.

뒷산의 뻐꾸기가 노래하기 시작할 때 베트남 할배는 우리 집으로 왔어요. 지족 어장에서 아빠와 같이 일했던 엄마는 그때부터 음식점에 나가기 시작했어요. 외할아버지가 아빠 일을 돕게 되었으니까요.

"저거 아니었으모 요래 이쁜 놈이 우찌 생겼겠노? 내 자석 맴도 잡았고 내사 인자 죽어도 원이 없다."

요사이 할머니는 나만 보면 이렇게 혼자 중얼거리는 거였어요.

내 머릿속에 들어 있는 어른들의 이야기를 그대로 꺼내 보면 아빠는 원래 도시에서 친구하고 같이 택배회사를 했대요. 친구가 배신을 때려서 사업이 망했는데 뺑소니 사고까지 당해서 한쪽 다리까지 잃고 말았대요. 죽으려고 약도 몇 번 먹었대요. 다 죽어가는 아빠를 할머니가 고향집이 있는 이 보물섬으로 데려왔는데 처음엔 술로 세월을 보냈대요. 그것뿐만이 아니었어요. 술만 마셨다 하면 바다로 뛰어들기도 했대요. 할머니는 술고래였던 아빠를 내가 사람으로 만들었대요.

어른들은 찻길에 붙어 있는 우리 집 마당을 코딱지만 하대요. 코딱지에서 밖으로 나가는 파란색 철문이 있는데 위가 네모로 좀 편편한 철문기둥 위에는 돗자리가 하나가 놓여 있었어요. 그것을 재빨리 집어 든 아빠는 뒤따라 나온 엄마의 손을 잡고는 뒷산 쪽으로 막 달려갔어요. 이상한 건 두 사람은 뛰어가는데도 발소리가 나지 않는다는 거였어요. 나도 발소리를 내지 않고 따라갔어요.

마늘밭을 지난 엄마 아빠가 뒷산으로 들어가버렸어요. 뻐꾸기도 숨을 죽이는지 노랫소리를 멈추어버리는 거였어요.

산에 붙어 있는 마늘밭둑까지 가면 우뚝 설 수밖에 없었어요. 덩굴식물이 우거진 수풀 뒤에서 아빠의 화내는 숨소리가 들려왔으니까요. 엄마는 우리말을 잘 못하기 때문인지 아플 때 내는 소리만 내는 것이었어요. 다 함께 힘을 모아 반짝이는 별들은 너무 높은 곳에 있었어요.

베트남 할배의 얼굴을 떠올리며 집 쪽으로 고개를 돌렸어요. 엄마를 뒷산까지 데리고 간 아빠의 속셈을 알 수 있었으니까요. 아빠가 미웠어요. 어린이집에서도 선생님이 보이지 않는 데서 친구를 괴롭히는 건 정말 미운 짓이라고 했어요.

헉헉 하는 아빠의 화내는 소리가 더 커지고 있었어요. 마음대로 울지도 못하는 엄마의 목소리도 커졌어요. 우리말이 통하지 않는 베트남 할배한테 일러바칠 방법이 생각나지 않는 것이었어요. 숲으로 막 달렸어요. 그때 누군가가 내 어깨를 꼭 잡는 것이었어요.

"으, 으, 악!"

깜짝 놀라 비명을 질렀지만 목소리는 입 밖으로 나오지 않았어요.

"퍼떡 집에 가자. 언제 여까지 왔노?"

내 귓속으로 쏙 들어온 할머니의 아주 작은 목소리였어요.

"싫어. 엄마 구해줄 끼다."

내 입을 빈틈없이 막은 할머니의 손을 막 떼냈어요.

"너그 엄마 괴얀타."

또 귓속에다 말을 쏙 집어넣고는 나무뿌리가 잡히는 손으로 나를 마구 끌고 갔어요. 무릎도 안 좋고 허리도 아프다는 할머니한테서 어떻게 그렇게 센 힘이 나오는 것이었을까요? 나는 하고 싶은 말도 못하고 질질 끌려갈 수밖에 없었어요.

"할매 싫어. 아빠도 미워."

집까지 와서야 목소리를 낼 수 있었어요.

"들어가 자자. 크면 다 알 수 있다."

할머니도 이제야 목소리를 내며 팔을 방으로 이끌었어요.

"싫다. 씨이. 엄마한테 갈 끼다."

방으로 들어가는 척하다가 갑자기 몸을 철문 쪽으로 돌렸어요.

"우리 민우 동생 하나 있어모 좋것나 안 좋것나?"

놀란 할머니는 나를 꽉 붙들고는 물었어요.

"동생! 있어모 좋것다."

귀가 갑자기 커지는 것 같았어요. 어린이집에는 동생 손을 꼭 잡고 오는 친구가 있었어요. 어떤 친구는 동생도 내일부터 어린이집에 온다고 자랑하기도 했어요. 그럴 땐 괜히 힘이 쑥 빠지는 것만 같았어요.

"그라모 할매하고 들어가서 자자."

"할매, 아빠가 엄마한테 화를 내야 동생이 생기나?"

할머니는 대답을 빨리 하지 못했어요. 요리조리 거짓말을 했다는 증거였어요.

그래도 뻐꾸기 노랫소리가 다시 들려오기 시작하면 할머니에게 이끌려 방으로 들어가야 했어요. 엄마 아빠가 또 발소리를 내지 않고 집으로 돌아오고 있었으니까요.

"우리 친구들 색연필과 스케치북 가지고 자리로 가서 앉아요."

우리 선생님의 부드러운 목소리에요.

나도 '생각의자'에서 벌떡 일어났어요. 블록놀이도 무지 좋아하지만 그림 그리고 싶은 마음이 생기면 참을 수가 없거든요.

"민우, 더 생각하세요."

선생님은 내 어깨를 힘주어 누르며 눈을 부릅떴어요.

"테레비 안 볼 께예. 일찍 자고 일찍 일어나 께예."

선생님 앞으로 새끼손가락까지 내밀었어요.

"이번에는 정말이지? 진짜지?"

믿을 수 없다는 얼굴로 내 눈을 한참동안이나 빤히 들여다보던 선생님은 새끼손가락을 걸어주었어요. 나는 손바닥을 쫙 펴서 복사까지 해주었어요.

오늘은 우리 가족을 그려보는 날이래요.

친구들은, "할매 할배 그릴 끼다. 내는 엄마 아빠 그릴 낀데. 엄마 아빠 동생 할매 할배 다 그릴 끼다"라고 입으로 떠들며 손으론 그림을 그리기 바빴어요.

동그란 엄마의 얼굴을 떠올리며 신나게 그림을 그렸어요.

"와. 민우야, 진짜로 엄마 예쁘게 그렸다. 아빠도 그리자. 할머니도 그리고 외할아버지도 그리면 더 멋진 그림이 되겠다. 그자?"

선생님은 우리 가족을 다 그리라고 꼬드기는 거였어요.

할머니를 먼저 그렸어요. 아빠를 그리는데 갑자기 입이 쑥 나오지 뭐에요? 까만 색연필로 눈코, 입을 다 지워버렸어요. 옷도 예쁜 색으로 칠해주기 싫어서 까만색으로 칠해버렸어요.

"민우야, 너그 아빠 어디 계시노?"

까만 사람이 아빠라는 것을 다 알면서 선생님은 일부러 묻는 것 같았어요.

"몰라예."

시무룩한 얼굴로 대답했어요.

"민우야, 아빠는 이 색깔을 좋아하시는 것 같던데?"

초록색 색연필을 집어든 선생님은 내 눈앞에 들이댔어요.

"보지 마이소예."

색연필을 빼앗아선 아무렇게나 던져버리고는 한쪽 손으로 그림을 가리며 베트남 할배를 그렸어요.

"그래 안 본다. 안 봐."

그리고 선생님은 혼잣말로 오이가 뭐 어떻다고 하는 알 수 없는 말을 하면서 친구들 그림으로 눈을 가져갔어요.

"할아버지도 까만 옷만 좋아하시나?"

검은색 색연필을 꺼내들 때 선생님이 또 다가왔어요.

"몰라예."

"모른다꼬? 할 말이 없으모 모르는 기제? 그래. 알았다, 알았어."

선생님은 내 마음을 다 아는 것처럼 또 혼자 중얼거렸어요.

'맨날 테레비 봤다고 의심하면서 알기는 뭘 알아예?'

입을 쑥 내밀며 베트남 할배도 온통 까만색으로 색칠해버렸어요.

베트남 할배는 노란색 옷이 많았어요.

"내 새끼 등골이 빠진다 빠져. 아무리 없이 살아도 그렇제. 딸자석 사는 꼴을 보고도 저래 붙어 있고 싶을꼬?"

우리말은 '아, 에, 예' 밖에 모르는 베트남 할배의 등만 보이면 할머니가 중얼중얼거리는 거였어요. 돈을 벌기 위해 우리나라에 왔다는데 기술도 없고 우리말도 못해서 아빠 뒤만 졸졸 따라다닌대요.

아빠는 지족에 대나무를 얽어 세운 멸치어장이 있어요. 밀물 따라 죽방렴에 들어오는 멸치를 건져 올리기만 하면 되기 때문에 힘도 들지 않고 비싼 값에 팔 수 있다는 말에 귀가 솔깃해져 돈을 빌려서 어장을 샀대요. 어장에서 가까운 둑길 옆 창고에서 멸치를 찌고 건조기에 말리고 팔고 하는 일을 하는데 멸치가 많이 잡히지 않아서 이자 갚기에 허리가 휜다고 했어요.

"성치도 않는 몸으로 지 식구 먹여 살리기도 등골이 빠지는 판인데 몇 푼 벌어 다 떼주고 나면 뭐 먹고 사노?"

베트남 할배한테 아빠가 돈을 줄 때마다 할머니는 밥 먹고 살기 힘들다고 혀를 찼어요.

"밥 묵고 살기 힘들모 장어 묵고 살자? 마늘도 구워 묵고."

아빠의 어장에는 길쭉한 장어와 다른 생선들도 들어왔어요. 한두 마리가 들어오면 양이 작아서 돈을 살 수가 없댔어요. 석쇠에 할머니가 만든 양념을 발라 구워 먹는 장어 맛은 일품이었어요. 소금을 슬쩍슬쩍 뿌려 구워 먹는 생선 맛도 기가 막혔어요. 통째로 올려놓은 마늘은 껍질을 까 먹으면 설탕물을 바른 것처럼 달고 맛있었어요.

베트남 할배가 할머니의 마늘밭 일에도 눈독을 들인 적이 있었
어요.

"손바닥만 한 거 이거 내 혼자서도 얼마든지 할 수 있은께 놔두
이소."

마늘종 뽑는 일을 베트남 할배가 도와주려고 했을 때 할머니는
기절할 듯 놀라며 말렸어요. 그래도 시장까지 따라가서는 손짓 발
짓 다해가며 장사하는 일까지 도와주었어요.

"차라리 벼룩의 간을 빼 먹으소."

만 원짜리 몇 장을 베트남 할배 손에 쥐여주며 할머니는 투덜거
렸어요. 벼룩의 간을 빼 먹으면 돈을 더 많이 벌 수 있는 거예요?
알 수 있는 일은 외할아버지가 우리 집에 오시기 전에는 엄마 아빠
가 뒷산으로 가지도 않았고 아빠가 엄마한테 화를 내지도 않았다
는 거였어요. 또 할머니는 돈만 생기면 맛있는 과자와 새 신발이랑
장난감을 사주었는데 요샌 통 돈을 쓰지 않았어요. 컨테이너 하나
만 주워 오고 나면 맛있는 거 많이 사주겠다고 혼자서 자꾸 약속
만 하는 거였어요.

할머니는 집 뒤의 마늘밭을 보면서 올해는 보물섬 사람들이 마
늘농사를 많이 짓지 않았대요. 돈이 좀 나가겠다고 하며 혼자 좋
아했어요. 아무리 생각해도 돈이 나가는데 왜 좋아하는지는 알 수
가 없었어요.

날씨가 조금씩 더워지면서 마늘잎이 마당의 흙과 같은 색으로 변
하고 있었어요.

오줌이 마려워서 눈을 떴는데 할머니가 보이지 않는 거였어요. 눈 앞에는 완전히 어둡지도 않고 기어가는 개미까지 보일 정도로 밝은 것도 아니었어요. 마루로 나갔는데 엄마 아빠와 베트남 할배가 같이 잠들어 있는 방은 조용하기만 했어요.

철문 밖으로 나가면 우리 집 담보다 키가 조금 더 큰 접시꽃이 막 피고 있었어요. 하얗고 빨갛거나 분홍인 꽃잎들을 동그랗게 입을 벌리며 웃고 있는 담을 돌아가 쉬야를 하곤 마늘밭으로 갔어요. 할머니가 있을 곳은 그곳밖에 없었거든요.

"우리 강생이, 더 자지 뭐할라꼬 벌써 일어났노?"

할머니는 마늘을 뽑고 있었어요.

"내가 할매 도와주까?"

마늘줄기를 잡고 힘껏 잡아당겼어요.

"아이다. 이리 오이라. 우리 강생이, 백 개까지 셀 수 있재?"

할머니는 뽑아놓은 마늘을 백 개씩 모아놓으라고 했어요.

"응. 오백 개까지도 셀 수 있다."

마늘의 하얀 머리가 같은 쪽으로 가도록 마늘을 백 개씩 모아놓으며 열심히 마늘을 세기 시작했어요.

"어허, 우리 강생이. 우찌 이리 똑바로 잘 모아놨노?"

할머니는 눈꺼풀을 번쩍 들며 감격했어요.

"히히, 이 정도는 기본이다 아이가?"

어린이집 선생님이 장난감을 정리할 때는 언제나 같은 것끼리 바구니에 똑바로 담아놓는 것이 기본이라고 했거든요.

"베트남 할배한테는 말하지 마라이. 마늘 뽑은 거."

"와? 할매 혼자는 집에 다 갖다 놓지도 못할 낀데."

무작정 물었어요.

"그런 건 이 할매가 다 알아서 할 끼다. 알았제?"

그러고는 컨테이너를 꼭 주워 와야 한다고 혼자 다짐하고 있었어요.

"할매가 힘들모 내가 또 도와주게."

나도 마늘 백 개씩 묶은 다발을 끌고 갈 자신이 있었어요.

어린이집에 갔다 온 그 사이에 할머니는 요술을 부려놓았어요. 노란 차에서 내리는데 우리 집 담에 비뚤비뚤한 글씨로 '마늘팜니다'라고 쓴 종이가 붙여져 있고 그 아래에 마늘이 쌓여 있는 거였어요. 철문 밖으로 나오는 할머니를 보면서 갑자기 얼굴이 뜨거워지는 기분이었어요.

"할매, 요 파 밑에 비읍을 쓰는 기다. 그것도 모르나?"

노란 차에 있는 친구들이 보고 우리 할머니 바보라고 놀릴까봐 얼른 가서 종이를 떼선 '팜' 글자를 콕콕 찔렀어요.

"파고 양파고 간에 우찌 이리 마늘이 안 팔리노? 시장까지 가져가기도 그렇고 양도 얼마 안 돼서 여서 고마 퍼떡 팔아치울라 켔더마."

내 말은 들리지도 않는지 할머니는 투덜거리기만 했어요.

"글씨가 틀리는데 누가 마늘을 사 가노? 이거 내가 새로 써주게."

이제 '노란 차'는 보이지도 않았지만 틀린 글자는 다시 써야 한다고 생각했어요.

"아이다 마. 됐다. 놔또라."

내 손에서 종이를 빼앗은 할머니는 도로 담에다 착 붙이는 거였어요.

뒷산으로 해가 넘어가려고 하자 할머니는 마루 밑으로 하얀 머리를 들이미는 거였어요.

"할매, 오늘 밤에 비 온다 캤나?"

넓적한 녹색 비닐 같은 것으로 마늘을 덮는 것을 보면서 고개를 갸우뚱했어요.

"베트남 할배한테는 이거 마늘이라고 말하지 마라. 알았제?"

할머니는 노란 두 눈을 내 눈에다 딱 맞추며 고개를 자꾸 끄덕였어요.

"마늘을 마늘이라고 안 하모 뭐라 케야 하는데?"

입을 쑥 내밀며 할머니 눈에 눈을 딱 맞추었어요.

"그냥 아무 말도 안 하모 된다. 물어보모 그냥 모른다고 하모 되고."

내 눈을 피하여 고개를 저쪽으로 돌리는 거였어요.

해가 뒷산으로 넘어갈 때쯤 아빠와 같이 집으로 온 베트남 할배는 철문 안으로 들어오면서 자꾸 코를 씰룩거렸어요. 할머니 눈을 피해 슬쩍 밖으로 도로 나가더니 비닐을 들춰 보는 거였어요. 이상하게 웃으며 아빠한테 손짓을 부지런히 해댔어요.

"밖에 마늘 저거 돈 살 끼요?"

갑자기 아빠는 부엌에 있는 할머니한테 큰 소리로 물었어요.

"쯧쯧, 눈치코치도 없는 인사. 그래. 애비는 신경 꺼라."

혼자 중얼거리다간 화난 목소리로 대답했어요.

아빠는 베트남 할배한테 고개를 끄덕여주며 핸드폰을 빌려주는 거였어요. 외할아버지는 알아들을 수 없는 말을 핸드폰에다 대고 떠들어댔어요. 음식점에서 일하고 있을 엄마하고 통화한다는 사실은 바로 알 수 있었어요.

할머니가 저녁밥 먹으러 들어오라고 불렀어요.

대답은 '네'라고 해놓고 아빠는 할머니의 마늘을 트럭에 싣기 시작했어요. 베트남 할배도 기분이 무지 좋은 얼굴로 마늘을 부지런히 트럭에 싣는 거였어요.

"이기 무슨 짓이고? 의논 한 마디 안 하고?"

달려 나온 할머니가 마늘 도둑이라도 잡은 얼굴로 눈을 노랗게 뜨며 두 사람을 노려보는 것이었어요.

"가만있으소. 잘 팔아드리께."

아빠는 엄마가 일 나가는 그 음식점에서 마늘을 다 사겠다고 했다는 설명까지 했어요.

"한 푼도 못 떼준다이."

할머니는 베트남 할배를 슬쩍 흘긴 후 아빠한테 못을 딱 박았어요.

"뭐 그리 돈돈 해쌓소? 돈독 오른 사람맨치로."

아빠는 울퉁불퉁한 얼굴로 말했어요.

"그래, 돈독이 금산 꼭대기까지 올랐다 케도 콘테이노 하나는 주워와야 것는데 우짜겠노?"

"와, 또 컨테이너 타령이요?"

아빠는 오른손으로 머리를 쓱쓱 긁었어요.

"좀 있으모 장마가 들 낀데 우짤낀고?"

할머니는 하늘을 보며 중얼거렸어요.

마늘을 다 싣기도 전에 할머니는 아빠의 트럭에 먼저 올라타 있었어요.

"꼭두새벽부터 마늘 뽑니라고 몸살 날 낀데 민우하고 그냥 집에서 쉬고 있으소."

아빠는 할머니를 차에서 내리라고 했어요.

"괴얀타. 마늘 뽑는 그거는 일도 아이다. 우리 강생이는 외할배하고 집에 딱 있어라이."

할머니는 베트남 할배를 슬쩍 흘겨보는 것이었어요.

"자식을 못 믿는 기요?"

아빠는 끊었다고 하던 담배를 꺼내선 입에 무는 것이었어요.

"친금 같은 자석을 못 믿으모 되것나? 돈이 거짓말한 게 그렇지."

할머니는 꿈쩍도 하지 않았어요. 우리 선생님이 거짓말하는 건 나쁘다고 했는데 입도 없는 돈이 어떻게 거짓말을 할까요?

두 사람 눈치만 보고 있던 베트남 할배는 내 손을 잡고는 철문 안으로 끌어당겼어요. 손을 홱 뿌리치고는 할머니 방으로 쏙 들어가 버렸어요. 단둘이 있으면 무슨 말을 해야 할지 알 수 없고 답답해서 숨이 딱 막히는 것 같았거든요.

"들어오지 마이소. 우리 할매가 외할배는 이 방에 들어오는 거 아이라 켔다 아입니꺼?"

심심해서 텔레비전을 켜는데 베트남 할배가 방으로 들어오는 거였어요. 할머니는 이 방에 외할아버지가 처음 들어왔을 때 세상천지에 이런 법은 없다고 놀라며 기절할 뻔했거든요. 내 말을 못 알아들었는지 아니면 할머니가 없어서 괜찮다고 생각하는지 멍한 얼굴로 텔레비전만 바라보고 있었어요.

마늘을 팔고 집에 돌아온 할머니는 기분이 좋은 것 같았어요. 아빠는 화가 많이 난 얼굴로 마루 끝에 걸터앉아 담배만 피워댔어요.

할머니가 저녁 먹자고 하자 생각 없다고 하며 철문 밖으로 나가려
고 했어요.

"고맙소."

할머니가 베트남 할배한테 만 원짜리 몇 장을 주자 금방 얼굴이
풀어진 아빠는 할머니의 어깨를 주무르기까지 하는 거였어요.

"밥이나 무라."

할머니는 입을 삐죽거리면서도 웃고 말았어요.

며칠째 장맛비가 쏟아지고 있었어요. 집 근처의 빈 땅에다 심은
들깻잎도 팔고 풋콩도 가서 팔고 했지만 아직도 할머니는 컨테이너
를 줍지 못했어요. 주워 올 것이라고 하면서 왜 자꾸만 돈이 모자란
다고 하는지 모르겠어요.

"하늘에 구멍이 났나? 지발 인자 좀 고마 퍼부어라"

저녁을 먹다 말고 할머니는 쏟아지는 비를 보며 시비를 걸었어요.

"고마 오라 쿤다꼬 고마 오요?"

아빠의 얼굴은 영 울퉁불퉁하기만 했어요.

"저기 자야성님 집에 갔다 오께. 내 늦을 끼다. 자고 올지도 모르
고. 내 강생이는 지 외할배한테 좀 재워달라 케라."

살이 한 개 부러진 검정 우산을 펴며 할머니는 베트남 할배와 아
빠를 번갈아 보았어요.

"엿 살이나 묵는 아가 안 재워주모 잠 못 자것소? 그건 그렇고 자
야성님이라는 사람은 누군데예?"

아빠는 알 수 없다는 얼굴을 하면서도 할머니가 밤마을을 가는
것에 대해선 싫어하는 눈치가 아니었어요.

자야성님은 어릴 적에 할머니와 형님 아우 하던 사이였는데 얼마 전에 객지생활을 끝내고 고향으로 돌아왔다는 거였어요. 아빠는 마침 엄마 데리러 갈 시간이 되었다고 하면서 나가는 길에 가는 데까지 태워주겠다고 했어요. 할머니는 말없이 손을 내저으며 마당으로 내려섰어요.

　"할매, 따라갈란다."

　베트남 할배하고 둘이서만 있는 것이 싫었던 거였어요.

　"고마 디비 자라. 알았나?"

　몸을 뒤로 홱 돌린 할머니는 화난 얼굴로 노려보는 거였어요.

　온몸이 딱 얼어붙고 말았어요. 다른 때처럼 '온냐 온냐 내 강생이 할매 따라가자'라고 할 줄 알았거든요. 딱 울고 싶은 마음이었지만 울음이 나오지 않았어요.

　"외할배하고 들어가 있어라. 아빠 금방 엄마 데리고 올게."

　아빠도 트럭을 타고 가버렸어요.

　방으로 들어간 나는 씩씩거리며 문을 안에서 잠가버렸어요. 베트남 할배가 열어달라고 해도 못들은 체할 생각이었어요. 밖에선 빗소리만 들려오는 것이었어요. 마음대로 누워서 텔레비전을 보는데 화장실 생각이 나는 거였어요. 문을 조금 열고 망을 보았어요.

　"외할배는 베트남 언제 갈 끼고?"

　오줌만 누고 방으로 돌아갔는데 베트남 할배가 앉아있는 거였어요. 왜 속았다는 생각이 드는 것일까요? 내 말은 못 알아들었겠지만 내 목소리를 들었을 텐데 텔레비전에만 눈을 붙여두고 있었어요.

　입을 쑥 내밀며 스케치북과 크레파스를 꺼냈어요. 씩씩거리며 그림을 그리는데 갑자기 베트남 할배가 '우-우' 웃으며 그림을 가리켰던 손을 가슴으로 가져가선 또 가리키는 것이었어요.

웃음이 왜 나오는지 모르지만 소리를 내면 안 될 것 같아서 꾹 참으며 고개를 끄덕여주었어요. 기특하다는 얼굴로 내 머리에 손을 얹으려고 해서 얼른 몸을 뒤로 뺐어요. 검정색 크레파스를 집어 들면서 베트남 할배를 슬쩍 훔쳐보았어요. 할머니 표현을 흉내 내자면 텔레비전에 빠져 둘이 보다가 하나 죽어도 모를 것 같았어요.

텔레비전 리모컨을 집어 들었어요.

"이, 이거 나? 이거 하, 하알배?"

보고 있던 화면이 달라지자 베트남 할배는 스케치북으로 눈을 돌린 것이었어요. 눈꺼풀을 번쩍 들며 그림을 가리켰던 손을 또 가슴으로 가져가며 처음으로 한국말을 많이 한 것이었어요.

"베트남으로 가뻐라."

스케치북을 덮으며 불퉁불퉁하게 말했어요.

내 말을 알아들었을까요? 베트남 할배는 기운이 하나도 없는 얼굴로 방바닥에 드러누워 버리는 것이었어요. 벽을 보며 누웠는데 내 숨소리가 엄청 크게 들리고 있어서 잠이 잘 오지 않았어요.

그다음 날 새벽 일찍 할머니의 쿨룩거리는 소리 때문에 잠에서 깼어요. 할머니의 목에선 나무주걱으로 솥바닥 긁는 소리를 내고 있었어요. 끓는 가래에다 화풀이를 하듯 가래침을 칵칵 뱉으며 여름 감기는 개도 걸리지 않는 것이라고 짜증을 냈어요. 기침을 시작하면 처음엔 목만 좀 들썩거리다가 나중엔 허리까지 비틀면서 쿨룩거려도 그칠 줄을 몰랐어요. 아빠가 병원에 가자고 하면 감기 한두 번 안 걸려보았느냐고 코웃음을 치며 빨리 일 나가라고 등을 떠밀었어요.

"자야성님 집이 어디요?"

마지못해 철문 밖으로 나가던 아빠가 갑자기 등을 돌리며 화를 내는 것이었어요.

"애비가 화내모 저 사람들 맘 안 편타. 빨리 어장에나 나가봐라. 멸치떼 들어올 때 됐다 아이가?"

할머니는 엄마와 베트남 할배를 턱으로 가리키며 아빠 등을 툭 툭 치는 것이었어요.

엄마와 베트남 할배는 벌써 트럭에 올라타 있었어요,

"그라모 쉬고 있으소. 퍼떡 다녀올게."

아빠는 트럭에 올라타고도 금방 오겠다고 하며 나한테 몇 번씩이나 할머니 잘 보살피고 있으라고 했어요.

"영감, 지발 나 좀 데려가소."

이제야 방으로 들어가 자리에 누운 할머니는 쑥 들어간 눈으로 천정을 바라보며 기도를 하듯 중얼거리는 거였어요.

"할매, 영감이 누군데?"

이상하다는 생각이 들어서 그냥 물었어요. 어떤 사람이기에 데려가 달라고 간절하게 기도하는 것일까요? 아빠가 들었으면 틀림없이 '그 몸을 해가지고 가긴 어딜 가겠다고 그래요'라고 화를 냈을 거예요.

"너어그 할알배……."

말을 쭉쭉 늘어뜨리던 할머니가 갑자기 눈을 감아버리는 것이었어요.

"할매, 죽지 마!"

할머니가 갑자기 숨소리도 나지 않는 것 같아서 겁이 덜컥 났던

거였어요. 죽는 것이 어떤 것인지는 잘 모르지만 할머니가 죽는 것
은 정말 무서웠어요. 어깨를 흔들어도 조용하기만 해서 숨이 딱 막
히는 것 같았어요. '온냐 온냐 내 강생이 두고 할매가 우찌 죽노 걱
정 마라. 할매 절대로 안 죽는다이' 이렇게 말했던 할머니의 목소리
가 너무 듣고 싶었어요.

아빠엄마를 부르며 철문 밖으로 달려나갔어요. 지족 쪽으로 마
구 달리다가 도로 집으로 왔어요. 어린이집에서 배운 119 번호가 생
각났거든요 안전교육시간에 급할 때 사용해야 한다고 외워두라고
했거든요.

"119 아저씨, 우리 할매 좀 살려주이소."

전화기를 붙잡고는 무조건 울었어요.

병원에 실려 간 할머니는 이틀 만에 깨어났어요.

"할매, 이 일을 우짜노?"

오늘은 가을 소풍날이었고 선생님이 집에 돗자리 있는 친구는 꼭
가지고 오라고 해서 가져갔거든요. 노란 차가 저만치 멀어져 가고 나
서야 돗자리를 차에 두고 내렸다는 사실을 알아차렸던 거였어요.

"와? 아이고 참말로 이 일을 우짜노? 돗자리, 돗자리……."

마중 나온 할머니도 뒤늦게야 내 손에 돗자리가 들려져 있지 않
다는 것을 알아차렸어요. 얼굴색이 노랗게 변하더니 노란 차 뒤를
막 따라가는 거였어요.

"할매, 차 못 따라간다. 내일 찾으모 된다 아이가?"

뒤따라가며 노란 차에 두고 내린 물건은 선생님이 잘 보관하고 있
다가 돌려준다는 설명도 했어요.

"이눔아 자석이 할매 말 안 듣고 지 고집대로 하나밖에 없는 돗자리 가져갈 때 알아봤다 아이가!"

차가 구부러진 길 뒤로 사라져버리자 할머니는 길바닥에 철버덕 주저앉아 버렸어요.

"할매, 내가 잘못했다. 내일 꼭 찾아올게."

할머니를 일으켜 세우기 위해 겨드랑에 손을 넣었어요.

"차 삐라."

내 팔을 홱 뿌리치며 혼자 일어나는 거였어요.

눈물이 마구 쏟아졌어요. 찻길에서 놀면 위험하다고 철문 밖으론 나오지도 못하게 하던 할머니였어요. 그런 할머니가 날 혼자 내버려 두고 아롱거리는 눈물 저쪽으로 자꾸만 멀어져 가고 있었어요. 집 앞까지 간 나는 담 밑에 쪼그리고 앉아있었어요. 할머니는 나보다 돗자리가 더 소중한가 봐요. 엄마한테 달려가고 싶었지만 길을 몰라서 갈 수가 없었어요.

겨울바다에서 바람이 유난히도 많이 불어오고 있었어요. 지금 막 노란 차에서 내린 나와 같이 방으로 들어가던 할머니가 갑자기 풀썩 주저앉는 것이었어요.

"할매, 와 그라노?"

목소리가 떨려 나왔어요.

컨테이너가 큰 트럭에 실려 온 지 꼭 삼 일째 되는 날이었어요. 군데군데 부스럼딱지가 앉은 네모난 그것은 좁은 마당엔 들어오지 못하고 담 바깥쪽에 앉혀졌어요.

"쯧쯧, 불쌍한 것들 참말로 고생 많이도 했다 아이가? 인자는 아무리 추버도 걱정할 거 하나도 없구마."

좀 깨끗해 보이는 컨테이너 안을 보며 할머니는 웃으며 또 혀를 찼던 거였어요.

"아따, 연세 생각하소. 칠 쪼께 벗겨진 거 가지고 머 어떻다고."

부스럼딱지가 보기 싫었던지 할머니가 굴색 페인트까지 사 와서 직접 칠을 하자 아빠는 싱글벙글 웃으면서 말로만 자꾸 하지 말라고 했던 거였어요. 어제는 컨테이너 바닥에 전기장판을 깔았고 베트남 할배의 가방과 이불이 그곳으로 옮겨졌어요.

"……."

내 말은 들리지 않는지 할머니는 두 눈을 꼭 감은 채 쓰러지듯 누워버리는 거였어요.

"할매, 할매. 빨리 눈 떠라."

가슴에선 쿵쿵 소리가 나고 있었어요. 겨울이 되면서 밭일이 끝나자 할머니는 아빠 몰래 음식점에도 나갔는데 그때도 쓰러진 적이 있었어요.

"아, 아, 부, 우, 오, 오, 이, 라, 케에라."

갑자기 눈을 부릅뜬 할머니는 너무 힘들게 숨을 쉬면서 말하는 것이었어요.

"으~응. 아아부우가 누고?"

나는 빠르게 고개를 끄덕였어요.

마루로 마당에서 또다시 방으로 왔다 갔다 하며 내가 아는 사람을 생각해보았어요. 엄마와 아빠 그리고 베트남 할배와 선생님의 얼굴이 떠올랐어요. 할머니의 친구 중에도 '아아부우'는 없는 것 같았

어요. 어떻게 해야 할지 모르는데 숨을 무섭게 헐떡거리던 할머니의
입에서 '푸시시' 하는 소리가 나더니 아주 조용해지는 것이었어요.

왈칵 터져 나오는 울음소리로 119에 전화를 했어요. 조금은 안심
이 되는 것 같았어요. 119 아저씨들이 오면 예전처럼 할머니를 병원
으로 데려갈 것이었고 예전처럼 꼭 깨어날 것이니까요.

할머니를 본 119 아저씨들의 얼굴이 꺼멓게 변했어요. 병원으로
모셔 갈 생각은 하지 않고 엄마 아빠 전화번호를 묻는 것이었어요.
일하는 데가 어디인지도 물었어요.

달려온 아빠의 얼굴은 새로 산 스케치북 속장처럼 하얬어요. 엄
마는 아이처럼 잉잉거리며 울기 시작했어요. 베트남 할배는 죄를 지
은 사람처럼 고개를 깊이 숙이곤 땅만 바라보는 거였어요.

"일어나소. 와 이라는 기요? 이런 법이 어디 있소?"

할머니의 가슴에 엎드린 아빠는 일어날 줄 몰랐어요. 이제 화난
얼굴로 밖으로 나온 아빠는 컨테이너와 하늘을 번갈아 노려보는 것
이었어요. 말없이 가슴만 탁탁 치면서…….

남녀칠세부동석

"자, 우리 친구들 여기 보세요."

오늘 아침에도 선생님은 달력의 뒷면을 높이 들어 올렸어요. 하얀 바탕에는 크게 쓴 일곱 개의 한자가 있었어요.

"남녀칠세부동석."

아이랜드 어린이집의 일곱 살 반인 나는 친구들과 함께 큰 소리로 읽었어요. 여섯 살 때부터 한자를 배워서 이 정도는 앉아서 아이스크림 먹기보다 더 쉽거든요.

"무슨 뜻이라고 했죠?"

친구들의 얼굴을 요리조리 옮겨 다니던 선생님의 눈길이 내 눈에 와서 딱 멈췄어요.

"남자와 여자는 서로 다르대요."

너무 쉬워서 바로 대답했어요.

"그래서 어떻게 해야 한다고 했어요?"

선생님은 눈꺼풀을 슬쩍 치켜들었어요.

"남자는 고추가 있는데 여자는 없대요. 아참. 그런 것이 아니구요. 일곱 살부터는 여자와 남자가 같이 앉으면 안 된대요."

머리로 생각하지도 않았는데 입에서 고추라는 말이 왜 나왔는지 진짜로 모르겠어요. 히히 웃는 친구도 있고 낄낄 웃는 친구도 있었어요.

"박노민은, 이리 오세요."

별안간 선생님이 무서운 눈으로 나를 노려보았어요.

'싫어요.'

마음속으로 말하며 못 들은 척했어요. 자유활동을 하러 가는 친구들이 부럽기만 했어요.

화를 파르르 내며 달려온 선생님은 문 쪽으로 내 팔을 끌었어요. 문 바로 밑이 CCTV의 사각지대라는 것을 이미 다 알고 있었어요. 끌려가지 않으려고 버텼지만 팔목만 아팠어요.

"어엇, 머리에 나비 똥이 있네. 또 그런 말할 거예요?"

CCTV 카메라가 내려다보고 있는 천정으로 고개를 들었다 내린 선생님은 내 머리칼 몇 개를 잡고는 세게 잡아당겼다 났다 하며 물었어요. 약속을 지키지 않는 나를 더 이상은 믿을 수가 없다는 말까지 했어요.

"씨이, 아얏!"

바늘로 머리를 콕콕 찌르는 것 같아서 비명을 질렀어요. 그런 말을 하면 왜 안 되는데요? 남자한테만 고추가 달려 있는 것이 맞잖아요. 거짓말을 한 것도 아닌데 왜 화를 내는지 알 수가 없었어요.

친구 얼굴을 할퀴었을 때도 선생님의 얼굴이 벌겋게 되었지만 이해할 수 있었어요. 앞으론 두 번 다시 친구 얼굴에는 손도 대지 말라고 해서 고개를 끄덕였고 지금까지 약속을 잘 지키고 있는데 왜 믿을 수 없다고 하는지 알 수가 없었어요.

선생님은 우리에게 못하게 하는 것이 너무 많았어요. 장난치는 것도 미운 짓이다, 공부시간에 떠드는 것도 미운 짓이다, 웃는 것도 미운 짓이다, 뛰어다니는 것도 미운 짓이다, 거짓말하는 것도 미운 짓이다, 욕하는 것도 미운 짓이다라고 하면서 등 뒤에서 미운 짓을 해도 금방 알아내는 것이었어요.

선생님이 나를 믿을 수 없다고 해서 기분이 나빴어요. '선생님 바보'라고 말하고 싶었지만 꾹 참았어요.

"뭐? 씨이. 선생님한테 씨이?"

이번엔 머리를 쥐어박았어요.

"아얏, 자, 잘못했어요."

너무 아파서 눈물이 나오려고 했어요. 블록놀이 하는 친구들을 슬쩍 보며 손등으로 눈을 비볐더니 진짜 눈물이 줄줄 나왔어요.

"울기는? 정말 앞으론 그런 말하지 않을 거지? 자, 약속해요."

얼굴이 부드러워진 선생님은 치사하게 새끼손가락을 내밀었어요. 이번이 마지막이라고 한 번만 더 고추라는 말을 하면 그땐 정말로 용서하지 않을 것이라고 몇 번씩 손가락을 걸며 도장을 찍고 복사도 했어요.

눈이 구슬처럼 동그랗고 얼굴이 눈처럼 하얀 아영이 옆으로 갔어요.

"이거 예쁘지?"

아영이는 눈송이블록으로 꽃모양을 만들며 자랑했어요.

"나도 만들 수 있다."

빨강색 블록만 찾다가 시옷 자로 벌린 아영이 다리 사이에 있는 큰 눈송이블록을 발견했어요.

"가져가지 마. 내 꺼야."

그 블록을 집으려고 하자 아영이는 치마 속으로 재빨리 숨기는 것이었어요.

"빨리 줘. 선생님이 사이좋게 같이 가지고 놀아야 된다고 했어."

아영이의 치마 속으로 손을 넣었어요.

"싫어 내 거야!"

아영이는 울어버렸어요.

"노민이 너 정말?"

선생님의 눈에서 이상한 빛이 흘러나오는 것 같았어요.

"아영이가 블록을……."

말을 다 하기도 전에 내 볼에 선생님의 손이 번쩍했어요. 센 힘에 밀린 난 쿵, 소리를 내며 바닥에 힘없이 넘어졌어요. 많이 아팠지만 눈물도 놀랐는지 나오지 않았어요.

"왜 또 그랬어? 왜? 왜? 왜? 응?"

벌게진 얼굴로 악을 쓰는 선생님의 입에선 침이 튀어나왔어요. 말할 기회도 주지 않고 약속을 어겼다는 말만 자꾸 해댔어요. 아무리 생각해도 약속을 어긴 것은 절대로 아니었어요.

"저어, 저어기……."

블록이 숨겨져 있는 아영이의 다리 사이를 뚫어져라 바라보며 입을 열었어요.

"저기, 저기 뭐? 뭐? 콩알만 한 게 말야. 밝히긴. 도대체 네 머릿속엔 고추 생각밖에 안 들어 있는 거니?"

선생님은 어이없어서 말도 안 나온다는 표정으로 입을 이상하게 삐죽거리며 노려보는 것이었어요.

밝히긴요 내가 뭘 밝혔는데요. 한글공부 시간에는 불을 밝힌다고 배웠어요. 화장실 문 옆의 벽에 있는 전기스위치를 눌러 불을 켜는 건 많이 해봤어요. 밝히는 것과 켜는 것이 같은 말이에요? 정말로 나만 한 콩알이 있는 거예요? 다영이가 치마 속에 블록을 숨겼기 때문에 그곳에 손을 넣었어요. 그런데 왜 내 머릿속엔 고추 생각만 들어 있다고 의심하는 거예요? 왜요? 두 눈을 내 눈에 딱 붙인 선생님은 여자 친구의 몸은 아주 소중하기 때문에 함부로 만지면 안 된다고 했어요. 지난번 일을 또 꺼내며 이젠 정말 두 번 다시 만지지 않겠다고 약속하자는 것이었어요.

아영이에겐 안전교육시간에 배웠던 것을 확인하면서 내가 만지려고 하면 울어버리지 말고 "싫어! 만지면 안 돼"라고 말하라고 했어요. 미안해하는 얼굴로 나를 바라보던 아영은 무슨 말을 하려고 했지만 선생님은 듣지 않았어요.

너무 억울해서 입을 쑥 내밀었어요.

지난번 미술시간이었어요. 선생님이 제일 친한 친구 얼굴을 그리라고 할 때 짝꿍인 아영이와 나는 서로에게 고개를 돌리다가 눈이 딱 마주쳤어요. 우리 둘은 그냥 픽 웃으며 눈을 스케치북으로 가져갔어요.

아영이는 원복 대신 자기가 좋아하는 핑크색 원피스를 입고 있었어요.

"잘 그렸지?"

그림을 먼저 완성한 아영이가 몸을 이쪽으로 돌리며 스케치북을 내 눈에 딱 들이대는 것이었어요.

"응, 나도 다 그렸어."

아영이처럼 다리를 의자 양옆으로 벌리고 앉아서 키득거리기 시작했어요. 원복에 넥타이를 맨 내 얼굴이 꼭 아빠 같았거든요. 원복을 입을 때마다 셔츠 맨 위 단춧구멍에 넥타이를 끼우곤 했는데 오늘 아침까지도 이런 느낌은 들지 않았어요. 갑자기 어른이 된 것 같았어요.

"응, 역시 난 공주야."

내 그림을 본 아영이는 어깨를 으쓱거리며 잘난 체를 했어요.

우리 둘 쪽으로 고개를 돌린 선생님이 조용히 하라고 하며 눈을 흘겼어요. 입으로 그림을 그리면 손은 입에 가서 붙고 입은 손에 가서 붙는다고 하며 겁도 주었어요.

아영이가 선생님의 눈을 피해 스케치북으로 얼굴을 가리며 두 다리를 의자 위로 올려 무릎을 세웠어요. 분홍빛 팬티가 바로 보였어요.

'남자는 고추가 있는데? 여자는 뭐가 있지?'

아영이의 팬티에 눈이 달라붙어 버렸어요. 여자 친구들은 고추가 없기 때문에 앉아서 오줌을 눈다고 생각했거든요.

크레파스 하나를 집어 들었어요.

출장에서 돌아온 아빠가 엄마한테 고추를 들이댔던 것이 생각난 거였어요. 소변이 마려워 방문을 열었던 것이었고 소파 있는 데가 낮처럼 환하게 보이지는 않았지만 틀림없이 아빠는 엄마의 다리 사이로 고추를 가져가는 것이었어요.

아영이의 분홍빛 팬티에 크레파스를 대보았어요. 그런데 아영이가 갑자기 큰 소리로 울어버렸던 것이었어요.

"노민이가 여길 찔렀어요."

달려온 선생님이 이유를 묻자 아영이는 거짓말을 했어요.

"뭐, 뭐, 뭐라구?"

파랗게 질린 선생님은 말까지 더듬었어요.

"내가 언제? 아영이가 거짓말하는 거예요."

크레파스를 보이며 그냥 대보았다고 말했어요. 무엇이 있는지 궁금해서 참을 수가 없었다는 말도 빨리 했어요.

선생님의 손바닥이 순식간에 뺨으로 날아왔어요. 의자와 같이 바닥으로 넘어진 난 너무 아파서 엉엉 울었어요.

"뭘 잘했다고 우는 거야?"

내 팔을 잡아 일으키던 선생님은 도로 아무 데로나 확 밀어버리는 거였어요.

바닥에 또 쿵 소리를 내며 넘어진 난 무서워서 울음을 뚝 그치고 말았어요. 바로 앞에 있는 선생님의 발을 흘겨보기 시작했어요. 아무리 생각해도 잘못한 것이 없었어요.

화가 좀 풀린 선생님이 우리 몸은 아주 소중한 것이라고 말했어요. 특히 여자 치마 속은 더욱 소중해서 함부로 보려고 하면 안 된다는 거였어요. 두 번 다시 그런 짓을 하지 않겠다고 약속하자며 눈을 부릅떴어요.

손가락을 내밀고 주지 않았어요. 여자의 몸에는 분명히 고추보다 더 소중한 것이 있는 것 같았어요. 무엇일까요?

그날부터 우리 교실에는 여자 친구와 남자 친구가 따로따로 앉게 되었어요. 고추라는 말도 사용하지 말라고 했어요. 나쁜 말은 아닌데 친구들이 웃기 때문에 공부에 방해가 된다는 것이었어요. 그리고 한자시간만 되면 남녀칠세부동석을 소리 내어 읽게 했어요. 그 한자말이 우리 반 친구들에게 딱 알맞은 말이라고 하면서 열심히 실천하자는 말도 했어요.

"정말 약속 안 할 거예요."

가만히 있자 선생님의 목소리가 또 커지고 있었어요.

"약속할게요."

선생님의 눈이 무서워서 그렇게 말해버렸어요. 지킬 자신은 없었어요. 이상하게도 선생님이 화를 많이 낼수록 여자의 치마 속에 무엇이 있는지 더욱 궁금해서 견딜 수가 없었어요.

어린이집 차에서 내리면 도우미 아줌마가 마중을 나왔어요. 아줌마도 여자니까 고추가 없을 것이라는 생각이 들었어요. 틀림없이 고추보다 더 소중한 무엇이 있을 것 같았어요. 냉장고에서 내게 줄 주스를 꺼낼 때 식탁 밑으로 얼른 숨었어요.

"금방 여기 있던 애가 어디 갔지?"

식탁으로 다가온 아줌마는 컵에 주스를 따르며 중얼거렸어요.

얼굴을 바닥으로 하며 옆으로 돌려 아줌마의 치마 속을 보았어요. 허벅지만 보이고 그 위에는 어둡기만 했어요. 치마 끝을 살짝 잡고 들어 올렸어요. 입안에 고이는 침을 꿀꺽 삼켰어요. 좀 더 위로 들어 올렸어요. 식탁 천정에 손등이 툭 소리를 내며 부딪쳤어요.

"이 녀석, 언제 거긴 들어갔니?"

식탁 밑에서 나를 찾은 아줌마는 숨은 친구를 찾은 술래처럼 신나게 웃는 것이었어요. 내가 치마 속을 훔쳐봤는데도 화를 내지 않는다는 것이 신기했어요.

"아줌마, 여자는 왜 고추가 없어요?"

주스를 마시고는 물어보았어요.

"여자니까 없지."

선생님처럼 화를 내면 어쩌나 하고 걱정했는데 그냥 빨리 대답해주었어요.

"여자는 뭐가 있어요?"

아줌마의 눈치를 살폈어요.

"뭐가 있냐고? 자, 잠지? 아, 아닌가? 아, 아무것도 없어. 여자는 아무것도 없어."

어이없다는 얼굴로 나를 보던 아줌마는 고개를 갸우뚱하다간 말을 더듬거리는 것이었어요.

"거짓말! 그럼 오줌은 어디로 누는데요?"

입을 쑥 내밀었어요.

"오줌이야 뭐 잠지로……. 아휴, 아줌만 모르겠다. 그런 건 이따 엄마 오시면 그때 물어봐. 알았지?"

몸을 홱 돌려 수도꼭지를 세게 틀더니 컵을 씻기 바빴어요.

나하고 더 말하기 싫다는 뜻이었어요. 아줌마의 등을 흘겨보며 내 방으로 갔어요. 엄마는 회사일이 많다면서 매일 늦게 집에 들어왔어요. 내 얼굴을 볼 때면 요즘은 학교에 입학했다 하면 바로 받아쓰기 들어간다고 하면서 오늘은 어린이집에서 몇 점 받았는지 그런 것만 물어보았어요. 가까이 다가가서 앉으려고 하면, "피곤해 저리 가서 놀아"라고 하며 밀어버리는 것이었어요. 출장을 너무 자주

다니는 아빠는 집에 오면 "우리 노민이, 잘 놀았어?"라고 하며 한 번 번쩍 높이 안아주고는 방으로 달아나버렸어요.

"노민아, 너 왜 엄마한테 말 안했어? 응?"

집에 오자마자 핸드폰을 귀에 붙이고 떠들어대던 엄마가 갑자기 텔레비전을 보고 있는 내 앞을 가로막았어요. 옷부터 다 벗기더니 화난 눈으로 내 몸을 살펴보는 것이었어요.

"왜? 뭐? 비켜. 안 보여."

버릇처럼 입을 쑥 내밀며 불퉁한 얼굴을 했어요.

"이거 왜 이래? 선생님이지? 선생님 맞지?"

기어이 귀에 있는 상처를 발견하고 만 엄마는 비명을 질렀어요.

오늘 낮에는 어린이집에서 물놀이를 했어요. 돗자리에서 간식으로 수박을 먹는데 쪼그리고 앉은 아영이의 다리 사이가 눈에 보이는 것이었어요. 정말로 진짜로 눈에 보인 것이었지 일부러 훔쳐본 것은 아니었어요. 수영복 속에 뭐가 있는지 궁금해하지도 않았어요.

수박을 든 채로 일어난 선생님이 친구들 속에서 나를 빼내더니 무서운 눈으로 노려보는 것이었어요. 금방이라도 선생님의 손이 얼굴로 날아올 것만 같아 뒤로 피하며 걷다가 수영장 난간에 부딪쳐 넘어지고 말았어요. 일어날 때 귀에서 피가 나는 것을 본 친구들이 더 많이 놀랐어요.

"친구하고 장난치다가 넘어졌어."

선생님이 시킨 대로 말했어요.

"선생님이 그렇게 말하라고 시켰니?"

엄마는 어린이집 가방 속에 있는 알림장을 꺼냈어요.

"아냐. 진짜야. 거짓말 아냐."

그냥 울어버렸어요. 내일 어린이집에 가서 선생님한테 혼날 것을
생각하니까 너무 무서웠어요.

"정말 까불다 넘어져 다친 거야?"

알림장 내용을 본 엄마의 목소리가 좀 작아졌어요.

"으응, 으응."

목을 자꾸 끄덕였어요.

"아영 엄마 우리 노민이가 아니라고 하는데요? 뭐라구요? 뺨까지
요? 알았어요. 절대로 가만두지 않겠어요."

부엌으로 가던 엄마가 갑자기 또 전화를 건 것이었어요. 내게로
고개를 홱 돌렸어요. 엄마의 눈을 피해 고개를 아래로 숙였어요. 씩
씩거리며 양손으로 내 얼굴을 감싸 쥐는 것이었어요. 볼에 불이 달
라붙는 것만 같았어요. 왜 거짓말했느냐고 하며 눈을 부릅뜨더니
와락 끌어안으며 너무 슬프게 울어버리는 것이었어요.

다음 날 엄마는 내 손을 꼭 잡고 같이 어린이집에 갔어요. 원장
선생님을 보자마자 도대체 교사들 관리를 어떻게 하느냐고 막 따
졌어요.

"훈육차원이었어요. 어디까지나."

불려온 담임선생님이 날 때린 적 없다고 펄쩍 뛰었어요.

'거짓말쟁이 우리한텐 거짓말하는 거 나쁘다고 해놓고.'

입속으로 중얼거렸어요.

우리 교실로 달려간 엄마가 아영이의 손을 잡고 사무실로 왔어요.

"선생님이 노민이 뺨 때렸어. 그래서 노민이 저쪽으로 넘어졌어."

아영이는 우리 선생님이 겁나지도 않은지 사실대로 잘도 말했

어요.

"너도 어제 봤잖니? 수영장에서 노민이가 뒷걸음치다가 넘어지는 거."

아영이 눈에 눈을 딱 맞추고 있는 선생님의 목소리는 많이 떨리고 있었어요.

"지난번에 선생님이 노민이 뺨 때렸잖아요?"

아영이는 똑똑히 말했어요.

갑자기 입을 부르르 떨며 엄마가 핸드폰을 꺼냈어요. 엄마의 팔을 재빨리 잡은 원장선생님이 울먹이며 사정했어요. 사실이 밖에 알려지면 어린이집 문을 닫아야 한다고 한 번만 용서해달라는 것이었어요. 우리 선생님을 당장 해고시키겠다는 말도 했어요.

"엄마 미워."

나도 모르게 튀어나와버린 말이었어요. 어린이집이 문을 닫는 것은 싫었어요. 친구들과 같이 노는 것이 혼자 노는 것보다 훨씬 더 재미있거든요.

"노민아 엄마께는 그런 말 쓰지 않는 게 좋겠어요."

원장선생님이 부드러운 얼굴로 내 어깨를 살짝 잡았어요. 그리고 엄마한테로 고개를 돌려 우리 어린이집은 아이들의 꿈 놀이터라고 자랑했어요. 이제부터는 정말로 교사 관리를 잘하겠다고 몇 번씩이나 약속하겠다는 거였어요.

의심이 가득한 얼굴로 입을 꾹 닫고 있던 엄마는 출장 간 아빠가 이 사실을 알면 절대로 가만있지 않을 것이라고 했어요.

경찰 아저씨가 어린이집에 왔어요. 원장선생님은 CCTV 앞에서 왔다 갔다 하며 어찌할 바를 몰랐어요.

선생님과 원장선생님은 경찰 아저씨가 잡아갔어요. 텔레비전에는 내가 우리 선생님한테 맞았던 장면들이 하나도 빠지지 않고 다 나오는 것이었어요. 엄마가 우는 소리로 떠드는 모습도 보였어요. 우리가 신나게 놀던 어린이집은 문을 닫고 말았어요.

집에만 있으니까 너무 심심했어요. 큰 사각블록으로 말을 만들어 걸터앉았던 기억은 생각만 해도 즐거웠어요. 그럴 때면 난 친구들을 향하여 꼭 브이 자를 만들어 보이며 자랑하곤 했어요. 거미블록으로 방석 만드는 것은 너무 쉽다고 하던 아영이는 눈송이블록으로 꽃을 제일 잘 만들었어요. 친구들의 얼굴이 자꾸만 떠오르는 것이었어요.

"엄마, 나 어린이집 갈 거야. 어린이집 보내줘."

어린이집은 생각만 해도 치가 떨린다고 하면서 회사에도 가지 않고 나와 놀아주는 엄마의 팔을 잡고 졸랐어요.

"언제는 엄마와 같이 노는 것이 소원이라고 하더니."

입을 좀 삐죽거리며 웃었어요.

"소원 아냐. 친구들하고 놀 거야. 빨리 어린이집 보내줘. 심심해서 죽겠어. 죽겠단 말야" 하면서 막 대들었어요.

"허, 뭐? 심심해서 죽어? 죽겠다고? 쥐방울만 한 게 어디서 그런 말을?"

말도 잘 못하고 더듬거리던 엄마는 내 머리를 쿡 쥐어박았어요.

"아얏, 씨이, 경찰 아저씨한테 말한다."

나도 모르게 불쑥 그렇게 말해버렸어요. 엄마가 잡혀가길 바랐던 것은 절대로 아니었어요.

"뭐어? 경찰? 애가 정말!"

무섭게 변한 엄마가 내 뺨을 찰싹 때렸어요. 선생님한테 맞았을 때보다 훨씬 더 많이 아팠어요. 엉엉 소리 내어 울고 싶은 건 너무 슬프고 또 화도 났기 때문이었어요. 우리에겐 친구 때리지 마라. 제발 얼굴에는 손도 대지 말라고 하면서 왜 어른들은 얼굴을 때리는 거예요? 이유는 잘 모르지만 뺨을 맞을 때가 제일 기분 나빴어요. 마구 대들고 싶었지만 또 맞을까봐 겁이 나서 입만 쑥 내밀고 있었어요.

갑자기 엄마도 잉잉 소리를 내어 울어버리는 것이었어요. 나를 안고는 자꾸자꾸 잘못했다는 말도 했어요.

"알았어, 엄마, 울지 마."

손으로 엄마의 눈물을 닦아주었어요.

엄마는 나를 꼭 안으며 '아이 하나로도 이 난리를 치는데 한두 명도 아니고……'라고 하며 혼자 중얼거리는 것이었어요. 내가 들으면 안 되는지 아주 작은 목소리로 우리 선생님을 이해할 수는 있을 것 같다고 하며 코웃음을 치기도 했어요. 이해라는 낱말의 뜻을 잘 알지는 못하지만 그런 엄마를 이해할 수가 없었어요. 이렇게 묻고 싶기는 했어요. '이해'와 '코웃음'은 사이가 좋은 낱말이에요?라고.

"노민아, 여자는 여기로 오줌을 누는 거야."

성교육 책을 사 온 엄마는 알몸인 여자아이 그림의 잠지를 손으로 가리켰어요.

"여기가 여자의 고추야?"

나도 모르게 이렇게 말해버렸어요. 난 새끼손가락만 한 고추가 있는데 여자의 몸에는 세로로 줄만 조금 그어져 있는 것이었어요. 도우미 아줌마의 말처럼 여자에겐 정말 아무것도 없었어요. 궁금증이 한꺼번에 확 풀리는 기분이었어요.

"뭐? 여자의 고추! 그래, 맞아. 잠지를 여자의 고추라고 해도 되겠다."

신통하다는 얼굴로 엄마는 내 머리를 슬쩍 쓰다듬었어요. 그리고 여자의 고추를 잠지라고 부르기로 한 것은 엄마하고 단둘만의 약속이었어요. 엄마도 여자가 오줌을 누는 그곳을 무엇이라고 부르는지 갑자기 생각나지 않는다고 하면서 그냥 그렇게 부르자고 한 것이었어요. 난 무조건 고개를 끄덕였어요. 이젠 아무것도 없는 여자의 치마 속이 조금도 궁금하지 않았어요.

엄마는 아까부터 아영이 엄마와 전화를 하고 있었어요. 기분이 좋은지 소리 내어 웃기도 했어요.

오늘은 어린이집에 가는 날이었어요. 엄마는 집에서 좀 멀다고 걱정했지만 내 머릿속에는 바구니마다 가득 들어 있을 블록 생각만 나는 것이었어요.

"노민아!"

"아영아!"

교실로 들어가는데 아영이가 나를 먼저 보았어요. 예전 어린이집에 같이 다니던 다른 친구들도 보였어요.

"너희 둘 되게 친하지?

오늘 처음 보는 담임선생님은 우리 둘을 이미 다 알고 있다는 듯 아영이 옆자리에 나를 데리고 갔어요.

그때 난 큰 소리로 외쳤어요.

"남녀칠세부동석!"

싫어, 안 갈래

꽃샘추위에 놀란 매화가 새하얀 꽃잎을 파르르 떨고 있었다. 출근 준비를 끝낸 도순은 아들 준희의 어린이집 가방을 집어 들었다.

"싫어, 안 갈래."

네 살배기 아이는 새파랗게 질리며 달아났다.

"어딜 가? 엄마 바쁘단 말야."

초등학교 교사인 도순은 목청부터 높았다. 벽시계로 그었던 눈길을 아들의 꽁무니로 재빨리 거둬들였다.

"안 가. 안 갈 거야."

화장실로 숨어버린 준희는 온몸으로 문고리에 매달렸다.

"엄마, 늦어. 늦단 말이야."

도순은 문고리를 잡아당기며 애원했다. 시계바늘은 오전 8시 10분을 가리키고 있었다. 도순은 초등학교 3학년 담임이었고 30분까지는 학교에 도착해야 했다. 어린이집 차는 5분 후면 아파트 앞으로 올 것이었다.

여느 날은 승용차로 출근하는 길에 아일 어린이집에 내려놓고는 했다. 오늘부터 3일간 출장명령이 떨어진 남편이 승용차를 가지고 가버렸다.

"으악 악악악……."

결국 화장실 밖으로 이끌려나오고 만 준희는 숫제 경기를 하듯 비명을 질러댔다. 화장실 문은 어제저녁에 미리 잠금장치를 해체해 둔 것이었다.

불과 3주 전까지만 해도 어린이집 앞에 도착하면 빠이빠이도 해 주지 않고 안으로 들어가버리던 아이였다.

"어머, 준희 엄마. 애가 왜 그러는 거예요?"

어린이집 차를 기다리고 있던 영우 엄마가 팔다리를 버둥거리며 발악하는 준희를 제압하기 위해 꼼짝 못하도록 꼭 끌어안고 나오는 도순을 번갈아 보며 눈을 휘둥그렇게 떴다.

"모르겠어요. 지지난주부터 갑자기 어린이집엘 가지 않겠다고 이 난리잖아요."

엄마와 아들의 이마엔 땀이 송송 맺혀 있었다.

"혼났네요. 틀림없어요."

영우 엄마는 제바람에 목까지 끄덕여 댔다.

"혼낼 시간이나 있어…… 야…… 네엣?"

뜻 없이 혼잣말로 중얼거리던 도순은 동공에 힘을 주며 고개를 상대에게 돌렸다. 눈과 눈이 서로 딱 마주쳤다.

"그렇다니까요. 틀림없다니까요."

영우 엄마가 의미심장한 얼굴로 또 고개를 끄덕였다.

"설마요? CCTV가 지키고 있는데요?"

도순은 믿기지 않는다는 얼굴로 고개를 맥없이 가로저었다. 어린이집 차가 그녀들의 발 앞에 도착했다.

"아직 신학기라 학교 일이 바쁘죠? 좀 있다 내가……."

알 수 없는 턱짓을 도순에게 보낸 영우 엄마는 환하게 웃는 얼굴로 차에서 내려오는 등원 담당교사 앞으로 아이를 밀었다.

"이게 뭘까요? 준희, 짜잔!"

영우를 먼저 차에 태운 교사는 준비해 온 풍선을 준희 코앞에 들이댔다. 요 근래 어머니의 승용차에서도 내리지 않겠다고 때를 쓰던 아이였다. 셔틀버스에 순순히 오르지 않을 것이라는 예상 정도는 할 수 있었다. 보육교사 경력 6년 차인 그녀는 지금껏 풍선 싫어하는 아이는 본 적이 없었던 것이다.

'펑' 소리와 '어머!' 소리가 거의 동시에 울렸다.

아이가 탱탱한 풍선의 배를 손톱으로 할퀴어버린 것이었다.

"어머니, 제가 좀 안고 갈게요."

표정이 좀 일그러진 교사는 준희를 거의 강제로 빼앗아 안고는 차에 실었다.

도순은 차가 움직이기 전에 등을 돌렸다. 엄마의 등을 애타게 바라보며 악을 쓰던 준희는 차가 움직이자 잔뜩 긴장한 듯 입을 꾹 다물었다.

"우리 친구들, 안녕하세요?"

아침마다 원장 재순은 현관 밖으로 나가 아이들을 직접 맞이하곤했다. 오늘도 준희의 얼굴을 곁눈질하며 교사에게 눈짓으로 물었다. 그녀는 입까지 삐죽해 보이며 손톱으로 확 긋는 시늉을 해 보였다.

준희는 세 살 되던 작년 3월부터 어린이집에 왔다. 녀석에 대한 지난해 담임의 평가는 '남의 떡이 커 보이는 성격' 이것이었다. 올해의 담임은 워낙에 말수가 적어서인지 아니면 시기상조라 여기는지 아직은 아이들에 대해 이런저런 이야기를 하지 않고 있었다.

"틀림없어. 애가 갑자기 왜 그러겠어?"

외출 준비를 끝낸 영우 엄마는 어린이집으로 차를 몰았다. 범인 체포 작전에 동원된 형사처럼 책임감이 그 두 눈에서 이글거리고 있었다. 그 심령의 동공엔 작년 10월에 개원한 가까운 신도시의 신설 어린이집이 맺혀 있었다.

"어머, 영우 어머니. 어서 오세요."

현관문 소리에 복도로 나온 재순은 반색하며 상대를 맞았다. 그녀는 보육통합시스템에 접속하여 이달의 예방접종 대상 아동을 체크하고 있었다.

"원장님, 잘 지내시죠?"

나이로 보면 친정어머니뻘 되는 재순에게 영우 엄마는 인사를 대충 차렸다.

"전화를 먼저 주셨으면 시간을 좀 빼놓는 건데 어떡하죠?"

재순은 10분 정도밖에 시간이 없다고 선수를 쳤다. 영아반 담임과의 면담내지 전화상담은 낮잠시간에만 허용된다는 것도 미리 다 안내해두었다. 예고 없이 들이닥치는 학부모의 요구에 일일이 귀 기울이다 보면 재순은 업무를 제대로 볼 수가 없었고 반에선 크고 작은 안전사고가 발생할 수 있었다.

"지나가는 길에 잠깐 왔어요. 원장님은 일 보세요."

영우 엄마는 CCTV 앞으로 직행했다.

'어머, 어머님이 와 계신데 일이 손이 잡힙니까?'

그러나 정작 재순의 입에서 나온 소리는, "그러셨어요. 담임도 새로 바뀌고 하니까 많이 궁금하시죠?" 이것이었다. 눈길은 CCTV의 화면으로 덩달아 당겨지고 있었다.

"어머, 어머, 저게 뭐야?"

준희가 있는 알콩달콩반에 시선이 꽂힌 영우 엄마는 놀란 눈꺼풀을 번쩍 들었다.

아이들 일곱 명 전체가 담임 앞에 무릎을 꿇고 앉아있었다. 담임인 김 선생은 무슨 말인가를 열심히 하고 있었다. 내용은 알 수 없었다. 이리 뛰고 저리 뛰며 놀아야 할 아이들이 잔뜩 긴장하고 있다는 것은 화면상으로도 그대로 나타나고 있었다.

"예절교육시간인가?"

얼굴이 시뻘개진 재순은 혼잣말로 중얼거리며 슬쩍 몸을 일으켰다. 충혈 된 그녀의 망막에 신도시의 신설 어린이집이 급히 맺혔다. 정원 120명 규모인 그곳은 아직 정원의 절반도 채우지 못하고 있었다.

"저건 분명 벌서는 거라구요."

호흡부터 거칠어진 영우 엄마는 본능적으로 재순의 팔을 꽉 잡았다. 누가 보아도 그녀는 지금 갑이었다. 을의 꼬투리를 잡고 만 그녀의 입가엔 알 수 없는 미소가 슬쩍 엉겼다.

"그렇습니다. 예절교육도 저런 식으론 곤란하죠?"

꼼짝없이 영우 엄마에게 잡혀버린 재순은 급히 맞장구를 쳤다. 불안 초조가 암술인 분노의 눈길로는 등을 보이고 있는 화면 속의 김 선생을 죽일 듯 흘겨댔다. 영우 엄마가 연락도 없이 들이닥친 이

유를 비로소 알 것 같았다. 요즘 네 살이면 영아도 아니고 유아도
아니었다. 언어능력이 급속도로 발달하는 시기여서 옳고 그름의 판
단 없이 마구 떠들어대는 시기였다. 나아가 자기 고집도 확실하게
펼칠 줄 알았다. 양보의 미덕까지 발휘하면 좋으련만 절대로 그런
경우는 없었다. 온순한 아이는 그때그때 빼앗기고 그때그때 울어버
릴 뿐이었다.

알콩달콩반 담임은 차분한 성격이었다. 깜찍하거나 어이없는 악
동들과 하루 종일 지내다 보면 야단치는 소리가 문밖으로 나올 법
도 한데 늘 조용했다. 그 반에선 울음소리도 다투는 소리도 새어나
오지 않았다.

'아이들을 참 잘 다루는 교사!'

알콩달콩반 담임에 대한 재순의 평가는 바로 이것이었다.

김 선생은 보육교사 경력 7년 차였다.

신입이었을 때 그녀는 교과서형으로 아이들을 다루었다. 할퀴고
물어뜯고 빼앗고 하는 반 아이들의 미운 짓들이 도무지 고쳐지지
않았다. 계약기간 1년을 간신히 채웠다. 2년 차였을 땐 목청 올리기
작전을 썼다. 아이들의 미운 짓 횟수가 절반가량은 줄어들었다. 계
약기간을 1년을 채우지도 못하고 해고당했다.

3년 차부터는 김 선생은 조용히 제압하기 작전을 썼다. 학기 초인
3월 한 달간은 무조건적 복종을 강요하며 무릎을 꿇어앉혔다. 사나
운 눈빛으로 겁도 주었다. 머리칼을 확 잡아끌기도 했다. 아이들이
미운 짓을 할 엄두도 내지 못했다.

김 선생은 이제 자타가 공인하는 유능한 교사였다. 그녀는 방금

전부터 준희에게 무서운 초점을 딱 고정시키고 있었다. 피아니시시모 음성으로 '친구 할퀴면 안 돼'를 줄기차게 세뇌시키고 있었다. 다른 여섯 명의 아이는 숨을 죽이고 있었는데 녀석은 입을 쭉 내밀고 있었다.

그녀는 올해도 아이들에 대한 '무탈 100퍼센트'를 목표로 하고 있었다.

"준희, 알았죠? 네."

아이가 할 대답까지 해주며 약속해주길 강요한 김 선생은 새끼손가락을 내밀었다.

"씨이, 어린이집에 안 와. 안 올 거야, 씨이."

아이의 입은 더욱 쭉 불거져 나올 뿐이었다.

"그럼, 계속 이러고 있어요."

이제 김 선생은 다른 업무를 보기 시작했다. 그녀로선 준희의 고집을 지금 꺾어놓아야만 했다. 아이에겐 할퀴는 버릇이 있었고 지금 고쳐놓지 않으면 일 년 내내 친구들을 할퀴고 꼬집고 할 것이었다. 꼭 알아두어야 할 것은 '꼬집쟁이'는 무는 데도 소질이 있다는 사실이었다.

준희는 20분째 꿇어앉아 있었다. 시계로 흘깃 그었던 눈길을 CCTV로 거둬들이는 영우 엄마의 입에선 노골적으로 코웃음이 새어나왔다. 재순의 손은 절대로 놔줄 수 없다는 듯 더욱 꽉 움켜잡고 있었다.

재순은 애간장이 녹아내리는 얼굴로 숨소리를 죽이면서 꿇여댔다.

"선생님, 쉬."

늘 예쁜 짓만 하는 혜민이가 떨리는 목소리를 냈다.

"응? 그래요."

김 선생은 금방 웃으며 영아용 이동식 변기 있는 곳으로 가도 좋다고 말해주었다.

담임의 웃음에 긴장이 한꺼번에 풀린 아이들은 덩달아 쉬야 타령을 해댔다. 쉬야를 끝낸 아이들에겐 자유선택 활동이 허락되었다.

"쉬."

준희의 입에서도 드디어 쉬 소리가 나왔다.

"친구들 할퀴지 않겠다고 약속할 수 있죠?"

아이의 잔꾀에 넘어가지 않겠다는 듯 김 선생은 새끼손가락부터 내밀었다.

"씨이, 어린이집 안 올 거야."

아이는 입을 쑥 내민 채 씩씩거리기만 했다.

"약속할 수 있으면 그때 말해주세요."

김 선생은 등을 돌려 아이들이 노는 모습을 관찰하기 시작했다.

"쉬, 쉬, 쉬쉬쉬."

준희가 잠지를 잡고는 벌떡 일어섰다.

"어디서 선생님 허락도 없이……."

김 선생은 아이의 머리칼을 확 낚아챘다. 영우 엄마의 눈은 그냥 튀어나오고 있었다. 다음 순간 김 선생의 손은 맥없이 풀렸다. 아이의 바짓가랑이 사이에서 오줌이 줄줄 흘러나오고 있었던 것이다.

급기야 갑은 발딱 일어섰다. 을은 필사적으로 갑의 손을 잡았다. 사정없이 뿌리치며 사무실 밖으로 달아나는 갑. 맨발로 따라가며 그 손목에 매달리는 을.

김 선생은 준희의 아랫도리를 미온수로 씻기고 여벌옷으로 갈아입힌 후 도리 없이 자유를 허락했다. 오줌에 젖은 옷을 수돗물로 주물럭거리는 그녀의 표정은 KO패를 당한 그것과 흡사했다.

앞질러 간 을은 갑의 승용차에 먼저 올라탔다. 손발이 닳도록 통사정해도 들어주지 않으면 집까지 따라가겠다는 기세였다.

"원장님도 보셨잖아요? 그건 명백히 아동학대라고요."

나이로는 친정어머니뻘 되는 을에게 갑은 눈꺼풀을 사정없이 찢어발겼다. 내리지 않으면 지금 당장 방송국 기자한테 전화해버리겠다고 협박까지 했다.

"딱 이번 한 번만 눈감아줘요. 대체교사 구하는 대로 그 교사는 해고시킬게. 응?"

을로선 죽었으면 죽었지 이런 일을 밖으로 새어나가게 할 수 없었다.

"절더러 준희 엄말 배신하라고요?"

"배신은 무슨?"

을은 눈을 최대한 부드럽게 크게 떴다. '눈감아줘' 작전이 실패로 돌아갔음을 통감한 그녀였다. 새 담임이 오고 준희가 웃으면서 어린이집에 오고 하면 그때 그 어머니한테 직접 이야기하며 사죄하겠다는 말도 정성껏 덧붙였다.

'시간 끌기'로 작전을 바꾼 재순은 단 한 번도 우러러본 적이 없던 한울님께 기도했다. 그 내용은 오로지 영우 엄마의 마음을 진정시켜 달라는 것이었다.

김 선생은 준희의 알림장을 꺼내선 블록놀이에 열중한 나머지 그만 옷에 오줌을 지리고 말았다고 썼다. 네 살배기 아이답지 않게 집중력이 너무 뛰어나서 생긴 일이라는 설명도 빼놓지 않았다.

"좋아요. 준희 문제는 알아서 처리하세요. 우리 영우는 다음 달부터 다른 데로 옮겨야겠어요."

갑은 기어이 본론을 훅 털어놓았다. 폭력교사가 있는 어린이집에 더 이상은 아일 맡길 수 없다고 뺄 수 없는 대못을 을의 가슴에 깊이 박았다. 그녀의 망막엔 정말로 있어 보이는 신설 어린이집의 전경이 또다시 맺혔다.

"어머, 어머니 영우 담임은 정말 훌륭한 사람입니다. 그런 교사 만나기 진짜 힘듭니다."

을은 놀란 눈을 애처롭게 홉떴다. 사실 영우의 담임 박 선생은 5년째 재순의 신임을 받고 있는 주임교사였다.

"당연히 그렇게 말씀하시겠죠."

갑은 이제 유감없이 시동을 걸었다. 을에겐 내리든지 말든지 마음대로 하라는 태도였다. 크게 선심을 쓰듯 2년 가까이 영우를 잘 돌봐준 공을 생각해서 다른 학부모들 앞에 서서 총대 메는 짓거리 같은 건 절대로 하지 않겠다고 거듭 선언하기도 했다.

"문 닫지 뭐."

도도하게 미끄러져 가는 갑의 승용차를 뚫어져라 바라보며 재순은 하얗게 식어버린 얼굴로 싸늘하게 중얼거렸다. 정작 그녀의 가슴에선 불이 나고 있었다.

작년 하반기부터 재순은 신설 어린이집으로 움직이고 있는 학부형들의 마음을 읽어내고 있었다. 아이들에겐 적응한 곳에 대한 분

리불안이 있음을 강조하며 겨우겨우 그네들의 마음을 붙잡아두고 있는 터였다.

'흥, 총대를 메지는 않겠다고?'

고독감이 비참하게 뒤엉기는 얼굴로 재순은 멍청히 서 있었다. 3급 보육교사로 출발하여 여기까지 온 그녀는 너무 일찍 명예퇴직 압력을 받고 만 남편의 퇴직금과 그동안 푼푼이 모은 돈을 죄다 털어 3층 규모의 85명 정원인 이 어린이집을 구입했다. 어린이집의 한 공간을 숙소로 사용할 수 있었을 때여서 결혼 15년 만에 겨우 장만한 33평 아파트까지 유감없이 팔아 한 푼도 남기지 않고 다 쏟아부었다.

이름 모를 생활비가 운영비에 포함되지 않도록 하기 위해 남편과 그녀는 잔반들을 처리하며 생활했다. 전기요금을 비롯한 공과금은 계량기를 따로 설치했다. 아무리 생각해도 그녀는 정말로 열심히 정직하게 어린이집을 운영해왔던 것이다.

'뭘 해먹고 살라고?'

살길이 막막해진 얼굴로 재순은 알콩달콩반으로 달려갔다. 떼돈을 벌자고 시작한 일이 아니었다. 사회에 첫발을 내딛었던 그때부터 지금까지 어린이집에서만 근무해온 그녀였다. 울보를 달랠 땐 신물이 나기도 했다. 친구 괴롭히며 말썽 피우는 아이에겐 솔직히 한 대 쥐어박고 싶을 때도 많았다.

그러나 그런저런 아이들을 통해 배운 도둑이었고 교사 시절 내내 원장 한 번 해보는 것이 그녀의 꿈이었다. 피눈물로 일궈낸 꿈이었는데 아동학대 어린이집이라는 낙인이 찍힌 채 문을 닫을 수는 없었다.

'절대로 안 돼. 무슨 수를 써서라도 막아야 해.'

재순은 영우의 반으로 급히 방향을 바꾸었다.

"어디 편찮으세요?"

핏기가 싹 가신 재순의 얼굴을 보며 박 선생은 양미간에 근심부터 모았다.

"박 선생, 어떡하면 좋아?"

재순은 머리를 좌우로 맥없이 흔들며 한숨을 내쉬었다.

"너무 걱정하지 마세요."

이른바 사실을 알게 된 박 선생은 애써 놀람을 감추며 억지웃음까지 입가에 그렸다.

"어떻게 걱정이 안 돼? 영우 한 명 빠지는 것이 문제가 아니라 눈치만 보고 있던 다른 학부형들도 이때다 하고 노래를 부를 텐데."

"영우를 절대로 못 가도록 해야죠."

박 선생은 눈에 힘을 불끈 주며 영우 쪽으로 슬쩍 그었던 눈길을 재순에게로 당겨 왔다.

"뾰족한 수라도 있는 거야?"

재순의 얼굴에 희망이 급히 충전되었다.

"영우는 제가 잘 알거든요."

자신감이 흘러넘치는 얼굴로 목까지 끄덕이는 박 선생.

"애가 무슨 권리가 있겠어. 엄마가 옮기면 옮기는 거지"라며 맥없이 중얼거리는 재순.

"아이 이기는 부모 없다고 하잖아요? 사각블록 한 박스만 더 사 주세요."

영우가 블록놀이를 유난히 좋아한다는 것이었다. 로봇도 만들고 비행기도 만들고 하다가 블록이 모자라면 친구의 손에 있는 것을 애처로이 흘깃거린다는 것이었다.

"세 박스 더 주문하지 뭐."

비로소 귀가 번쩍 뜨인 재순은 아까울 것이 없다는 얼굴이었다. 아이들은 놀잇감에 약하고 사탕에 약한 법이었다.

숨통이 좀 트인 재순은 이윽고 알콩달콩반으로 향했다. 그 반 담임은 당장 해고하기로 마음을 정했다. 아이들에게 거칠게 대한다는 명분을 공개적으로 내세울 작정까지 해두고 있었다. 학부모의 안심을 돕고 신뢰감을 돈독하기 하기 위해선 제대로 된 교사를 뽑을 때까지는 재순 자신이 직접 알콩달콩반 아이들을 돌보겠다는 각오까지 단단히 했다.

"훈육차원이었어요."

김 선생은 볼멘소리로 변명했다. 속이 부글부글 끓어오른 재순은, "입이 백 개라도 할 말이 없어야 하는 거 아냐? 지금. 난 김 선생 때문에 완전히 죽을맛이란 말야"라고 날카로이 쏘았다. 목청에서 울린 소리는 가시 돋은 말은, "그동안 수고 많았어요" 이것이었다.

컴퓨터 앞에 앉은 재순은 인터넷쇼핑몰에서 사각블록들을 훑어보고 있었다. 새삼 다양한 모양의 블록에 현혹되어 이것저것 다 사주고 싶은 얼굴로 헤 벌린 입을 다물 줄 몰랐다.

사실 재순이가 운영하는 어린이집에는 아이들에게 필요한 교구들이 충분히, 그리고 제대로 다 갖추어져 있었다. 사각블록도 아이들이 스스로 만든 완성작을 신주 모시듯 따로 모셔놓고 또 다른 작품에 도전하기 때문에 개수가 모자란다는 말이 나오는 것이었다.

열심히 놀고 있는 영우에게 다가간 박 선생은 아이의 귀에다 대고, "선생님은 있잖아. 이 세상에서 우리 영우가 제일 좋아요"라고 속삭였다.

와플블록으로 비행기 날개를 끼우고 있던 영우는 하던 놀이를 계속할 뿐이었다. 교사는 아이의 코밑으로 다가가 기웃거려 보기도 했다. 넌지시 아이를 끌어안아 보기도 했다. 결국 실없이 웃으며 물러나야 했다.

신설 어린이집을 방문한 영우 엄마는 초점을 유혹하는 실내인테리어에 마음이 빼앗겨 뜯들이지 않고 입회원서를 작성했다. 교실을 둘러볼 때에는 교구장들이 원목으로 되어 있다는 사실에만 반했을 뿐 놀잇감이 발달단계에 맞추어 갖추어져 있는지 빈 바구니만 자리를 차지하고 있는지에 대해서도 통 관심이 없었다.

재순이가 알콩달콩반 아이들을 보살핀 지 3일째가 되었다. 이제 준희는 어머니의 승용차에서 내리기 바쁘게 뒤도 돌아보지 않고 어린이집으로 달려왔다.

그 3일 동안 재순은 아이들에게 우선 마음껏 뛰놀게 해주었다. 편식도 허락해주었고 친구 괴롭히는 아이는 '혼자 놀기' 공간에 잠시 잠깐만 분리시켰다. 무엇보다도 집에 가기 직전 아이들의 입속에 과자류를 넣어주는 일을 잊지 않았다.

블록의 개수가 많아지자 영우는 상상을 초월하는 모형들을 즉석에서 만들어내곤 했다. 담임은 일일이 휴대전화로 사진을 찍어댔다.

"오늘도 사진 보냈죠?"

박 선생과 마주 선 재순의 얼굴에 긴장감이 감돌았다. 요즘 영우 어머니는 문자를 보내도 도무지 쓰다 달다 반응을 보이지 않고 있는 것이었다.

"네. 그런데……."

"아, 알았어요."

박 선생이 난처한 얼굴로 돌변할 때 재순은 급히 그녀의 입을 막았다. 불과 일주일 전까지만 해도 영우의 활동사진을 보내면 수고한다는 격려와 감사의 수식어를 호들갑스러울 정도로 많이 보내오던 사람이었다.

'후우우우…….'

달력에 눈길을 돌리던 재순은 한숨을 길게 내뿜었다. 3월의 마지막 주가 아니던가. 그 한숨 속엔 도무지 풀길 없는 막막함이 흡사 짐승의 울음으로 회오리치고 있었다.

소파에 등을 깊이 붙이고는 휴대전화로 오늘의 날짜를 보던 영우 엄마는 살짝 코웃음을 치고 있었다. 그 심령의 망막엔 겉보기가 흡사 궁전인 신설 어린이집의 외형이 또 맺히는 것이었다. 대뇌로는 신분상승을 일궈냈다는 행복한 착각에 빠져 있었다.

앞날을 점치고 있던 재순은 급기야 부동산중개소에 전화를 넣었다. 늦어도 5월이면 아이들 절반 이상이 빠져나갈 것이라고 하는 점괘를 내고 말았다. 아이들이 남아있을 때 팔아넘기는 것이 최선책이라고 판단할 수밖에 없었던 것이다. 그녀의 동공 위로 맑은 눈물이 어리고 있었다.

신설 어린이집 원장인 순영이가 재순을 찾아왔다.

"무슨 일이죠?"

40대로 보이는 상대에게 재순은 도끼눈을 떴다.

"차라리 아이들을 저한데 넘기세요."

최소한의 인사를 차린 순영은 용건을 빙빙 돌리지 않고 바로 털었다. 그녀는 있는 재산 없는 재산 다 쏟아붓고도 모자라 융자를 한도액까지 받아 어린이집을 건축한 것이었다. 몇 달째 이자 내기에 허리가 휘어지고 있는 판국이었다.

"아이들이 무슨 물건인가요?"

재순은 숫제 불퉁거렸다.

"어차피 저한테 아이들을 다 빼앗기게 되어 있잖아요?"

도전적이었다. 사실 순영은 재순이 어린이집을 부동산에 내놓았다는 정보를 들은 것이었다. 매매되었을 상황에 대해 머리를 굴려보지 않을 수 없었고 새 주인이 리모델링할 것이라는 점괘부터 불거졌던 것이다. 밀물이었던 아이들이 썰물로 돌변하는 건 시간 문제라고 판단한 것이었다.

"흥, 영우 입회원서 받았죠? 그렇다고 너무 자신 있네요."

"저보다 오래 이 바닥 일을 했으면서 부모들의 생리를 모르지 않잖아요?"

"날 더러 문을 닫으라고요?"

순영을 노려보는 재순의 눈엔 독기가 서렸다. 말 그대로 아이들을 넘기고 나면 텅 빈 어린이집 건물만 가지고 있는 꼴이었다.

"요즘 커피전문점이 대세잖아요?"

불혹을 넘긴 순영은 겁도 없이 재순을 위해 사업컨설팅까지 하고 있었다.

"커피전문점?"

재순은 눈꺼풀을 있는 대로 치켜들며 상대를 노려보았다. 당장 목구멍에 풀칠할 걱정을 하고 있던 터였다. 난데없는 업종 전환 강

요에 귀가 솔깃해진 건지 무작정 화가 나는 건지 그녀로서도 도무지
자신의 마음을 알 도리가 없었다.

"애들 머릿수 셀 때 영우까지 넣어서 계산해드릴게요."

인심 한 번 크게 쓴다는 얼굴로 순영은 자신 있게 재순을 관찰
했다.

'순전히 장사꾼이군.'

정작 재순의 입에서 발성된 소리는, "생각해볼 테니 이만 가보세
요." 이것이었다.

아니 할 말로 재순으로선 현재의 상황에서 팔리지 않는 이상 손
해를 극소화할 수 있는 방법은 순영의 제의를 받아들이는 것이었
다. 아이들이 있을 때 팔린다는 보장도 없는 판국이었다. 커피전문
점이 정확히 뭔지도 잘 모르는 터에 서서히 마음이 끌리고 있는 것
도 그녀로선 어쩔 수가 없었다.

'그동안 하루도 마음 편할 날이 없었어.'

재순은 까닭 모를 코웃음까지 치고 있었다.

'업무연락으로 매일 날아오는 문서세례에서 벗어날 수도 있어. 지
도점검 기간만 되면 식도염과 위염에 시달렸잖아? 평가인증 기간에
는 피가 바짝바짝 말랐고. 어느 날 갑자기 생겨난 학부모 모니터링
의 주제가 무엇인지는 아직도 알쏭하고, 해마다 연말도 되기 전부
터 학부모의 눈치를 살펴야 하지 않았던가? 아이들에게 큰 소리로
야단치지 말라고 하면 훈육이 되지 않는다고 난색을 표하던 교사
들은 대책이 서지 않았잖아? 툭하면 친구 얼굴을 할퀴는 아이 때
문에 노심초사하지 않아도 되잖아. 그리고 기타 등등으로 스트레스
를 받아왔잖아?'

제바람에 흥분한 재순은 목까지 끄덕였다.

'그래, 손님은 무조건 상감마마라고 생각하면 돼.'

그녀는 나이도 잊어버린 채 어깨를 우쭐해 보이기까지 했다. 우선 여러 가지로 볼 때 커피전문점 운영이 어린이집에 비해 훨씬 단순할 것이라는 생각에 스스로 반해버린 것이었다.

'그래서 아이들을 넘겨주겠다고?'

잠자코 있던 재순의 영혼이 너무 노골적으로 툴툴거렸다.

'그럼 어떡해? 먹고는 살아야 하는데.'

재순의 머릿골이 숨기지 않고 대꾸했다. 새로운 뭔가를 시작하려면 한 푼이 아쉬운 터에 자청해서 아이들을 넘겨받겠다는데 마다할 이유가 없다고 필요 없는 설명까지 곁들였다.

'젖병 물고 왔던 아이가 내년에 학교 갈 나이가 되었으면 몇 년째 야?'

영혼이 혼잣말처럼 중얼거렸다.

'흥, 5년째겠지.' 머릿골에선 볼멘소리가 불거졌다.

'그런 아이들을 물건 넘기듯 할 순 없는데.' 영혼의 맥없는 푸념.

'목구멍에 풀칠은 해야 하잖아?' 머릿골의 절박한 한탄.

'낼 모래 육십이잖아? 나중엔 수의 한 벌만 빼입으면 그만이고.'

영혼은 부처 흉내를 내며 중얼거렸다.

'수의를 언제 차려입게 될지 그걸 알 수 있어야지.'

머릿골은 근심 걱정을 모로 세우며 씨우적거렸다.

'벌써부터 수의 어쩌고 하면 인생이 서글퍼지잖아. 그냥 하루하루 살자.'

커피전문점 카운터에 앉아있는 자신의 모습을 그려보던 재순은 불현듯 아이들 소리가 들려오는 놀이터로 고개를 돌렸다.

입식 모래놀이판 앞에 선 영우와 혜영이가 서로 자기 쪽으로 모래를 많이 끌어 모으려고 경쟁을 벌이고 있었다. 영우가 모래를 더 많이 끌어가자 혜영이가 모래를 한 줌 집는가 싶더니 영우의 머리에 훅 끼얹는 것이었다. 영우도 똑같은 방법으로 보복작전에 나섰다. 두 아이의 얼굴이 뿌예지고 있었다.

혜영이가 먼저 울음을 터뜨렸다. 담임이 달려가자 영우도 일부러 울어버리는 것이었다.

'흥, 모래 그까짓 것이 뭐라고. 모래놀이판을 하나 더 구입하자.' 재순은 픽 웃었다.

'비경제적 발상이다.' 인터넷을 여는데 머릿골이 참견했다.

재순은 그냥 본능적으로 모래놀이판을 둘 더 주문했다. 아이 셋이 각자의 모래판 앞에서 놀이하는 장면을 생각만 해도 가슴이 뿌듯해지는지 그녀 자신의 마음을 알다가도 모를 일이었다.

4월 첫째 주에 영우는 신설 어린이집으로 옮겨 갔다.

재순은 임시 운영위원회를 소집했고 4월 말까지만 하고 문을 닫아야 한다는 사정 이야기를 했다. 신설 어린이집 원장에겐 마음을 정했다는 문자만 보냈다.

그리고 그날 밤 재순의 방은 초저녁부터 불이 꺼졌다. 그 어둠 속에서 그녀의 영혼은 눈물을 꿀꺽꿀꺽 삼키고 있었다. 눈물에 아롱거리는 그 망막의 파문 속으로 아이들과 함께 했던 시간들이 한사코 밀려들고 있었던 것이다.

'영우야!'

오뚝하니 서 있는 아이를 발견한 재순은 목청부터 높였다. 목청 끝에 이어진 눈앞의 광경은 너무나도 눈부신 아침햇살이었다. 하품으로 하루를 여는 그녀의 입속으로 햇살이 한 움큼 따라 들어갔다.

'여행을 떠날까?'

어린이집으론 정말 가기 싫어진 재순은 갈등 없이 여행가방을 챙겼다.

'헛, 내가 왜 여기로 왔지?'

어린이집 앞에 와 있는 자신을 발견한 재순은 알 수 없는 코웃음을 쳤다. 어린이집 건물을 서먹한 얼굴로 바라보다간 고개를 은근히 옆으로 돌렸다. 몸을 뒤로 완전히 돌리고는 보란 듯이 달아나기 시작했다.

"싫어, 싫어. 안 갈래, 안 갈래. 씨이!"

재순의 맞은편에서 영우가 달려오고 있었다.

"아니, 영우야!"

무조건 여행가방을 내동댕이친 재순은 양팔을 크게 벌리며 아이를 안으려고 했다. 아이는 안기는 둥 마는 둥 하더니 그냥 재순의 어린이집으로 쏙 들어가버렸다.

"어머, 원장선생님!"

뒤따라오던 영우 엄마가 재순을 보며 흠칫 놀랐다.

사태를 재빨리 파악한 재순은 '어디서부터 영우하고 달리기를 하신 거예요?'라고 하는 방향으로 입술이 꿈틀거렸지만, "우리 영우 참 자기주장이 강하죠?"라고 말했다.

"죄송합니다. 제 생각만 했어요."

영우 엄마는 고개를 떨어뜨렸다. 아이에게 항복할 수밖에 없는 이유를 합리화하듯 신설 어린이집에는 장난감이 하나도 없더라고 덧붙였다.

딱히 할 말이 생각나지 않은 재순은 그냥 멍청히 서 있었다.

'싫어, 안 갈래.'

아이가 부르짖었던 이 소리만은 그녀의 속귀에서 끊임없이 울리고 있었다.

웃음으로 울어요

"왜 그랬어? 에잇!"

포도반 담임 김선미는 수찬이의 뺨을 세게 갈겼다. 그녀는 올해로 이 년째 행복아이 어린이집에서 세 살배기 아이들의 담임을 맡고 있었다. 당혹감이 벌겋게 뒤엉킨 얼굴로 몸을 발딱 일으켜선 약상자로 몸을 날렸다.

수찬이가 오늘 새로 온 도영이의 볼을 손톱으로 할퀸 것이었다.

"엄마, 엄마……!"

도영은 엄마를 찾으며 목 놓아 울어댔다. 손톱자국이 하얗게 드러났던 여린 피부 위로 빨간 피가 송골송골 맺히기 시작했다.

담임에게 뺨을 맞은 수찬이는 겁에 질린 얼굴로 구석에 옹그리고 앉아 숨을 죽이고 있었다. 눈물이 소리 없이 미끄러져 내리는 녀석의 왼쪽 볼엔 담임의 손자국이 벌겋게 살아나고 있었다.

"우리 도영이 엄마 보고 싶어요?"

원장인 주희가 포도반 교실의 문을 열었다. 어린이집을 옮겨온 등원 첫날에는 아이들이 으레 어머니를 찾고는 해서 그런 정도로만 생각한 것이었다.

"아뇨, 수찬이가……."

담임은 울먹이는 소리로 말끝을 흐렸다. 아이의 얼굴에 연고를 바르는 그녀의 손이 바르르 떨리고 있었다.

"어머, 도영아! 하, 정말 왜? 왜? 수찬아, 하, 왜 그랬니? 하, 하."

사태를 직감한 주희는 급히 발효된 한숨을 자꾸 토해냈다. 낯빛이 허옇다 못해 퍼렇다. 후들거리는 다리로 뒷걸음질을 친 그녀는 교실 밖 복도에 들러붙은 채 눈을 감아버렸다. 그녀는 감은 눈으로 도영 어머니의 얼굴과 마주쳐 있었다. 간호사인 그 어머니는 바로 삼일 전 날이 좀 선 전화목소리로, '거긴 할퀴는 아이가 없나요?' 이렇게 단도직입적으로 물었다.

물론 주희는 아주 자신 있는 목소리로 절대로 그런 일은 없다고 했다. 수찬이가 생각나지 않은 건 아니었지만, 무조건 그런 아이가 없다고 할 수밖에 없는 노릇이었다.

화제를 바꾸어 평가인증에 관하여 시시콜콜한 것까지 다 캐어묻던 어머니는 도대체 누구를 위하여 그런 걸 하느냐고 따지기도 했다. 도영이를 처음 어린이집에 보냈을 그때 여름도 아니었는데 기저귀 차는 부분이 발갛게 짓무르곤 해서 담임에게 전화를 했다는 것이었다. 처음엔 기저귀를 바꿔보라고 했다. 나중엔 가정에서도 아이가 변을 보고 난 후엔 물티슈 사용 대신 엉덩이를 미온수로 씻겨주어야 한다고 했다.

출근시간에 쫓기면서도 어머니는 열심히 시키는 대로 했다. 결국은 점심시간에 틈을 보아 달려갔다. 아이들이 낮잠 자는 시간이어서인지 교사들은 한군데 모여 뭔가를 만들고 있었다. 자는 모습이라도 보고 가기 위해 아이의 교실 문을 살그머니 열던 어머니는 훅 끼쳐오는 변 냄새 세례를 받아야 했다. 설마 하는 마음으로 두리번거리다가 도영이의 기저귀를 열어보고 말았는데 변이 말라붙어 있던 것이다. 사색이 된 담임이 평가인증 준비하느라 숨이 가쁠 정도로 바빠서 기저귀를 제때 갈아주지 못했다고 변명했다. 원장까지 나서서 거듭 죄송하다고 하는 바람에 어머니는 그냥 아이를 계속 그 어린이집에 보내고 있었다. 최근 들어 사흘이 멀다 하고 얼굴을 할퀴어 오곤 해서 알아봤더니 평가인증인지 뭔지 하는 그것의 '재인증' 받을 준비에 교사들의 혼이 죄다 빠져 있더라는 것이었다.

도영이의 손을 잡고 드디어 등장한 어머니는 시시콜콜 더 캐묻고도 안심이 되지 않았던지 얼굴을 또 할퀴어 오는 날이면 그날로 바로 어린이집을 다른 데로 옮겨버릴 것이라도 엄포를 놓았다.

"어머, 우리 친구 많이 아팠어요?"

도영의 오른쪽 볼 둔덕에 까맣게 익어 있는 상처딱지를 보면서 주희는 그렇게 첫인사를 차렸던 것이다. 낯설어서인지 아이는 한사코 어머니의 품속으로 파고들려고 했다.

'……혹시?'

앞뒤 없이 포도반 교실의 문을 다시 여는 주희의 눈에 희망이 조제되고 있었다. 일순간 도영이의 양쪽 볼에 꽂혔던 그녀의 초점이 양미간의 주름살로 곤두섰다. 주름에 짓눌리는 동공의 파문 위로 절망이 일렁거렸다.

'오른쪽이었으면 설익은 딱지가 잘못 떨어진 것으로 할 수도 있었

는데……'

맥없이 중얼거리던 주희는 담임에게로 얼굴을 돌렸다. 도영 어머니한테 전화를 넣어드리라고 했다. 무조건 죄송하다는 이야기부터 한 뒤 새로 온 지 며칠 안 된 아이에게 꼬집힌 것으로 하라고 한 것이다. 아직 가해 아이의 성향이 확실하게 파악되지 않은 상황이어서 그런 미운 버릇이 있는지 정말 몰랐다고 변명을 하되 두 번 다시 이런 일이 없도록 하겠다고 손이 발이 되도록 용서를 구하라는 지시도 했다.

가해 아이를 바꿔치기 했다는 사실 때문인지 주희의 얼굴엔 자책의 그림자가 짜증스레 엉겼다.

"원장선생님, 저 그만둘까봐요."

떨리는 모깃소리가 담임의 입에서 새어나왔다.

"지금 이 상황에서 그런 말이 나와요?"

숫제 반격하듯 톡 쏘아붙이는 주희의 눈엔 어이없는 분노가 하얗게 엉겼다.

"자신이 없어서요."

금방이라도 울음을 터뜨릴 기세였다.

"비는 데는 무쇠도 녹는다고 하잖아요?" 도리 없이 달랬다.

"그, 그런 것이 아니라……"

참혹하게 일그러진 표정으로 말까지 더듬었다.

"수찬이 꼬집는 버릇이나 어떻게 고칠지 생각해봐요."

주희는 냉정하게 몸을 돌렸다. 낼 모래 예순을 앞두고 있어서인지 원장경력 10년 차인 그녀는 불현듯 그 십 년을 되짚어보는 버릇이 있었다. 처음엔 보육통합정보시스템을 통한 회신과 시군구에 직접 제출해야 할 등등의 공문서와 지도점검을 위한 구비문서 등등의 홍수로 혼이 나가곤 했다. 아이가 다치거나 하면 놀라움에 데여 눈앞이 노래졌다. 학부형의 사소한 불만에도 죄지은 사람마냥 가슴이 옥죄었다. 교사가 갑자기 그만둔다고 할 땐 그냥 숨이 딱 막혔다.

수찬에게로 고개를 돌린 담임은 아이의 왼쪽 볼에 시뻘겋게 살아 있는 손자국을 보며 진저리를 쳤다. 어린이용 안티푸라민을 꺼내드는 그녀의 손이 파르르 떨리고 있었다.

'장갑을 끼워둘까?'

사무실로 향하는 주희의 눈에 설익은 희망이 어리는 순간이었다.

'안 돼, 촉각발달에 문제가 생길 수 있어.'

그녀는 고개를 짧게 가로저었다. 다혈질인 데다 뒤끝까지 있는 수찬이 어머니의 모습을 떠올리며 스스로 불쾌감을 건드리고 말았는지 입가엔 맥없는 삐죽거림까지 엉겼다.

수찬이 누나인 수미도 행복아이에 들어온 후 거의 일 년 가까이 할퀴기 선수권을 달고 있었다. 어머니도 아이에게 그런 미운 버릇이 있다는 것을 뻔히 알고 있었다. 수미가 피해자였을 땐 아이 얼굴이 요 지경이 될 때까지 담임은 뭘 했느냐, 흉터라도 생기면 성형해 줄 각오를 해야 할 것이라고 하며 한마디로 난리를 피워댔다. 수미가 가해자였을 때 아이의 버릇을 함께 고쳐보자는 취지로 담임이 도움 요청 차 전화를 하면 전문적인 용어로 아이들의 성장과정을 들먹이기부터 했다. 크느라고 나타나는 다양한 양상들 중의 하나인 것을 가지고 이렇게 전화질을 해대면 어디 눈치 보여 어린이집에 아일 보내겠느냐고 벌컥벌컥 잘난 체를 해댔다.

'그래, 바로 그거야!'

급히 서랍을 연 주희는 스카치테이프를 꺼냈다. 적당한 크기로 잘라 손끝을 감싸듯 붙이는 것이었다. 투명하게 반짝이는 손톱으로 책상을 성의껏 긁어보기까지 했다. 그녀의 입가로 옅은 미소가 스치고 있었다.

잠든 수찬이의 얼굴을 물끄러미 들여다보고 있던 담임은 소리를 한없이 죽여가며 거듭 한숨을 내뿜어댔다. 뭔가 단단히 결심한 듯 문으로 고개를 돌리며 몸을 일으키다간 세상을 다 살아버린 얼굴로 털썩 주저앉는 것이었다. 불안감의 파문이 우울한 동공의 흔들림으로 반사되고 있었다.

"김 선생, 어흥, 어흥!"

포도반 교실 문을 연 주희는 나이답지 않은 깜찍한 공격자세를 연출하며 손톱을 상대의 눈앞에 들이댔다.

"후, 후, 훔⋯⋯."

스카치테이프로 반짝이는 주희의 손톱을 본 담임은 익지 않은 웃음을 어색하게 찔끔찔끔 흘려댔다. 서른아홉 노처녀 눈가의 잔주름이 웃음 따라 결을 세우고 있었다.

"이제 걱정할 것 없죠?"

주희는 담임의 손을 잡고는 그 손등을 일부러 할퀴어보기까지 했다.

"아, 예. 정말 괜찮겠네요."

기어들어가는 목소리로 감동하는 담임의 얼굴에 복잡한 그림자가 스치고 있었다.

상대의 등을 가볍게 툭툭 두들겨준 주희는 그 입에서 숨을 딱 막히게 하는 예의 말을 또 할까봐서인지 서둘러 등을 돌렸다.

"워언…… 장님!"

주희의 등에서 눈을 떼지 못하고 있던 담임의 입에서 때 아닌 목청이 발성되었다. 뭔가 단단히 결심한 그 표정 위로 밝지 않은 희망이 스쳤다.

앞뒤 없이 멈칫하던 주희는 꺾어진 복도 저쪽으로 그냥 달아나버렸다.

'흥, 누구 맘대로 그만두겠다는 거야? 그만두겠다고 하면 다야?'

담임의 입에서 나올 말을 꿰뚫어보고 있다는 듯 염려와 분노의 뒤얽힘이 입 언저리의 씰룩거림으로 반사되었다.

주희는 포도반 담임에 대해 아이들에 대한 사랑이 많은 교사로 평가하고 있었다. 세 살배기 아이가 처음 어린이집에 왔을 때 사용하는 삼대 언어는 '싫어, 안 해, 엄마 갈래' 이런 것들이었다. 말이 늦은 아이들은 느닷없이 '악!' 하고 소리를 질러버리거나 울음으로 모든 표현을 대신했다. 한마디로 아이들의 표현은 제멋대로였고 대화로는 원활한 소통을 기대할 수도 없는 나이였다.

대개의 교사들은 겁을 주는 방법으로 아이들을 훈육했다. 한 달 정도가 지나면 아이들은 그럭저럭 순화가 되었다. 신입교사를 만나면 하던 버릇을 또다시 하게 되고 나이가 들어갈수록 겁 주는 강도를 높여갈 각오는 해야 했다.

포도반 담임의 경우에는 아이가 문제를 일으키면 일단 꼭 안아주면서 귓속말로 '그래요. 알았어요'라고 말해주면서 아이의 상황을 인정해주는 방법을 사용했다. 순화되는 속도는 느렸지만 아이들이 심리적인 안정을 누리며 자랄 수 있었다. 문제행동이 재발할 확

률도 거의 없었다.

"안 돼, 수찬아!"

도리 없이 아이들에게로 고개를 돌리던 담임은 비명을 지르며 수찬이에게로 몸을 날렸다. 녀석이 또 도영이의 얼굴을 할퀴려고 한 것이었다. 그녀의 눈에는 틀림없이 그렇게 보였다.

'어머!'

사무실로 돌아온 주희는 CCTV로 포도반 교실을 보고 있었던 것이다.

'허, 내가 뭘 본 거야?'

잠든 수찬이를 확인하면서 담임은 스스로의 눈을 의심하며 한사코 껌벅여댔다. 체머리를 짧게 흔들었다.

'어머, 허, 기가 막혀서.'

이젠 자신의 머리칼을 쥐어뜯기까지 하는 그 담임을 보면서 주희는 말문이 딱 막혔다. 다행히 낮잠시간이어서 그녀의 어이없는 행위는 고독한 모노드라마로 연출될 뿐이었다.

'죽여버릴 거야.'

이제 겁에 질린 괭이걸음으로 자기 자리로 향한 담임은 잔뜩 옹그리고 앉은 채 아이들의 알림장을 들추며 씨우적거렸다. 증오심이 서린 그 동공의 초점엔 어머니를 향해 폭행을 가하는 무자비한 아버지의 모습이 맺혀 있었다.

'때가 되면 시집을 가야 하는데.'

담임의 자학적 행위에 대해 일시적인 히스테리였다고 판단한 주희는 CCTV에서 눈을 뗐다. 벽시계로 얼핏 눈길을 그은 후 서둘러 밖으로 나갔다. 사그라지지 않은 염려의 기운이 양미간의 찌푸림으로 스쳤다.

의지가지없이 병든 홀어머니를 책임져야 하는 담임은 결혼할 엄두조차 내지 못하고 있었다. 결혼관에 대해서도 도리 없이 회의적이었다.

아무튼 주희는 학기가 바뀔 때까지는 포도반 담임을 붙들어두어야 한다고 다짐하고 있었다.

'죽어버릴까?'

알림장 표지에 있는 수찬이의 이름은 보는 순간 담임은 풀기 없는 얼굴로 씨우적거렸다. 그 표정엔 살고 싶은 마음이 정말로 털끝만큼도 없어 보였다.

'자유 활동시간에 친구 얼굴을 할퀴어놓았다고만 쓸까?

아직도 그 버릇을 못 고쳐놓았느냐고 따질 것이었다.

'훈육차원으로 야단을 조금 쳤다고 해둘까?'

아동학대 운운하며 야단의 농도에 대해 꼬치꼬치 캐물을 것이었다. 죽었으면 죽었지 아이의 뺨에 손을 댔다는 사실을 밝힐 수 없었던 담임은 볼펜 든 손을 자꾸만 떨고 있었다.

밤 11시가 지나고 있었다. 휴대전화 소리에 눈을 뜬 주희의 시야를 어둠이 가로막고 있었다.

'몇 시지……?'

불안한 의문에 휩싸이는 그녀의 동공에 쌍심지를 켠 도영 어머니의 얼굴이 맺혔다.

'낼부터 아이를 어린이집에 보내지 않겠다고 하겠지?'

이불 속으로 고개를 들이밀며 그녀는 새끼손가락 두 개로 양쪽

귀를 막았다. 이윽고 끊기는 휴대전화 울림.

'매도 먼저 맞는 편이 낫다고 했는데 받을 걸 그랬나?'

맥없는 후회의 빛이 그녀의 얼굴 위로 재빨리 스쳤다. 또다시 울리는 휴대전화 울림.

숨을 크게 들이쉬며 휴대전화 뚜껑을 열어젖힌 주희는 분명 '수찬 어머니'라고 찍힌 하얀 글씨를 보았다.

"네, 도영 어머니이……?"

정작 주희의 입에선 엉뚱한 이름이 불거져나왔다.

"네엣!?"

수찬 어머니는 가시 돋은 목소리로 톡 쏘았다.

"아, 예. 수찬 어머니, 죄송합니다."

어쩔 줄 몰라 하면서 주희는 휴대전화 저쪽에서 들려오는 수찬이의 울음소리에 귀를 세웠다. 대뇌 한쪽으론 도영 어머니와는 이야기가 잘되었다던 담임의 보고를 비로소 기억해내고 있었다.

'왜 울지? 이 시각에 전화는 왜?'

직감적인 불안으로 까맣게 타 버린 그녀의 가슴이 어둠보다 더 검은 얼굴로 돋아났다.

"수찬이 울음소리 들리시죠? 원장님 귀에도."

어머니의 목소리에 칼날이 번쩍였다.

"아, 예, 어머니. 수찬이 어디 아픈가 봐요?"

상대의 상황을 염탐하기 바쁜 주희의 목소리는 떨렸다.

'친구 얼굴을 할퀴어놓고는 뭘 잘했다고 우는 거야?'

소리 없는 원망을 만만한 아이에게로 돌리며 그녀는 어둠을 흘겨댔다.

"아뇨. 그런 것 같진 않아요."

아이가 깜짝깜짝 놀라곤 하며 잠을 깊이 들지 못한다. 까무러지듯 울어버리며 잠을 깨버린 것이 열 번이 넘는다. 어린이집에서 무슨 일이 있었던 것이 틀림없다라고 하는 말을 덧붙이며 어머니는 피곤과 짜증을 왝왝 게워냈다.

"어머, 많이 놀라셨죠?"

입속말로는 '응급실로 달려가야지 오밤중에 무슨 전화질이야!'라고 씨우적거렸다.

"뭐, 놀라는 거야 당연하죠."

때마침 아이의 울음도 약속 없이 뚝 그쳐서인지 어머니의 흥분은 금방 가라앉았다.

"아이들 특권이 부모님들 놀래키는 건가봐요. 저희 둘째도 밤중에 파르르 경기를 해대곤 해서 몇 번이나 응급실로 달려갔는지 모른답니다."

"그러셨어요?"

"네. 그것뿐이겠어요? 잘 안 먹고 잘 안 자고 해서 제가 아주 병이 다 날 지경이었어요. 그래놓곤 저 혼자 큰 줄 아는지 K대 법대를 들어갔다고 얼마나 잘난 체를 해대던지. 자랑이 아니라 초등학교부터 일등을 놓친 적은 없었어요."

"어머, 잘난 체할 만하네요. 영리한 애들이 예민한가봐요. 원장님, 그렇죠."

급기야 수찬이가 영리하다는 행복한 결론에 스스로 휘말려들고만 그 어머니는 밤중에 전화한 것에 대한 사과의 말까지 덧붙였다.

"그럼요. 오늘은 수찬이 꼭 안고 같이 주무세요."

주희의 입가엔 작전 성공을 자축하는 안도의 미소가 은근히 번졌다.

'아이들은 울음으로 불만을 말하고 놀람으로 무서움을 말하잖아!'

휴대전화를 닫으며 주희는 일인칭에게 반문했다.

'수찬이를 혼낸 게 틀림없어.'

포도반 담임의 얼굴을 떠올리며 주희는 휴대전화를 다시 열었다. 사실 여부를 확인해두어야 했던 것이다.

'아닐 거야. 지금이 어느 땐데……'

밤 11시 57분임을 확인하고는 도로 휴대전화를 닫았다.

얼마 전 경기도의 모 어린이집에서 아이의 뺨을 때린 사건이 발생해서 9시 뉴스를 떠들썩하게 장식했고 전국의 모든 어린이집이 아동학대의 온상으로 주목을 받으며 마구 질타를 받고 있었다. 그 어린이집에 대한 폐쇄계획이 발표되고 해당 교사는 물론 그곳의 원장도 강도 높은 징계를 받을 위기에 처해 있었다.

'유일한 밥줄인데 문 닫으면 이 나이에 뭘 해먹고 살라고?'

제바람에 서글퍼진 그녀는 돈을 벌자고 시작한 일이 아님을 스스로에게 맹세했다.

'이제 잠자리에 들자. 주희야. 김 선생을 믿자.'

자꾸만 그녀 자신을 위로했다.

'낼 아침에 애가 어린이집 차를 보고 경기를 하면 어떡해?'

담임한테 혼난 아이들은 정말로 노란색 차만 보아도 까무러지듯 놀라며 울어버리는 경우가 많았다. 불안에 치받쳐 몸을 발딱 세운 그녀는 휴대전화를 재빨리 열었다.

'밤늦은 시각에 미안해요. 수찬이 오늘 낮에 무슨 일 없었죠?'

때렸느냐고 할 수는 없어서 그녀는 일단 그렇게 문자를 넣었다.

'당장 문자를 못 보더라도 낼 아침엔 일찍 볼 수 있겠지.'

회신을 백 퍼센트 기대했던 건 아니었으면서도 그녀는 휴대전화
만 노려보고 있었다.

주희의 문자를 확인하는 담임의 눈에서 흰자위가 희번덕거렸다.

'콱, 죽여버릴까. 칵칵칵칵! 어휴 XX팔, 다 죽여버리고 콱 죽을
까. 죽여버릴 거야.'

그리고는 뜻 모를 글씨를 미친 듯이 찍어댔던 담임의 눈앞엔 어
머니를 주먹으로 마구 때리고 발로 짓이기는 아버지의 모습이 떠
올라 있었다.

'뭐야 이게? 기가 막혀서. 말도 안 나와.'

회신내용을 확인하는 주희의 눈에선 불이 번쩍였다. 포도반 담임
에게 이런 면이 있으리라곤 꿈에도 상상하지 못했던 것이다.

'왜 때려? 왜, 왜왜왜? 때리지 마. 때리지 말란 말야.'

11살이던 담임은 급기야 아버지 다리를 붙들고 늘어지며 악을 바
락바락 쓰고 있었다. 새우등을 하고 쓰러져 있던 어머니의 입에선
알 수 없는 '읍읍' 소리만 나오고 있었던 것이다.

'뭐야? 이 코딱지 같은 것이!'

아버지는 이제 어린 딸의 따귀를 사정없이 휘갈겼다.

'어머, 내가 왜 이래?'

잠옷 차림으로 셋집 밖으로 달려나온 주희는 노란 승합차에 올라
타며 가슴을 툭 쳤다. 초점 없는 동공에 힘을 불끈 주며 집 안으로

도로 들어가선 잠옷을 벗어던졌다.

'틀림없어. 수찬이를 때린 것이…….'

생각만으로도 벌렁거리는 가슴의 파문으로 운전대를 잡은 주희의 손에 경련이 일고 있었다. 그리고 물컹거림을 바퀴로 느끼는 순간 '으악!' 비명을 질렀다.

'미안해 나비야. 나중에 묻어줄게.'

주희는 세상의 모든 고양이들에게 나비라는 하나의 이름으로 호칭하고 있었다. 앞뒤 없는 눈물이 그녀의 눈에서 왈칵 쏟아지고 있었다. 또 어떤 녀석이 이슬을 피해 차체 밑에 들어가 잠을 자고 있었던 모양이었다.

작년 겨울에도 그녀는 이른 아침에 어린이집으로 급히 차를 몰려다 고양이를 친 적이 있었다. 야간근무조여서 아침에 퇴근했는데 아이 때문에 잠을 잘 수가 없다고 울먹이는 소리로 전화하는 학부모의 하소연에 목이 메여 밥을 먹다 말고 달려나왔던 것이다. 아이를 봐주던 할머니마저 몸살이 났다고 하는 데야 별 도리가 없었다.

일과를 마치고 집에 가면 연락두절인 채 아이를 받으러 나오지 않는 학부모도 있었다. 회식자리에서 과음하면 흔히 발생하곤 하는 일이었고 어린이집으로 아이를 도로 데리고 오는 수밖에 없었다. 지친 기색이 역력한 당직교사의 퇴근시간을 더 늦출 수는 없었다. 끝까지 남는 아이들의 치다꺼리는 주희의 몫이었다.

어린이집 건물 어느 한쪽을 숙소로 쓸 수 있었을 땐 퇴근 후 급한 일이 발생하면 사무실로 달려와 업무를 볼 수 있어서 좋았다. 밤 늦은 시각까지 아이를 데리고 있어야 할 땐 숙소로 아이를 데리고 가 먹이고 재우고 할 수 있어서 학부모가 안심하고 일을 할 수 있었다. 우선 워킹맘들은 원장이 어린이집에 상주하면 심리적인 안정을 누릴 수 있었다.

'아, 안 돼. 안 돼.'

CCTV의 화면을 확인하던 주희는 숨이 막힌다는 얼굴로 뒷목을 부르르 떨었다. 오른손으로 뒷목을 감싸 쥐며 스스로를 안정시키기 위해 안간힘을 쓰며 눈을 감아버리기까지 했다. 이미 그녀의 망막 깊은 곳에는 포도반 담임이 수찬이의 뺨을 세게 갈기는 장면이 각인되어 있었다.

'정말로 돌아버리겠네!'

얼굴이 벌겋게 달아오른 그녀는 급기야 사무실에서 펄쩍거리기 시작했다.

'절대로 용서할 수 없어.'

당장 달려가 담임의 뺨이라도 갈겨야겠다는 듯 문을 박차고 나갔다.

'또 그만둔다고 하겠지?'

멍청한 얼굴로 우뚝 서며 이를 바드득 갈았다. 후임교사부터 뽑으라고 그때까지는 참아야 한다고 그녀 스스로를 달랬던 것이다.

'아, 수찬이가 아침에 차를 타지 않으려고 할 텐데.'

노란 차만 보아도 새파랗게 질리는 아이의 모습을 떠올리고 만 그녀의 얼굴은 숫제 흙빛으로 돌변했다.

'삭제해버려. 빨리!'

CCTV 리모컨을 든 주희의 손이 부들부들 떨리고 있었다. 그 눈앞엔 담임이 수찬이의 뺨을 향해 손을 높이 쳐들었던 그 장면이 정지되어 있었다. 그녀의 망막 깊은 곳엔 아이의 어머니가 CCTV 녹화

장면을 확인해봐야겠다고 난리를 칠 그 모습이 화질도 선명하게 자꾸만 재생되고 있었다.

리모컨을 그냥 제자리에 놓아버리는 주희의 눈에 배신감이 핏빛으로 서렸다. 담임한테 똑똑히 보라고 확인시켜준 다음 지우기로 마음을 굳힌 것이었다. 여간 괘씸하지 않는 그 문자 내용으로 미루어 보더라도 딱 잡아뗄 것이라 단정할 수밖에 없었던 것이다. 그리고는 새로운 교사를 구할 때까지만 근무하라고 할 작정까지 세웠다. 만약의 경우 당장 그만두겠다고 하면 폭력의 장면을 폭로해버리겠다고 엄포를 놓을 각오까지 단단히 한 것이었다.

11살이었던 담임은 양팔과 얼굴을 가슴으로 욱여넣은 채 새우등을 하고 쓰러져 있는 어머니의 품속으로 파고 들어갔다. 어머니는 죽을힘을 다하여 딸을 끌어안으며 엎드렸다. 그 등으로는 아버지의 발길질 세례가 이어지고 있었다.

담임은 울음을 울 수도 없었다. 발딱거리는 가슴을 어머니의 품에 맡긴 채 숨소리마저 죽이고 있었다. 어느 순간 11살 어린것이 눈을 허옇게 까뒤집었다. 세우고 있었던 무릎을 맥없이 퍼버리는 어머니의 몸에 꼼짝없이 깔려버린 것이었다. 어린것이 살기 위해 죽을힘을 다해 빠져나왔다.

'악' 하는 아버지의 비명에 이어 어린것의 이빨 사이에선 붉은 피가 흘러내렸다. 벌렁 나자빠진 아버지의 발에서도 피가 흘러나왔다. 그는 악에 바친 얼굴로 노려보는 딸을 멍한 얼굴로 주시하곤 고개를 저쪽으로 돌려버렸다.

담임의 아버지는 지금 알코올중독 전문병원에 입원해 있었다. 그가 먼저 치료받길 원했고 입원하기 하루 전날 거창하게 DNA까지 들먹이며 그 아버지에 대한 이야기를 간단하게 털어놓았다. 그의 아버지도 술만 입에 댔다 하면 식구들에게 폭력을 행사했다고 하는 쾌씸한 내용이었다. 변명인지 핑계인지 그런 아버지를 닮지 않으려고 일찍부터 맹세까지 했다는 것이었다.

'할아버지, 아버지, 그리고 나. 나, 나, 나……'

밤을 밝히며 자신에게 절망의 화살을 쏘아대던 담임은 여행용 가방을 꺼냈다.

'엄마, 우리 산속에 들어가 살까?'

새벽 일찍 건넌방으로 들어간 그녀는 너무 일찍부터 배워버린 한숨을 죽였다. 이제 쉰 중반인 어머니는 일흔이 넘은 옆집 할머니보다 더 늙어 보였다.

"좀 더 자지 않고?"

인기척에 눈을 뜬 어머니는 오늘따라 일찍 일어난 딸을 향해 안쓰러운 눈길을 보냈다.

"오늘부터 이주일간 승급교육인데 울 어머니 어떡하지?"

일부러 웃음을 지어 만들었다.

"왜, 집에서 다닐 수 없는 데니?"

"응, 아침저녁으로 한 시간 반씩 차에 시달리려니까 눈앞이 캄캄하잖아. 친구 집에서 신세 좀 지기로 했어."

담임은 긴 이야기는 하지 않고 집을 나섰다. 시멘트 바닥과 마찰하는 가방의 바퀴소리마저 귀에 거슬리는지 가방을 번쩍 들고는 발걸음 소리도 죽이고는 골목 밖으로 사라졌다.

오전 10시가 넘도록 포도반 담임이 출근하지 않자 주희의 호흡은 거칠어지고 있었다. 휴대전화는 꺼져 있고 집전화는 신호조차 닿지 않았다.

간밤에 잠을 설친 수찬이는 늦잠에 빠져 있다는 연락을 받았다. 잠을 깨면 일단 병원에 먼저 들른 후 원으로 데려오겠다고 했다.

'어린이집에서 무슨 일이 있었을 것이라는 진단을 내린다면?'

소아과 의사에게로 불안 초조가 전이된 주희의 고개가 절로 CCTV의 화면으로 돌아갔다. 각반의 활동상황이 선명하게 드러나고 있었다. 옆의 반으로 아이들이 잠시 옮겨가고 없는 포도반 보육실은 허전하기만 했다.

'빨리 삭제해버려. 빨리……'

대뇌의 안타까운 독촉이 주희의 손끝을 자극했다. 그녀가 부지중에 어제의 그 장면을 또 찾아낸 것이었다. 이제는 리모컨을 든 손이 떨리지 않았다.

"누, 누구세요?"

현관문을 여는 소리에 주희는 현행범이 되어 의자에서 벌떡 일어났다.

"담임은 전화를 받지 않네요."

수찬이 어머니가 아이를 앞세우고 들어온 것이었다.

"우리 수찬이 병원 잘 갔다 왔어요?"

주희는 아이부터 번쩍 들어 올려 꼭 안았다. 몸살이 나 결근한 담임을 대신해서 포도반 담임 노릇을 잘하겠다고 애교까지 부리면서 그랬다.

"집에선 둘 가지고도 온종일 싸우는데 선생님들 몸살이 날만도 해요."

주희의 정성스런 애교에 녹아버린 어머니는 동정의 말까지 곁들였다.

"원장님!"

아이를 안고 보육실로 달아나는 주희의 등 뒤로 날아온 어머니의 목소리였다.

"예엣!"

우뚝 섰다. 주희의 촉각이 사무실로 곤두섰다. 현관문 소리에만 최면이 걸려 CCTV의 화면을 정리하지 않은 채 나와버렸던 것이었다.

'잠깐만 이야기를 하고 싶다고 하면 어떡하지?'

그녀는 오금이 저리는 얼굴에 웃음을 펴 바르며 몸을 돌렸다.

"수찬이 신발……."

아이의 두 발을 턱짓으로 가리키며 어머니는 활짝 웃었다.

"내 정신 좀 봐."

비로소 아이의 신발을 벗기지 않았음을 알아차린 주희도 활짝 웃었다. 병원에선 아무런 이상이 없더라고 하는 특별 보너스까지 챙겨준 어머니는 원장이 직접 아이를 챙기고 하는 것을 보니 안심이 된다는 말까지 후하게 얹어준 후 발길을 집으로 돌렸다.

담임의 집으로 달려간 주희는 숨이 딱 막혀 오는 것을 느꼈다. 집에 앉아 빈둥거리고 있을 것이라곤 생각하지 않았지만 어디론가 숨어버릴 줄도 몰랐던 것이다. 빨리 아이들에게로 돌아오지 않으면 경찰에게 폭력 장면을 신고해버리겠다는 문자를 보냈다. 새 교사를 뽑을 때까지만 아이들을 잘 보면 평생 덮어주겠다는 내용도 보냈다. 빨리 딸이 있는 곳을 알려주지 않으면 10년간 교사자격을 박탈당할 수도 있다고 그 어머니한테 으름장도 놓았다.

"제발, 우리 딸을 용서해주세요."

자초지종을 알게 된 어머니는 검버섯이 너무 일찍 피어버린 얼굴에 주름살을 모로 세우며 딸이 아버지한테 맞고 자랐다는 그 사실을 힘들게 털어놓았다. 그러고는 보육교사 자격증을 받던 그날의 이야기를 수십 번도 더 반복했다. 아이들에게 정말 잘해주어야겠다고 맹세했다는 그것이었다.

이제 주희는 텅 비어 있을 것이라는 담임의 외갓집으로 향하고 있었다. 여행이라고는 다녀 본 적이 없었던 담임이 어린 시절 방학 때면 외할머니 댁을 가곤 했다는 정보를 입수한 것이었다. 사람은 한 번이라도 가보았던 그곳을 불현듯이 찾게 된다는 그 논리에 목을 맬 수밖에 없었다.

주희의 대뇌에 담임을 만나 무슨 말을 어떻게 해야겠다고 생각해 둔 것은 없었다. 확실한 것은 그녀에 대한 분노 회의의 감정들이 연민으로 뭉뚱그려지고 있다는 사실이었다.

'누구지?'

외할머니의 사진을 꼭 끌어안고 잠들어 있던 담임은 양철대문이 삐거덕거리는 소리를 들은 것이었다.

'화!'

제바람에 긴장하며 폐가로 들어간 주희는 댓돌 위에 놓인 담임의 신발을 보는 순간 반가움에 겨워 눈을 번쩍 떴다.

"원장님께서 어떻게 여기까지……."

주희를 본 담임의 눈에선 눈물부터 글썽였다.

"십 년 만에 만난 사람처럼 뭘 그리 반가워해요?"

주희는 생각이 텅 비어버린 사람처럼 싱겁게 웃으며 세상을 다 안아버릴 듯 양팔을 크게 벌렸다.

"저어, 아이에게 또 손을 대면 어떡해요?"

주희의 품속으로 성큼 들어온 담임은 모깃소리로 중얼거렸다.

"그거야 나도 모르지. 김 선생님 증조부 산소로 가볼래요? 삼 대째인지 사 대째인지 아님 조상대대로 내려온 손찌검인지 여쭤보게요."

담임의 등을 토닥거리며 또 싱겁게 웃었다. 사실 주희로서도 담임이 두 번 다시 아이들에게 손을 대지 않을 것이라곤 확신할 수 없었다. 아이들을 여전히 사랑하고 있으며 이번 일을 계기로 아이들을 더욱 많이 안아줄 것이라고 하는 믿음은 있었다.

오후 2시가 되어갈 무렵 주희와 담임은 원에 도착했다. 아이들은 낮잠에서 일어나고 있었다.

"와, 턴쌩님이다! 선새앵님이다!"

아침마다 보아왔던 담임을 오후에 만나고 있어서일까. 포도반 아이들은 눈망울에 별빛을 튀기며 앞을 다투어 담임에게로 달려오고 있었다.

"어머, 우리 수찬이 쉬야 할까요?"

그런 아이들 속에 있는 수찬이의 모습을 발견한 담임은 와락 당겨가선 아이를 번쩍 안아 올렸다.

"쉬이이 쉬이……."

담임에게 안긴 수찬이는 좀 급한 목소리로 의미 모를 눈물이 맺히고 있는 담임의 눈을 빤히 쳐다보았다.

"그래요. 그래요. 우리 수찬이 쉬야 해요."

담임은 서둘러 아일 바닥에 내려놓곤 바지를 내려주었다.

"쉬이, 쉬이, 쉬이……."

다른 아이들도 덩달아 쉬야 노래를 부르며 담임 옆에 줄을 섰다. 담임의 재빠른 손이 아이들에게로 골고루 들어가기 바빴다. 그 눈물 위로 또 하나의 웃음이 숙성되고 있었다.

화려한 주문

'뭐라구요! 정리……?'

지금 막 유나의 휴대전화에 날아온 문자 내용이었다. 발신자는 쌍둥이 엄마였다.

"쓰팔, 쓰팔, 쓰팔……."

국어사전에도 없는 낱말들이 유나의 입에서 튀어나오고 있었다. 그녀는 올해로 7년째 어린이집을 운영하고 있었다. 진행 중인 갱년기 증세에 화증까지 부채질되었는지 얼굴이 시뻘겋다.

"욕을 하려거든 제대로 해. 씨이팔, 씨이팔, 씨이팔, 이렇게 말이야. 뭐가 무서워 욕설 대열에 명함도 못 내밀 소리로 중얼거리는 거야?"

유나 안에 도사리고 있는 또 다른 그녀의 볼멘소리였다. 평소에는 곧잘 붙어 있던 입술이 상하로 분리되었다 하면 욕설부터 튀어나오곤 해서 욕쟁이로 통하고 있는 터였다.

"무섭긴, 개뿔! 버릇될까봐 그러는 거지."

툴툴거리며 휴대전화의 통화버튼을 누르는 유나의 입술이 파르르 떨렸다. 신호음이 울리는 대신 상대의 전화가 꺼져 있다는 안내를 받은 것이었다. 이어 속상함의 파문이 입 언저리의 경련으로 발효되고 있었다.

"그래 좋았어, 개뿔! 이 낱말 정말 마음에 든다, 들어. 조금만 더 발전시켜서 '개' 다음 낱말에다 '썅'이라는 말을 갖다 대고 공공연하게 '년'이라는 문자도 붙여보는 거야."

욕설을 조립해대는 욕쟁이의 입가엔 게거품이 부걱거렸다.

"너나 많이 그러세요."

유나의 입가엔 맥없는 웃음이 그려졌다.

"씨이팔, 아주 숨이 꼴깍꼴깍 넘어가네. 넘어가."

유나의 휴대전화에 또 메시지 도착 신호음이 울리자 욕쟁이가 씨우적거렸다. 발신자가 쌍둥이 엄마라고 하는 사실은 의심해 볼 여지가 없다는 표정이었다. 이번에는 숫제 협박하고 있을 것이라는 점괘까지 즉석에서 내놓고 있었다. 빨리 아이들을 퇴소시켜주지 않으면 시의 담당직원에게 이야기하겠다고 하는 그것.

"쓰팔, 쓰팔, 쓰팔, 쓰팔……."

벌레 씹은 얼굴이 된 유나의 입에선 뜻 모를 욕설이 주문처럼 새어나왔다. 욕쟁이의 즉석 점괘 때문에 마음이 바늘방석에 앉아버렸는지 서둘러 보육통합시스템에 접속하고 있었다.

다른 어린이집 원장은 어떨는지 모르지만 최소한 유나에게 시의 담당직원은 천적이었다. 위법을 저지른다거나 나랏돈을 훔쳐 먹기 위해 등원하지도 않는 아이를 허위로 등록시켜 놓고 있는 건 아니었다.

유나의 아킬레스건은 어린이집 운영에 필요한 문서들이었다. 좀 까다로운 회계장부들을 제외하고도 운영안내서와 운영일지 등을 포함하여 열 가지가 훨씬 넘었다. 문서들 중 건강위생 부분인 5영역과 안전부분인 6영역은 매일 체크해야 하고 보육일지와 운영일지들은 매일 기록해야 하기 때문에 잠시 한눈을 팔다 보면 밀리기 십상이었다.

요즘 유나는 개인생활을 조금 즐기고 있는 터여서 문서들을 뒷전으로 제쳐두고 있었다.

"순순히 퇴소시켜주려고?"

욕쟁이가 말 그대로 분통이 터져 못 살겠다는 듯 가슴을 주먹으로 툭툭 쳤다.

"어쩔 수 없잖아?" 유나는 소리를 팩 질렀다.

"이대로 당하고 말 거야?" 욕쟁이도 덩달아 목청을 높였다.

"똥이 무서워서 피하냐? 더럽고 냄새까지 나니까 피하는 거지."

아이 둘을 한꺼번에 퇴소시켜야 하는 유나의 마음도 결코 편한 것은 아니었다.

"어쨌든 이대로 퇴소시켜줄 수 없어." 욕쟁이는 무슨 일을 저지르고 말겠다는 기세였다.

"난 복잡하고 귀찮은 건 딱 질색이야."

딱 잘라 말한 유나는 인증서 로그인에 클릭하여 영문과 숫자를 조합하여 여덟 자인 비밀번호를 신경질적으로 찍어댔다.

얼마 전에 C시의 어린이집에서 4살 난 사내아이가 사망했다. 그 책임 소재가 아직 분명하게 밝혀지지 않았는데도 매스컴에선 어린이집 쪽에다 비중을 두면서 원인을 캐기 위해 물고 늘어지고 있었다. 이러한 때 민원이 들어갔다 하면 담당직원이 당장 출동할 것이었다.

"난 그년을 죽여놔야 직성이 풀리겠어."

욕쟁이가 키보드 하나를 아무렇게나 쿡 찍었다.

"남을 죽이려면 나부터 죽을 각오를 해야 한다고 말씀하셨잖아. 우리의 모친이."

유나는 욕쟁이의 손을 급히 가로막았다. 모니터에는 이미 비밀번호 오류라는 안내가 떠 있었다.

"그거야 나랏돈을 많이 해먹을 때 이야기지."

문서 좀 밀린 것 가지고 징계까지는 받지 않을 것이라고 하는 기대가 욕쟁이에겐 있었던 것이었다.

"그래도 난 마음이 쓰여."

담당직원이 와서 이것저것 들쑤셔 댈 상상만 해도 귀찮다는 듯 유나는 머리를 짧게 흔들었다.

"이럴 줄 알았으면 무슨 수를 써서라도 유성이 '특활비'를 받아내는 건데."

생각할수록 분하다는 듯 욕쟁이는 고개를 이리저리 돌려댔다. 올해 다섯 살인 유성이는 네 살배기 쌍둥이 형제의 큰형이었다. 육 개월째 하루도 결석하지 않고 그야말로 열심히 등원하고 있는데 등록은 하지 않고 있었다.

"한 푼도 못 받고 혀만 다 닳았겠지."

유나는 왼쪽 입꼬리를 위로 찢으며 보육통합시스템의 인증서 로그인에다 다시 클릭했다. 대뇌에선 쌍둥이가 옮겨올 때의 장면들이 휴대전화에 담아둔 동영상처럼 되살아나고 있었다.

무덥기도 하던 여름날 불쑥 찾아온 쌍둥이 엄마는 울먹이는 소리로 유나의 인상이 정말 좋아서 안심이 된다는 말부터 했다. 상대의 동공 위로 끓어 넘치던 눈물에 앞뒤 없이 감탄하고 만 유나는 부담 없는 따뜻한 미소를 연출하며 "인상이 좋으면 좋죠"라고 대답해주었다.

"어린이집을 여기로 옮기고 싶은데요오……."

말꼬리를 길게 끌다 말고 쌍둥이엄마는 네 살인 쌍둥이와 다섯 살인 형이 있다고 자랑하듯 말했다. 셋 모두 다 남자아이여서 키우기 여간 힘든 것이 아니라는 말도 덧붙였다.

유나는 뜸도 들이지 않고 아이들의 입회원서부터 들이댔다. 4세 반 5세 반 모두 정원을 채우지 못하고 있던 터여서 상대의 아이가 셋이라는 그 사실에 무조건 감전이 되어버린 것이었다.

"유성이 보육료는 현금으로 낼게요."

쌍둥이 둘의 원서만 작성한 쌍둥이 엄마는 불쑥 그렇게 말했다. 거짓말을 병아리 눈물만큼도 보태지 않고 말해서 유나는 상대의 말뜻을 알아들을 수 없었다. 무상보육이 실행되고 있어서 보육료는 월 1회 아이사랑 카드로 결제하거나 가정에서 인터넷으로 하는 경우도 있었다. 현금으로 낼 이유가 전혀 없는 것이었다.

"집에 데리고 있는 것으로 해야 하거든요."

그렇게 말한 쌍둥이 엄마는 동공이 좀 둥글려져 있던 유나 앞에 사정 이야기를 늘어놓기 시작했다. 가진 것도 없는데 여자 혼자 몸으로 아이 셋을 키워야 한다는 것이었다. 그리하여 생활보호대상자로 지정되었고 유성이를 집에 데리고 있으면 엄마가 일을 할 수 없기 때문에 양육수당을 포함하여 70만 원 정도의 생활비를 지급받을 수 있다는 것이었다.

생활보호대상자가 나라로부터 지급받는 액수에 대해 유나는 정확히 잘 몰랐다. 이제 머릿속에선 계산 능력을 빨리도 발휘하고 있었다. 올해 현재 5세 아이의 보육료는 252,000원이었다. 계산을 하면 매월 448,000원이 남는다는 답이 나왔다. 한 마디로 쌍둥이 엄마의 작전은 재미가 쏠쏠한 것이었다.

"아이가 셋인데 70만 원 가지고 어떻게 살겠어요?"

쌍둥이엄마는 아이들한테 콩나물대가리만 빨게 할 수는 없어서 구멍가게를 하고 있다는 말도 덧붙였다. 가게에서 얻는 수입이 얼마인지는 잘 모르지만 그녀는 이중으로 수입을 올리고 있는 셈이었다.

여자 혼자 몸으로 아이들을 키워야 한다는 그 말에 때문이었을까. 아이들 아버지에 대한 궁금증이 스멀거리면서 유나의 가슴에선 뜸도 들지 않은 동정심까지 꿈틀거리고 있었다.

"여기도 특활 하죠? 우리 유성이 다른 아이가 하는 건 다 시킬 거예요. 원장님께도 득이 되었으면 되었지 손해 보실 건 없겠죠?"

별안간 안색을 바꾸듯 자신만만한 얼굴로 뜻 모를 미소까지 입가에 펴 바르며 쌍둥이 엄마는 그렇게 말했다.

"뭐, 그거야."

설익은 동정심에서 급히 헤어난 유나는 떨떠름한 얼굴로 대꾸했다. 서로가 상대의 이익을 따지며 속셈 실력을 발휘한 꼴이었다. 사실 그녀는 자신의 이득까지는 아직 생각하지도 않고 있었다.

아니 할 말로 유나에게도 밑지는 장사는 아니었다. 5세 반 정원은 열다섯 명이었다. 유성이를 등록하지 않으면 다른 아이 한 명을 더 받을 수 있다는 결론이 나왔다. 이른바 회계장부에 올리지 않아도 되는 252,000원이라는 자유로운 수입이 매월 발생하는 것이었다. 더욱이 특별활동까지 시키겠다는데 마다할 이유가 있겠는가?

현실적으로 어린이집 체크카드로는 단돈 천 원도 마음대로 쓸 수 없었다. 5세 아이의 보육료가 일 년 동안 쌓이면 3백만 원하고도 24,000원이 남았다. 특별활동비를 포함한 기타경비 십만 원까지 매월 더하여 한 3년 모으면 천만 원이 넘는 비자금이 유나의 통장에 쌓이게 될 것이었다. 적자만은 면해 보기를 소원하며 빠듯하게 어린이집을 운영하고 있던 그녀의 입에선 벌써부터 군침이 감돌고 있었다.

생각에 잠겨 있던 유나는 위법이라고 딱 잘라 말했다. 아니, 그녀 안에 있는 욕쟁이가 그렇게 말해버렸다. 아이를 가운데 두고 학부형과 이마를 맞대고 서로의 이익타령을 한다는 것이 더럽게 치사해서 싫다는 것이었다.

"쌍둥이 아빠가 살아있을 때 참 좋았는데……."

유나의 표정을 핥아대던 쌍둥이 엄마는 눈물을 왈칵 쏟으며 손수건을 꺼냈다. 또 측은지심이 발동하는 바람에 유나는 어찌할 바를 모르고 있었는데,

"낼부터 아이들 차에 태워 보낼게요"라고 하며 쌍둥이 엄마는 몸을 일으키는 것이었다.

"유성인 그냥 봐 드릴게요."

아주 잠깐 꿀 먹은 벙어리가 되어 있던 유나는 뜬금없이 그렇게 말했다.

"어머 정말이세요? 애들 아빠를 치고 달아난 뺑소니차를 잡기만 하면 이 은혜를 한꺼번에 다 갚을게요."

아주 짧게 연출한 감동스런 표정에 이어 화난 얼굴로 돌변한 쌍둥이 엄마는 이빨까지 뽀드득 갈았다.

"그러세요."

상대가 미안해할까 봐서인지 유나는 어설픈 웃음까지 입가에 내걸었다.

"특활비는 10만 원씩 꼬박꼬박 낼게요."

쌍둥이 엄마는 10만 원이라는 액수에다 은근히 힘을 주어 말하며 손수건으로 마른 눈가를 훔쳤다.

유나의 어린이집 특활과목은 영어였고 미국인이 일주일에 두 번씩 와서 수업을 하고 있었다. 그녀는 교재비 포함하여 강사료가 월 7만원이라는 것을 알려주며 그 액수만 내라고 말해주었다.

"벼룩도 낯짝이 있죠. 한 달에 10만 원씩은 꼭 낼게요."

쌍둥이 엄마는 우기듯 그렇게 말하곤 유나의 눈앞에서 멀어져갔다.

다음 날 쌍둥이와 유성이는 유나의 어린이집에 어김없이 등원했다. 그녀는 아이들을 등록하기 위해 보육통합시스템을 열었다. 자격확인에 이어 실명확인을 했다. 타 보육시설에 등록되어 있다는 안내문이 모니터에 떴다. 다녔던 어린이집에서 아직 퇴소시키지 않았다는 증거였다.

"어머, 죄송해요. 그 원장님 돈독이 올랐다 싶더니 역시나 역시내요. 유성이 보육료가 좀 밀려 있는 것 같은데 얼만지 물어보고 당장 갚아버릴게요."

쌍둥이 엄마는 남의 일처럼 말하고는 아이들의 이전 어린이집에 대한 험담을 실컷 늘어놓고도 모자라 '인질범이 따로 없네'라고 혼잣말로 중얼거렸다.

유나는 다음 날도 아이들을 등록할 수 없었다. 만 2세 보육료는 기본보육료를 포함하여 월 401,000원이었다. 아이들의 보육료는 해당 어린이집에 등록한 날짜로부터 아이사랑카드로 결제되기 때문에 늦게 등록하면 할수록 유나에겐 손해였다.

쌍둥이 엄마는 "아직도에요?"라고 하며 목청을 찢었다. "밀린 돈을 갚는다고 했는데"라고 하는 말을 몇 번이나 덧붙이며 떠들어댔다. 유나는 그다음 날도 아이들을 등록할 수가 없었다.

쌍둥이 형제가 유나의 어린이집에 오기 시작한 지 닷새째가 되었다. 더는 기다릴 수 없었던 그녀는 쌍둥이 엄마한테 아이들이 다녔던 그 어린이집을 가르쳐 달라고 했다. 이러저러한 사정이 있더라도 아이들은 우선 퇴소해 달라고 부탁하기 위해서였다.

"더럽게 더티한 년! 성질 건드리고 있어. 좋게 해결하려고 했는데 안 되겠어. 시청에다 확 전화해버려야지."

혼잣말로 흥분하던 쌍둥이 엄마는 정말로 시청 담당직원에게 전화를 했다. ○○어린이집 원장이 아이들을 붙잡고 인질극을 벌인다고 말한 것이다. 놀란 담당직원은 숨도 돌리지 않고 당장 ○○어린이집으로 달려갔다.

일주일 만에야 유나는 쌍둥이를 등록할 수 있었다. 굳이 금전적인 손해를 대강 따져보자면 205,000원 정도였다. 손해의 폭을 조금이라도 줄이기 위해 이전 어린이집에 전화하여 아이들의 퇴소날짜를 3일 전으로 당겨달라고 할 수도 있었다.

'불난 집에 부채질할 수는 없잖아?'

욕쟁이가 그 돈 가지고 벼락부자 될 것 같지도 않다는 말까지 덧붙이는 바람에 유나는 그냥 두기로 했다. 다음 날 ○○어린이집 원장이 유나에게 전화를 했다.

"유성이는 등록하지 않겠다고 했죠?"

통성명도 하지 않은 사이였는데 다짜고짜 그렇게 물었다. 걸걸한 목소리에 감정이 잔뜩 실려 있는 것으로 보아 아이들을 유나의 어린이집에 빼앗겼다고 여기는 모양이었다.

"네엣? 유성이가 누군가요?"

무심결에 '네'라고 대답할 뻔했던 유나는 여유 있게 반문했다.

"쌍둥이들 형 있잖아요? 왜?"

상대는 마치 추궁이라도 하는 투였다.

"아, 예. 제일 큰애는 다니던 델 계속 보낼 거라고 하던데 왜 그러시죠?"

상대의 위법 사실을 빤히 알고 있다는 듯 유나도 목소리에 가시를 넣었다.

"아, 예. 뭐, 그럼 요것 한 가지만 꼭 알아두세요. 6개월 후에 나와 똑같은 일을 당하게 될 것이라는 걸."

그리곤 전화를 끊었다.

'악질 상습범! 돈 떼먹고 이 집 저 집 옮겨 다니는 년. 처음부터 '특활비' 낼 생각은 모기 눈물만큼도 없었잖아?'

욕쟁이는 어이없이 혀를 차며 유성이 특별활동비 밀린 돈이 60만 원이라고 강조했다.

유성이는 눈에 번쩍 뜨일 정도로 영리하거나 가슴을 툭툭 쳐야 할 정도로 답답하지는 않았다. 신통한 것은 덩치가 코끼리만 한 원어민 교사를 첫 만남부터 전혀 두려워하지 않는다는 사실이었다.

유나는 유성에게 특활을 꼬박꼬박 시켜주었다. 비싼 교재도 빠짐없이 가정으로 보내주었다. 물론 표준보육과정도 다른 아이들과 차등을 두지 않고 똑같이 누리도록 해주었다. '특활비'는 선불이었고 쌍둥이 엄마도 사실을 알고 있었다. 한 달이 다 지나도록 10만 원은 커녕 10원도 내지 않았다.

쌍둥이 담임이 난처한 얼굴로 사무실 문을 노크한 적이 있었다. 유나가 이유를 묻자 아이들을 병원에 좀 데려가 달라고 알림장에 부탁해놓았는데 둘 다 열은 나지 않고 콧물만 조금 난다는 것이었다.

유나는 직접 쌍둥이 엄마의 전화번호를 눌렀다. 항생제를 먹이는 것이 아이한테 좋지 않다는 것을 주입시키면서 열이 나면 바로 병원에 데려가겠다고 말해주기 위해서였다. 전화를 받지 않았다. 교실로 돌려보낸 담임이 채 5분도 되지 않아 잔뜩 부어오른 얼굴로 다시 사무실에 왔다.

"어디 아픈가요?" 유나는 무심코 그렇게 물었다.

"이것 좀 보세요, 원장님."

볼멘소리로 말한 담임은 휴대전화를 유나 앞에 불쑥 들이댔다. 반사적으로 휴대전화에 눈이 이끌린 유나의 낯빛은 당장 붉으락푸르락해졌다.

'눈코 뜰 새 없이 바빠서 애들 병원에 좀 데려가 달라는데 무슨 말이 그렇게 많아요? 기초생활수급자라 병원비도 무지 싸다구요.'

쌍둥이 담임이 '애들 잘 놀고 있습니다. 열이 나면 바로 병원에 데려가겠습니다. 좋은 하루 되십시오'라고 넣은 문자에 대한 답이었다.

주먹을 부르르 떨고 있던 유나는 쌍둥이를 데리고 나오라고 했다.

'지 새끼 지가 항생제로 키우겠다는데 누가 말리겠니?'

욕쟁이는 그렇게 투덜거렸다.

병원진료비 각각 천 원씩과 약값 오백 원씩의 영수증은 아이들 가방에 넣어 보냈다. 그 삼천 원에 대하여 일언반구도 없이 며칠 뒤 또 병원에 데려가 달라고 했다. 굳이 열 체크를 해보지 않아도 아이들은 멀쩡해 보였다.

유나는 요구대로 해주었다. 의사는 약을 처방해주지 않았다. 이후에도 툭하면 건강한 아이들을 병원에 데려가 달라고 하면서 병원비와 약값은 한 푼도 보내지 않았다.

유나는 딱 한 번 문자를 넣었다. 아이들이 아플 때 어머니의 손길을 가장 많이 필요로 한다고. 까닭으로 다음부터는 가게 문을 잠깐 닫아 두고라도 병원엔 직접 데리고 갔다 오라고 한 것이었다.

상대는 묵묵부답이었다. 더는 병원에 데려가 달라는 부탁도 해오지 않았다.

"나랏돈 훔치려고 멀쩡하게 살아있는 남편을 죽인 년이야. 절대로 순순히 퇴소시켜줄 수 없어. 본때를 단단히 보여줘야 해."

욕쟁이가 또다시 흥분했다.

"글쎄, 난 귀찮은 건 질색이라니까. 자꾸 그런다."

그러나 유나는 마우스에서 슬그머니 손을 뗐다. 이십 대 중반의 젊은 여자한테 속았다고 생각하면 별안간 자존심이 부르르 떨리는 것이었다.

교사회의 시간이었다. 각반의 보고사항에 대하여 이야기가 오고

100

가고 있었다. 쌍둥이 담임이 난색을 표하며 그 어머니가 통 알림장을 읽지 않는다고 보고했다. 까닭으로 아이들이 준비물을 챙겨오는 일이 없다는 것이었다.

"문자로 넣어드리세요. 전화를 하던지."

유나는 간단하게 지시했다.

"전화하면 받지 않고 문자도 읽지 않나 봐요. 그런데요, 원장님. 이것 좀 보세요."

담임은 휴대전화를 유나의 눈앞에 들이댔다. 휴대전화에 눈이 당겨간 유나는 멍청한 표정으로 입술을 입속으로 욱여넣고 말았다. 쌍둥이 엄마와 어떤 남자가 정답게 찍은 사진이 올라와 있었다. 배경은 푸른 물결을 뒤로한 바닷가 모래밭이었다. 남자에 대하여 촉각이 곤두서던 유나는 막연하게나마 아이들의 의붓아버지가 될 사람이라고 그렇게 즉석에서 궁금증을 정리했다.

"매일 놀러 다니느라 정신이 없는 것 같아요."

담임은 다른 사진도 더 보여주며 아이들한테는 통 관심이 없는 것 같다고 툴툴거렸다. 사진의 배경은 산과 바다와 유원지와 야외 음식점 등이었다.

'이건 아냐! 아냐!'

침대에 나란히 앉아서 찍은 사진까지 보았을 때 유나는 고개를 짧게 모로 흔들었다. 둘 다 몸에 걸칠 건 다 걸치고 있었다. 그렇더라도 이런 사진까지 담임한테 공개할 수는 없는 노릇이었다.

담임의 말로는 카카오톡으로 올려놓은 것을 우연히 보게 되었다는 것이었다.

그날 저녁 유나는 쌍둥이 집으로 직접 찾아갔다. 전화는 받지 않고 문자를 보내도 반응이 없어서 다른 방법이 없었던 것이었다.

단칸 셋방에 아이들만 있는 것을 본 유나는 눈부터 크게 떴다. 훅 밀려나오는 라면 냄새에 역겨움을 느낀 그녀는 무심결에 양미간을 찌푸렸다. 잠깐 나간 거겠지? 좀 기다리기로 했다. 이런저런 과자부스러기들이 제멋대로 굴러다니는 방 안은 한마디로 난장판이었다.

"엄마 아빠 돈 벌러 갔어요."

유나가 방 안으로 들어가자 쌍둥이 중 형인 유식이가 불쑥 말했다.

"아빠가 아니고 엄마 남자친구라고 말하라고 했잖아?"

겨우 다섯 살인 유성이가 어른처럼 동생의 머리를 쿡 쥐어박으며 나섰다.

"아야, 진짜는 우리 아빤데 우리 엄마가 남자친구라고 말하래요."

쥐어 박힌 머리를 만지면서 유식이가 급히 둘러댔다.

"그래요?"

아이들의 대화에 초점이 유혹되어 미처 궁둥이를 방바닥에 펴지도 못하고 엉거주춤 서 있던 유나는 비로소 유식이의 눈에 두 눈을 딱 맞추었다.

"예. 근데요? 진짜 진짜는 우리 아빠 맞아요."

아이는 진짜라는 그 말을 힘주어 강조했다.

"아빠를 엄마 남자친구라고 말하지 않으면 돈이 안 나온대요. 돈이 안 나오면 엄마가 우리 맛있는 거 못 사준대요."

유성이가 설명문을 엮었다.

"돈은 어디서 나오는데요?" 유나는 실없이 그렇게 물었다.

"몰라요."

"바보야! 나라에서 준다고 했잖아?"

유식이의 말이 끝나기 무섭게 유성이가 아는 체를 했다.

'설마? 아닐 거야? 거짓말할 게 따로 있지. 어떻게 그런 거짓말을?'

아이들의 대화를 듣고 있던 유나는 녀석들의 생부가 살아있다는 결론을 내릴 수밖에 없었다.

외박한 남편들이 와이프 속여먹기 위한 수단으로 친구들의 집을 번갈아 초상집으로 만들곤 한다는 말은 유나도 들어는 봤다. 살아 있는 남편을 뺑소니차에 치여 사망했다고 떠벌리는 건 어머니 뱃속에서도 들어본 적이 없었던 것이었다.

'정말 믿고 싶지 않다.'

욕쟁이는 혼잣말로 중얼거리며 매스껍다는 얼굴을 했다.

"얘들아, 일찍 자고 일찍 일어나야지?"

밤 10시가 되어갈 무렵 유나는 아이들의 잠자리를 봐주곤 몸을 일으켰다. 녀석들의 말대로 돈을 벌기 위해 부부가 함께 외출했다면 밤업소 등에서 일할 확률이 높았고 새벽녘에야 귀가할 것 같았던 것이었다.

"가지 마세요. 무서워요."

맑은 동공을 유나에게 고정시켜두고 있던 유성이가 옷자락을 붙잡고 늘어졌다. 바로 잠이 든 쌍둥이는 고른 숨소리를 내기 시작했다.

'이건 방치 수준이야.'

아이들을 물끄러미 지켜보고 있던 유나는 입속말로 중얼거렸다. 밤 11시가 지날 무렵에야 유성이는 가까스로 잠이 들었다. 가로등도 희미한 골목길을 빠져나오며 그녀는 주제 모를 외로움이 엄습해 오는 것을 느꼈다.

'저기 저 사람 쌍둥이 엄마 아냐?' 욕쟁이가 놀란 목소리로 속삭였다.

막 승용차에 몸을 싣던 유나도 놀란 눈을 홉떴다. 쌍둥이 엄마가 남자하고 어깨동무를 한 채 나란히 걸어오고 있었던 것이었다. 밥벌이를 위한 외출이 아니라는 것을 직감적으로 알아차린 그녀는 무작정 차에서 내렸다.

"쌍둥이 어머니!"

철없는 남녀의 앞을 딱 가로막으며 유나는 목청부터 높였다. 아이들 집을 방문한 애초의 목적은 남자와 사귀든, 베드신을 연출하든 그런 건 자유지만 사진을 찍어서 카카오톡인지 뭔지 하는 것에 올리지 말라고 그 어미한테 일러주기 위함이었다.

"어머, 원장님 아니세요?"

쌍둥이 엄마는 넉살 좋게 유나의 가슴에 덥석 안기기부터 했다. 남자는 질서 없이 사방을 힐긋거리며 집 쪽으로 슬슬 꽁무니를 뺐다.

"애들만 남겨놓고 대체 어딜 갔다 오는 거예요?"

얼굴로 훅 끼쳐오는 술 냄새를 역겨워하며 유나는 상대를 은근히 밀어냈다.

"있잖아요오? 원장님. 저희 단칸방에 살고 있는 거 아시죠?"

상대는 숫제 유나에게 엉겨 붙으며 술주정인지 변명인지 모를 소리를 계속 지껄여댔다. 요약하면 밤잠이 없는 아이들 때문에 부부 관계를 할 수가 없다는 것. 어쩔 수 없이 일주일에 네다섯 번은 술도 한 잔씩 해야 하고 모텔도 찾아가야 한다는 것.

'술값 줄이고 모텔 비용 아껴서 방 두 칸짜리 이사하면 되겠네.'

욕쟁이가 유나의 귀에다 대고 투덜거렸다.

"쌍둥이 엄마는 영혼과 섹스를 하나 봐요."

너무 자연스럽게 부부관계를 강조하는 것이 어이없고 귀에 거슬렸던 유나는 그냥 콕 찔렀다.

"어머, 원장님 지금 전설의 고향 찍으세요?"

재미있다는 얼굴로 쌍둥이 엄마는 그렇게 반문했다.

"어머, 쌍둥이 어머님 축하드려요. 뺑소니 교통사고를 당했다던 아이들 아빠가 환생이라도 했나 봐요."

유나는 '어머' 소리까지 흉내 내며 비아냥거렸다.

"어머, 원장님도 순진하시긴, 그 말이 진짜인 줄 아셨어요?"

"뭐라구요!" 유나는 소리를 지르고 말았다.

'이런 년은 시퍼런 강물로 끌고 가서 대가리부터 처넣어야 정신이 번쩍 들 거야.'

욕쟁이는 물이 한가득 든 물통이라도 찾는지 사방을 두리번거렸다. 발작적인 분노가 씩씩거림으로 전이된 유나의 입에선 단내까지 물씬 나고 있었다.

"어머, 원장님. 화나셨어요?"

그리고 쌍둥이 엄마는 멀쩡히 살아있는 아이들 아버지를 사망자로 둔갑시킨 개떡 같은 이유를 털어놓았다.

미혼모에겐 생활비뿐 아니라 쌀까지 나라에서 매월 대주기 때문에 아이들 아버지와 혼인신고를 하지 않고 산다는 것이었다.

"아이가 한 명도 아니고 어떻게 셋씩이나 둔 미혼모가 있을 수 있죠?"

쉽게 납득이 되지 않았던 유나는 충동적으로 반문했다.

"2년째 교제해오던 남자가 있었는데 임신했다고 하자 그 개자식이 그냥 도망을 가버리잖아요. 남자란 '남'자만 들어도 이빨이 갈렸는데 그래도 사랑은 또 찾아오더라구요. 진짜 진짜로 괜찮은 남자여서 살맛이 좀 나나 싶었는데 쌍둥이만 덜컥 임신시켜놓곤 뺑소니 교통사고를 당했지 뭐에요?라고 말하면 안 속아 넘어갈 사람이 없죠."

거짓 사연을 잘도 짖어대면서 쌍둥이 엄마는 우쭐해하며 양어깨를 으쓱해 보이기까지 했다.

'헛, 허허허. 도둑년!'

욕쟁이는 속으로 진저리를 쳐야 했다.

"사대육신 멀쩡한 몸으로 일할 궁리를 해야지. 안 그래요?"

유나는 쌍둥이 엄마를 확 밀어냈다. 병든 몸으로 정말 살기가 막막해서 아이들 입에 풀칠이라도 해주자는 심정으로 나랏돈을 야금야금 훔쳐 먹을 수밖에 없다고 한다면 눈앞의 상대가 징그럽게 보이진 않았을까? 일주일에 다섯 번씩 섹스 외출을 할 정도로 건강하다는 사실에 대해 절대로 박수를 쳐 줄 수가 없는 것이었다.

"저희 얼마나 열심히 일하는데요. 돈이 안 모여서 그렇지."

상대는 떨떠름한 얼굴로 툴툴거렸다.

"이렇게 열심히 쓰고 다니는데 돈이 모인다면 그게 더 이상하지. 어쨌든 다른 건 내 알 바 아니고 애들에겐 생부를 마음껏 아빠라고 부르도록 놔둬요." 유나는 훈계했다.

"왜요? 마음껏 못 부르게 하면 지들 아빠가 남의 아빠라도 되나요?"

남의 속도 모른다는 식의 대꾸였다.

"아빠라는 말이 절로 튀어나올 때마다 입을 움츠려야 하는 아이

106

들 마음이 어떨지 생각이나 해봤어요?"

"그런 거 생각할 새가 어디 있어요? 살기 바빠 죽겠는데."

쌍둥이 엄마는 귀찮다는 표정으로 몸을 돌렸다.

"살기 바쁜 사람이 매일 놀러 다녀요?"

소리부터 지른 후 유나는 한숨을 내쉬었다.

"제 나이 이제 스물다섯이에요. 이 나이에 세 아이의 엄마가 되어버린 것도 억울한데 놀러 다니는 재미라도 없으면 어떻게 살라구요?"

도로 몸을 돌리며 숫제 투정을 부렸다.

"헛, 허, 베드신은 카카오톡에 올리지 말아요."

뒤늦게야 본론을 말하며 유나는 고개를 절레절레 흔들었다.

"이젠 사생활 침해까지 하시겠다! 남이야 베드신을 카톡에 올리든 누드사진을 찍든 상관하지 마세요. 그건 제 자유니까요."

쌍둥이 엄마는 손을 흔들며 유유히 멀어져 갔다.

그리고 정확하게 3주 후 쌍둥이 엄마는 아이들을 퇴소해달라는 문자를 유나에게 보내왔고 유성이 특별활동비 밀린 것을 정리하라고 했더니 이렇게 문자로 지랄을 떨며 오리발을 내밀고 있는 것이었다.

동공에 힘을 잔뜩 주며 유나는 자기 스스로의 머릿속을 냉정하게 뒤지기 시작했다. 주제 모를 변덕인지 억울한 타협인지는 모르지만 쌍둥이를 퇴소시킬 수 없다는 방향으로 마음이 움직이고 있었다. 꼼짝없이 떼이게 생긴 돈을 얼마라도 건져보자는 속셈이 꿈틀거리는 건 아니었다. 새파란 것이 세상 무서운 줄 모르고 기분 내키는 대로 사는 것도 그녀가 참견할 일은 아니었다.

정원의 절반도 채우지 못하고 있던 유나로선 아이들에 대한 미련을 끊어버릴 수가 없었던 것이었다. 어린것들에게 떠돌이 신세를 면하게 해주고 싶다는 것도 이유는 되었다. 더욱이 아이들을 계속 끼고 있을 수만 있다면 아킬레스건도 절로 해결이 될 것이었다.

"그냥 퇴소해 줘." 욕쟁이가 불쑥 말했다.

"퇴소해주지 말랄 때는 언제고?" 유나는 눈을 홉떴다.

"우리도 털면 먼지 날 것 같아." 소심해진 목소리로 중얼거렸다.

"먼지는 무슨……?"

평소에 먼지 날 짓은 하지 않는다고 자부하고 있던 유나의 눈앞에 첫돌배기였던 주영이의 얼굴이 떠올랐다.

유나는 처음이자 마지막으로 그 어머니와 짜고 2개월간 보육료를 나눠 먹었다. 변명인지 나발인지를 불어보자면 처음부터 나랏돈을 나누어 먹기 위해 아이를 허위 등록한 건 아니었다. 낯가림이 심했던 녀석은 적응기간이 지나도록 시시때때로 울음보를 터뜨리며 엄마를 찾고는 했다. 하필이면 걱정이 되어 찾아온 외할머니가 목격했고 그 길로 안고 가버렸던 것이었다.

"쌍둥이를 퇴소해준 다음 엉덩이에 뿔이 열댓 개나 난 그 어미 년을 혼내줄 궁리를 해보자. 응?"

욕쟁이는 초조한 마음을 감추지 못했다.

"난, 걔네들 졸업할 때까지 끼고 있을 거야." 유나는 씩씩거렸다.

"무슨 용빼는 재주라도 생겼니?"

"글쎄, 재주인지 메주인지 나도 모르겠다."

유나는 휴대전화를 열어 글자판을 찍어대기 시작했다. 아이들을 친손자 이상으로 생각한다는 문자부터 찍은 후 유성이 특활비 밀린 것에 대해선 없는 걸로 해주겠다고 했다. 뿐만 아니라 쌍둥이도 다섯 살이 되는 내년부터 졸업할 때까지 교재비를 포함한 일체의 기타경비를 받지 않음은 물론 특활도 무료로 해주겠다고 덧붙여서 쌍둥이 엄마에게 전송했다.

"이년 이거 아주 쾌재를 부르겠군."

문자를 훔쳐본 욕쟁이가 입을 삐죽거렸다.

1분도 되지 않아 유나의 휴대전화에 메시지 도착음이 울렸다.

'감사해용. 애들 옮기는 문제는 내년쯤 다시 생각해볼게요. 애들 아빠 제 남자친구인 건 아시죠? ㅋㅋㅋ.'

쌍둥이 엄마의 문자 내용.

"쓰팔, 쓰팔, 쓰팔 쓰팔 쓰팔……."

유나.

"씨이팔, 씨이팔, 씨이팔 씨팔 씨팔 씨팔……."

욕쟁이.

이렇게 한 몸 안의 둘인 그들은 너무 화려한 주문을 외우기 시작했다.

마지막 맹세

"어머, 세상에! 말도 안 돼!"

9인승 스타렉스에 영유아들을 싣고 '아이톡톡 어린이집'으로 들어서던 아영의 눈이 일순간 둥글려졌다. 벌렁거리는 가슴의 파문은 불안정한 숨소리로 드러나고 있었다.

"어, 어, 저 사람 저기서 뭐하시는 거예요?"

차량 등원지도 교사인 김 선생도 눈을 홉떴다.

'아이톡톡 어린이집'은 도농이 어울린 J시의 교외에 자리 잡은 전원주택 형식이었고 원장경력 7년 차인 아영이가 직접 설계하여 지은 것이었다. 주차장으로 들어가면 그 끝자락에 정자가 있었고 오른쪽에는 놀이터, 왼쪽에는 텃밭이 있었다.

아영과 김 선생은 정자에 퍼져 앉아 맥주병을 들고 병나발을 불고 있는 낯선 남자를 거의 동시에 발견한 것이었다. 그가 몰고 왔을 것으로 여겨지는 청색 트럭은 주차장 한가운데를 떡하니 차지하고 있었다.

"우리 친구들 오늘은 여기서 내릴까요?"

중앙현관으로 이어지는 아치 입구에 차를 세운 아영의 입에선 평소보다 몇 배나 더 밝고 명랑한 목소리가 울려 퍼졌다.

"청개구리 친구들이 오늘도 놀러왔을까요?"

정자로 이어지고 말 아이들의 시선을 시간 차 공격으로 따돌리듯 김 선생은 큰 소리로 떠들었다. 이어 인동나무 줄기가 분홍빛 꽃망울을 터뜨리기 바쁜 아치 그늘로 귀염둥이들을 데리고 들어갔다.

"어머, 동진이 아버님 아니세요?"

병나발의 남자에게로 다가간 아영은 놀란 동공을 의심하며 눈꺼풀에 힘을 주었다. '설마, 알코올중독?' 아찔한 직감이 그녀의 뇌리를 스치고 있었다. 악취 수준인 술 냄새 때문인지 양미간이 자꾸만 찌푸려지고 있었다.

동진은 여섯 살로 네 살배기 여동생인 진아와 같이 오늘 첫 등원한 아이였다. 지난 토요일인 이틀 전 아이들의 아버지 혼자 '아이톡톡 어린이집'으로 와서 입회원서를 썼다. 그때 그는 다니던 어린이집이 갑자기 문을 닫아버리는 바람에 옮기게 되었다고 말하며 아영의 얼굴을 조심스레 곁눈질했다.

여느 부모들처럼 아이들을 위한 프로그램 운운하며 까다롭게 질문해 오지 않는 그에 대해 아영은 말이 별로 없는 사람 정도로만 생각하고 있었다. 아이들의 어머니가 베트남 사람이라는 사실은 입소확인서에 찐찐따루라고 쓴 것을 보고서야 알게 되었다.

"아, 예. 워, 원장님. 아, 안녕하세요?"

허리를 비틀며 몸을 일으킨 동진이 아버지는 앞뒤로 두어 걸음 흔들면서 혀 꼬부라진 소리로 인사를 차렸다. 다 닳아빠진 고무 재질의 슬리퍼가 그나마 한쪽 발에만 간신히 꿰어져 있고 다른 발은 맨발이었다.

"아버님, 여기서 약주하시면 안 되는 거 잘 아시죠?"

이성적인 대화가 통하지 않을 줄 뻔히 알면서도 아영은 상대가 학부형이라는 사실 때문에 최대한 정중한 자세로 말을 걸었다. 4세 반인 포도반은 놀이터 쪽으로 창문이 나 있거니와 그 창으로 정자까지 빤히 보이고 있었다. 아이들의 눈이 의식된 그녀의 고개는 포도반 교실로 돌려졌다간 급히 되돌아오곤 했다.

요즘 꼬마둥이들은 네 살만 되면 보고 들은 것들을 죄다 언어로 베껴놓을 정도로 입이 야무졌다. 다섯 살만 되면 교사의 말에다 살까지 요리조리 붙여서 옮기는 능력까지 발휘하기 십상이었다.

'어린이집에 술주정뱅이가 출입한다는 것이 말이나 됩니까?'

'그런 델 어떻게 아일 맡기겠어요?'

'다른 데로 옮겨야겠어요.'

'우리 아인 당장 끊을래요.'

'당장 퇴소해주세요.'

학부형들의 항의가 벌써부터 속귀에서 들끓는 바람에 아영은 머리를 짧게 흔들었다.

"도, 동진이 따악 하, 하 한 번만 보고 갈게요."

동진이 아버지는 현관 쪽으로 비틀걸음을 옮겨놓기 시작했다.

"아, 안 됩니다."

본능적으로 상대의 앞을 딱 가로막고 선 아영은 양팔을 있는 대로 활짝 폈다.

동진 네의 생업은 하우스재배였다. 주로 애호박을 키워냈는데 출

퇴근 시간이 따로 없었다. 무조건 이른 시간에 손을 넣어야 하고 오후엔 그날 할 일을 남겨놓고는 손을 뺄 수 없었다. 아이들의 등원시간은 오전 여덟 시로 맞추어져 있어서 이미 와 있었다. 현재 시각은 아홉 시였다. 따져보지 않아도 아이들과 헤어진 지 한 시간 남짓 되었는데 고주망태가 되어 나타나 '보고파 타령'을 해대는 것이었다.

"따악, 하~안 한 번만요. 에, 예?"

그는 눈길을 한사코 출입구로 그어대며 몸통을 좌우로 휘청거렸다.

"아버님, 다음에 오세요. 그러시면 동진이와 진아가 놀이도 하고 공부도 열심히 하고 하는 모습을 다 보실 수 있도록 해 드리겠습니다."

그러나 공허함에 휩싸인 그녀는 절망을 느꼈다.

"지, 진아. 그거는 안 봐도 괘앤~찮아요. 동진이, 동진이만 보고 갈게요. 따악, 따악 하, 한 번만요. 에잇 씨이, 씨이!"

당장 아이를 보지 않으면 숨이 막혀 죽을 것 같다는 얼굴로 자신의 가슴을 사정없이 툭툭 치기까지 했다.

'친딸이 아닌가?'

진아에 대해선 안중에도 없다는 느낌을 받은 탓인지 아영의 뇌리에 스친 직감적인 의혹이었다.

"알았어요. 알았으니까 저랑 잠깐만 이야기 좀 해요. 예?"

아영은 창이 없는 건물 측면 쪽으로 동진이 아버지를 이끌었다. 상대의 입에서 금방이라도 상스러운 말이 튀어나올 것만 같아 불안해하고 있어서인지 초조함이 반사된 그녀의 얼굴색이 창백하다 못해 파랬다.

"그, 그러니까 도~옹진이 보게 해준다는 말씀이죠?"

물리적인 힘에 이끌려 아영을 따라가는 동진이 아버지의 눈에 가여운 희망이 충전되고 있었다.

성급한 안도의 한숨인지 뜻 모를 심호흡인지 하는 입김이 아영의 입술 사이로 비밀스레 새어나왔다.

별안간 몸을 현관 쪽으로 돌린 동진이 아버지는 다리를 갈지자로 내저었다. 놀란 아영은 엉겁결에 그의 팔을 잡았다. 복도에서 아이 얼굴을 잠깐만 봐야 한다고 제의했다. 교실에는 절대로 들어갈 수 없다고 단단히 못도 박았다.

대답 대신 크고 작은 '씨이' 소리를 입술 밖으로 흘리며 그는 막무가내로 유아반 보육실이 있는 2층으로 올라갔다.

6세 반인 '사슴반'에서는 오늘 처음 온 동진이에 대한 소개의 시간이 진행되고 있었다. 마침 자리에서 일어나 있던 그 아이는 낯설어서인지 고개를 아래로 잔뜩 떨어뜨리고 있었다.

못 보여줄 장면을 들켜버린 얼굴로 아영은 '어머!' 소리를 고독한 피아니시시모로 발성했다.

"아이들이 첫날엔 좀 낯설어하기도 하고 부끄러워하기도……."

이어 동진이의 상황을 변명하던 그녀는 어이없이 말끝을 자르고 말았다.

"누구야? 우리 동진이 때린 놈이……."

앞뒤 없이 버럭 소리를 지르며 동진이 아버지는 다짜고짜 문을 열어젖혔다. 그런 그의 눈에선 광기가 번득이고 있었다.

"이러시면 안 됩니다."

기절할 듯 놀란 아영은 상대의 앞을 딱 가로막고 섰다. 등으로 느껴지는 아이들의 놀란 시선 때문인지 그녀의 얼굴색은 흙빛이었다.

동진이 곁으로 재빨리 다가간 담임은 아이의 어깨를 은근히 누르며 자리에 앉게 했다.

이빨까지 바드득 갈며 동진이 아버지는 아영을 옆으로 밀어버렸다. 그의 눈은 오로지 아들에게만 꽂혀 있었다.

아영이야말로 눈에 보이는 것이 아무것도 없다는 얼굴이었다. 몸이 좌우로 휘청거리는가 싶더니 다행히 오른쪽 문기둥을 거머쥐며 중심을 잡았다. 그와 동시에 반사적으로 그를 힘껏 밀어버리는 것이었다.

둔탁한 울림과 함께 그는 복도에 나가떨어졌다. 등 뒤로 팔을 빼 돌려 재빨리 문을 닫은 아영은 팔짱까지 끼며 독기 찬 얼굴로 그를 내려다보았다.

"우리 친구들, 방금 전 무엇을 보았나요?"

보육교사 경력 8년 차수인 담임이 짐짓 호기심 어린 표정을 연출하며 아이들에게 질문을 던졌다.

그 소리를 들은 아영은 공허감이 뒤엉킨 얼굴로 '허' 소리를 입속에다 맥없이 터뜨렸다. 상황 수습에 나선 그 담임의 속마음을 빤히 들여다보고는 있었다.

"싸우는 거요. 원장선생님이 모르는 아저씨하고 싸웠어요. 원장선생님이 이겼어요. 원장선생님은 싸움쟁이래요."

숨죽이고 있던 아이들이 입을 열기 시작했다.

"어머, 그랬어요? 선생님이 보기엔 싸우시는 것 같지는 않던데?"

"아니에요. 싸웠어요. 싸웠어요. 원장선생님은 싸움쟁이래요. 원장선생님은 싸움쟁이래요."

담임의 말을 귓등으로 흘리며 아이들은 문밖을 향하여 놀림조로 돌림노래를 하고 있었다.

"친구들, 경찰관은 무슨 일을 할까요?"

담임은 손뼉까지 치며 아이들의 시선을 집중시켰다.

"나쁜 사람 잡아요. 나쁜 사람 잡아요."

이번에는 아이들이 랩뮤직으로 돌림노래를 하고 있었다.

"예, 예. 맞아요. 원장선생님께서는 방금 경찰놀이를 하신 거예요."

담임은 무서운 얼굴로 '알았죠?'를 덧붙였다.

"네, 네. 선생님."

아이들은 일제히 목청을 통일하며 담임의 얼굴을 뚫어져라 보았다. 일순간 아영의 얼굴엔 밝지 않은 웃음이 미지근하게 엉기다가 말았다.

가까스로 몸을 일으킨 동진이 아버지는 선 자리에서 몸을 반 바퀴 돌렸다. 아영을 발견하곤 앞뒤 없이 순한 양으로 돌변한 양 고개를 깊이 꾸벅해 보이더니 잃어버렸던 길을 찾은 사람처럼 저쪽으로 멀어져 갔다.

"모셔다 드릴게요."

양 어깨가 축 늘어진 남자의 뒷모습에 동정심이 자극되고 만 아영은 승용차의 문을 열었다.

"저어기요."

사양하지 않고 차에 올라탄 동진이 아버지는 뜸을 좀 들이며 말문을 열었다간 단도직입적으로 '왕 누님'이 되어달라고 했다.

"왕 누님!"

아영은 어처구니없는 웃음을 입가에 쿡 찍고 말았다. 쉰 중반인 그녀로선 갓 마흔인 그에게 큰누이로 불리는 것이 기막히게 좋은지 앞뒤 없이 황당한지는 알 수가 없었다. 그냥 엉겁결에 술 작작 마시면 그 소원 들어주겠다고 친동생을 걱정하듯 그렇게 말해버렸다.

느닷없이 동진이 아버지는 흐느껴 울기 시작했다. 세상에 태어나서 사람대접 받아보는 건 이번이 처음이라고 넋두리까지 곁들였다. 이참에 술도 딱 끊어보겠다고 제바람에 맹세를 해대며 약속하겠다고 했다. '딱'이라는 그 낱말에 힘까지 불끈 주며 말했지만 아영은 왠지 모를 공허감을 느꼈다.

휴대전화 울림에 아영은 오른쪽 어깨 옆의 문갑 위를 더듬었다. 새벽 2시가 지나는 방금 전까지만 해도 몸을 뒤척이고 있었던 그녀였다. 막 빛을 연 스탠드에 드러난 그녀의 얼굴에 피곤한 기색이 역력했다.

"와~왕 와~왕 누우님, 우리 동진이 누가 건드리면 죽~여버~릴 거예요. 절대로 절대로 가아만두지 아~않을……."

동진이 아버지의 혀 꼬부라진 말이었다.

오물이라도 뒤집어쓴 얼굴로 아영은 휴대전화를 내팽개쳤다. 눈길을 탁상용 시계로 당겨 갔다. 새벽 3시 25분임을 확인할 땐 '미친!' 소리가 저절로 나왔다.

방바닥에 버려진 휴대전화가 또 소리를 내고 있었다. 아영의 입에선 뜻 모를 욕설이 고독한 중얼거림으로 새어나왔다. 동진이와 진아가 아이톡톡 어린이집에 다닌 지는 오늘로 5일째였다.

정확하게 이틀 전 자정 무렵에도 아영은 술에 젖은 동진이 아버지의 목소리를 들어야 했다. 동진이가 일 순위라고 해놓곤 꺽꺽 흐느끼기까지 했다.

'역시 친딸이 아닌가봐!'

잠결이었던 아영은 진아의 얼굴을 떠올려야만 했다. '네네'로 적당히 장단을 맞추어 주며 옆자리의 남편에게 그었던 눈길을 마루로 옮겨 갔다. 동진이 아버지의 흐느낌이 그녀의 속귀에 닿아 계속 질척거렸다. 옆집의 수탉이 가래 긴 목청으로 새벽을 열어젖히는데도 전화를 끊지 못하고 있었다.

"아니, 지금까지!"

아침에 마루로 나온 남편이 놀란 동공을 굴렸다. 그는 간밤에 휴대전화를 들고 방을 나가는 아내의 뒷모습을 목격해두고 있었던 것이었다.

"몇 시에요?"

아영은 서둘러 전화를 끊으며 남편에게 고개를 돌렸다. 눈가의 잔주름에 지쳐 있던 피로가 아침 햇살에 두드러지고 있었다.

"졸음운전이 얼마나 무서운데, 잘 알면서……."

남편은 애써 잔소리를 억제하며 쓸쓸한 표정을 지었다. 위암으로 위 절제수술을 받기 전까지는 그가 운전을 맡아 했다. 아직도 투병 중인 그는 잠깐씩 어린이집으로 나가 공문발송을 하는 일들을 돕고 있었다.

"초저녁에 좀 잤어요."

아영은 남편의 마음을 읽고 있었다. 아침 7시가 다 되어가고 있음을 확인하며 주방으로 들어갔다. 머그잔에다 원두커피를 크게 한술 듬뿍 떠 넣었다. 7시 30분까지 출근해야 하기 때문에 아침밥을 챙겨

먹을 시간이 없었다.

"빈속에……."

남편은 아영의 손에 있던 머그잔을 빼앗았다. 아내는 위벽이 너무 얇아져 있어서 커피는 물론 자극성 있는 음식을 입에 댔다 하면 속 쓰림에 괴로워 했다. 아내에게 딱 한 시간만 눈을 붙이고 나오라고 하며 자동차 키를 집었다.

"체력전, 파이팅! 알죠?"

열쇠를 쥔 남편의 그 손을 은근히 감싸며 아영은 다른 손으론 브이 자를 만들어 보였다. 항암치료에 시달리는 앙상한 그의 얼굴에 핏기라곤 찾아볼 수 없었다.

"잠깐이니까 괜찮을 거야." 남편은 열쇠 쥔 그 손에 힘을 주었다.

"현기증 나면 어쩌려구요?"

아영은 열쇠를 쥔 남편의 그 손 겨드랑이 속으로 손을 슬쩍 넣었다.

"졸음운전이 더 위험한데……."

억지웃음을 입가에 쿡 찍으며 열쇠를 빼앗기고 만 남편은 작게 한숨을 내쉬었다.

운행 첫 코스는 야산과 논 사이로 구불구불 이어지는 시골길이었다. 눈꺼풀을 번쩍 들곤 하던 아영은 차의 앞 유리를 내렸다. 아침 바람이 기다리고 있었다는 듯 그녀의 얼굴에 숲 내를 훅훅 끼얹었다. 졸음은 더 집요하게 그 눈꺼풀을 눌러대고 있었다.

어린 고라니가 찻길로 내려서고 있었다. 아영의 눈은 또 스르르 감기고 있었다. 두리번거리며 횡단을 시도하던 어린 고라니가 아영의 스타렉스를 발견하곤 급히 몸을 뒤로 돌렸다.

그녀는 또 고개를 꾸벅했고 어린 동물은 차도로 몸을 도로 돌렸다. '쿵' 하는 소리에 이어 '으악' 하는 소리가 울려 퍼졌다. 놀란 아이들의 울음소리가 잇따랐다.

"원장선생님!"

역시 졸음에 시달리고 있던 김 선생은 닭이 홰치듯 온몸을 퍼덕이며 비명을 질렀다.

오싹 얼어붙어 있던 아영은 온몸을 후들후들 떨며 차에서 내렸다. 너무 어린 동물은 팔다리를 널브러뜨린 채 피를 흘리고 있었고 두 눈은 말갛게 뜨고 있었다. 그 눈과 눈이 마주치고 만 아영은 체머리를 흔들었다. 이어 양미간을 찌푸리며 동물의 다리를 잡고는 길가로 끌어내기 시작했다. 아직은 목숨이 붙어 있을 수도 있었지만 손을 쓰고 할 여유가 도무지 없는 것이었다. 비위가 약한 탓인지 어깨를 추썩이며 헛구역질을 몇 번 해댔다.

시내 쪽의 아이들까지 등원시키고 난 뒤 아영은 어린 동물에게로 달려갔다. 사람의 손길이 다녀갔는지 아니면 자연의 안타까운 섭리인지 그 눈은 감겨져 있었다. 눈물로 어린 동물을 땅에 묻으며 미안하다는 말을 줄기차게 되뇌이고 있었다.

'허허허, 누굴 탓해?'

죄의식으로 전이되고 있어서일까. 동진이 아버지의 그 전화질에 어린 생명을 치게 한 책임을 떠넘기려고 하던 아영은 가슴을 툭 쳤다. 그러고는 그녀 자신에게 단단히 맹세했다. 나라님의 전화라도 밤중에 오는 건 받지 않을 것이라고.

'하악부형의 저언화를 이런 식으로? 씨이, 다앙장……'

전화를 받지 않자 동진이 아버지는 술에 절어 제멋대로 씰룩거리는 입술로 고독하게 씨우적거렸다.

동진이와 진아의 등원 승차시각은 오전 7시 50분이었다. 오늘 아침엔 동네 강아지들만 골목길로 달려나와 장난을 치고 있었다. 두 아이의 등원은 어머니인 찐찐따루가 맡아 했고 단 한 번도 늦게 데리고 나온 적이 없었다.

새벽에 동진이 아버지의 전화를 씹어버린 그 일 때문인지 아영은 불안감이 뒤엉킨 얼굴로 입을 반쯤 벌리고 있는 아이들의 집 대문과 시계로 번갈아 시선을 그어대고 있었다.

'좀 늦는 거겠지? 설마?'

5분이 지나고 있을 때 아영은 직접 차에서 내렸다. 큰아이의 이름을 부르며 대문 안으로 고개를 들이미는 그녀의 얼굴엔 진땀이 끈적거리고 있었다.

집 안은 찬물을 끼얹은 듯 조용하기만 했다. 한 발짝 안으로 발을 옮겨놓던 아영은 멈칫 섰다. 아이들의 할머니로 여겨지는 노인네가 방충망 문을 조금 열며 당혹스런 표정으로 빨리 돌아가라는 뜻의 손짓을 해대는 것이었다.

고개를 꾸벅해 보인 후 몸을 돌린 아영은 곧장 차로 돌아갔다. 핏기 없는 얼굴로 운전석에 올라앉았다.

다음 날도 아이들은 등원 장소에 나오지 않았다. 차를 돌리는 아영의 얼굴에 실망이 전이된 초조감이 뒤엉켰다. 아이들을 퇴소해 달라고 할까 봐서인지 전화벨이 울릴 때마다 표정이 굳어지곤 했다.

'찾아가서 사정 이야기를 할까? 밤잠을 설치면 졸음운전을 해야 하는 까닭으로 아이들의 안전운행에 큰 문제가 발생할 수 있기 때문에 늦은 밤에는 아예 전화를 받지 않는다고.'

초조한 표정을 감추지 못하고 있던 아영은 고개를 흔들었다. 말이 먹힐 사람 같았으면 처음부터 밤중에 남의 집에 전화를 걸지 않았을 것이라는 판단이 선 것이었다.

"너무 그리 신경 쓰지 말아요. 그러다 생병 나겠어. 아이 둘 빠진다고 설마 세끼 밥 못 먹겠어?"

마음을 졸이고 있던 남편은 짐짓 허허거리기까지 했다.

"95명 정원에 38명이나 되는데 세끼 굶으면 쌀 가지고 오는 사람 있겠지 뭐?"

아영이의 입에서도 희떠운 소리가 나왔다. 원래 배짱이 두둑한 성격은 아니었지만 남편은 수술 후 많이 소심해져 있었다. 동진이와 진아가 끊길까봐 까맣게 타고 있는 그 속을 그녀가 모를 까닭이 없었다.

허리가 좀 굽은 노파의 모습이 CCTV의 화면에 나타났다. 직감적으로 동진 할머니라고 판단한 아영은 실내화를 신은 채로 현관 밖으로 달려나갔다.

"어머! 동진이 할머님, 이리 더운데 걸어오셨어요?"

땀이 번질거리는 주름진 그 얼굴을 보며 아영은 반색했다. 차를 타면 7~8분 거리지만 한낮에 노인네가 걸어오기에는 아무래도 무리였다.

"우리 손주가 어찌나 어린이집에 오고 싶어 하던지……."

"정말이세요?"

본론부터 훅 털어놓는 동진이 할머니의 말에 감동한 아영은 무조건 스타렉스 운전석에 올라앉았다.

"애들 아비가 원장님께 전해달라더군요. 귀찮게 해서 죄송하다고……."

노파는 공허한 얼굴로 아들의 말을 덧붙였다. 앞으로 두 번 다시 술은 입에 대지도 않겠다고 단단히 다짐까지 했다는 그것이었다.

"어머, 그래야죠. 정말 그래야죠."

입속말로는 '지난번에도 약속했는데……'라고 하며 백미러로 눈길을 긋던 아영은 늙은 여자의 눈물을 훔쳐보아야만 했다. 동진이 아버지를 알코올중독자로 만든 직접적인 원인 제공자가 완고하고 엄하기만 한 아이들의 할아버지라는 것도 알게 되었다.

"술을 입에 안 댔을 땐 세상에 그런 양반도 없다우."

노파는 열심히 아들을 변호했다. 그래도 아들이 술 취하면 제 새끼를 끼고는 핥고 빨고 해서 탈이지 남에게 행패를 부리고 하지는 않는다는 것이었다.

어이없는 기분이 된 아영은 요 며칠 동안 동진이 아버지 때문에 겪었던 일들을 노파 앞에 풀어놓으려다 소득이 없을 것 같아서 그냥 입을 다물고 있었다. 이제 노파는 숫제 아들을 변명했다. 어제 아침에는 아이들을 꼼짝도 못하게 하면서 집 안을 얼어붙게 했지만 오늘 아침에는 어린이집 차를 많이 기다리더라는 것이었다.

찐찐따루는 아이들을 데리고 승차 장소에서 기다리고 있었다.

"미안합니다. 우리 아이들 잘 봐주세요."

이십 중반은 되었을까. 앳되어 보이는 그녀의 얼굴에 그늘진 미소가 어렸다. 아이들의 아버지가 정말 아이들을 위해서라도 앞으론 절대로 술을 입에 대지 않겠다고 하더라고 엉성한 한국어 발음으로 말했다.

"아빠 잠 안 깼으면 좋겠다. 그치?"

소망이 가득 담긴 목소리로 동진이가 동생에게 불쑥 말했다.

"으~응."

진아는 고개까지 끄덕이며 오빠의 말에 찬성했다.

"아빠가 잠만 주무시면 어떻게 되겠니?"

앞뒤 생각 없이 아이들의 대화에 끼어든 아영은 둘의 눈치를 백미러로 힐끔힐끔 살폈다.

"우리 아빠 잠잘 때는 술 안 마셔요."

"응."

여섯 살배기 동진이의 이런 기막힌 대답에 이어 말이 서툰 진아는 또 '응'으로 대꾸했다.

'애어른들이다. 정말로 어린데⋯⋯.'

발성할 수 없는 언어를 고독히 짓씹는 아영의 얼굴에 안타까움이 어렸다.

바로 그날 오후 5시 20분이 되어가고 있었다. 집으로 갈 준비를 마친 2층의 아이들은 1층 유희실로 내려오고 있었다. 먼저 내려온 주임교사가 놀란 얼굴로 사무실 문을 열었다. 아영과 마주쳤던 얼굴은 재빨리 창밖의 주차장으로 돌렸다.

그와 동시에, '아아!' 하는 절망적인 한숨을 지르며 아영은 숫제 문밖으로 튀어나갔다. 그녀는 오로지 비틀거리는 동진이 아버지에게로 모아질 아이들의 시선이 두려울 뿐이었다. 노란 스타렉스와 코가 맞닿을 듯 말 듯 주차되어 있는 청색 트럭을 볼 때에는 아찔한지 현기증을 느끼는지 몸을 한 번 비틀했다.

"우~리 워언장님, 우리 와왕 누나……."

그는 '우리'라는 낱말로 친근감을 자극하며 아부 작전을 열심히 펼쳐댔다. 결론은 하수구 냄새에 가까운 술내를 폭폭 풍기며 동진이를 데리러 왔다는 것이었다.

아영은 딱 잘라 그럴 수 없다고 했다. 그러고는 트럭의 운전석에 올라앉으며 그에게 열쇠를 달라고 했다. 바늘귀 만큼만이라도 살아 있을 제정신에 호소하듯 음주운전은 절대로 하지 말아야 한다고 강조하며 옆자리에 타라고 독촉했다.

시동을 걸기 위해 그녀는 키를 꽂았다.

조수석의 그가 어리광 투로 요구했다. 동진이를 함께 데리고 가자고. 또 진아의 이름을 쏙 빼놓는 그에게 아영은 직격탄이라도 날리듯, '진아는 남의 다리 밑에서 주워왔어요?'라고 톡 쏘았다. 그러나 정작 그녀의 입술을 뚫고 나온 소리는, "진아도 데려 나올게요." 이것이었다.

"진아 고것은 우리 집 영감탱이 편이다."

아영의 등 뒤에 꽂힌 그의 볼멘소리였다. 그와 동시에 그녀의 입에선 '하!' 소리가 피아니시시모로 폭발했다. 비로소 동진이 타령만 해대는 그의 마음이 조금은 들여다보인다고나 할까. 식구끼리 편을 나눈다는 것도 유치한 노릇이었지만 할아버지를 따른다고 딸을 미워한다는 건 더욱 우스운 발상이 아닐 수 없었다. 하기야 구겨진 자신의 초상화가 툭하면 몽둥이부터 들곤 했던 아버지로부터 그려지고 있다면 피를 준 그 부친이 철천지원수로 보일 수도 있겠다.

"울 아빠 차다!"

아영의 손에 이끌려 나오던 동진이의 본능적인 감탄사였다. 왠지 가슴이 저릿해옴을 느낀 그녀는 아이들에게서 그 아버지의 희망을 찾을 수 있을 것만 같은 행복한 착각에 사로잡혔다.

"넌 누구세요? 아빠보다 할배를 더 좋아하는 새끼! 의리 개떡도 없는 새끼! 왕싸가지."

진아를 먼저 트럭에 올려 태우자 아버지라는 위인이 어린 딸에게 주절거렸다.

"진아야, 아빠께서 장난으로 그러시는 거야."

아이가 무안해할까 봐서인지 아영의 이마에선 진땀이 송송 배어나고 있었다.

다행이라는 표현이 어울릴지 모르지만 진아는 아버지의 말을 들은 체도 하지 않고 창밖으로 얼굴을 돌려놓고 있었다.

그리고 이틀 뒤 아이들의 오전 간식시간이었다. 포도반 담임이 눈꺼풀을 있는 대로 치켜든 채, "어머, 어머, 어머……" 소리를 연발해대며 놀이터 쪽으로 돌렸던 눈을 아영에게로 당겨오며 어쩔 줄을 몰라 했다.

반사적으로 눈을 돌린 아영의 입에서도, "어머, 말도 안 돼!" 소리가 탄식처럼 터져나왔다.

동진이 아버지가 놀이터 옹벽에다 대고 소변을 보고 있었던 것이었다. 아영은 체머리를 흔들었다. 약주를 드신 것이 아니라 술을 처먹어도 그렇지 하필이면 아이들의 고유영역인 놀이터에서 원초적 본능을 해결할 순 없는 노릇이었다.

포도반 아이들은 달짝지근한 과일화채 맛에 흠뻑 빠져 있었다. 아직은 그랬다.

눈 깜빡할 여유도 없이 놀이터 쪽으로 달려간 아영은 그냥 우뚝 서 버리고 말았다. 정신상태가 멀쩡한 그녀로서는 볼일을 보고 있는 남자에게 더는 다가갈 수가 없었을 뿐더러 미친 척하고 다가가더라도 바지를 강제로 끌어올려줄 수도 없는 노릇이었다.

초점이 멍해진 눈으로 그녀는 도리 없이 몸을 돌렸다. 이대로 서 있다간 볼일을 끝내고 몸을 돌릴 그와 얼굴을 딱 마주치기 십상이었다. 주차장에 세워져 있는 그의 청색 트럭을 노려볼 땐 온몸을 부르르 떨었다.

'이건 아냐. 더는 안 되겠어. 도저히 안 되겠어.'

뭔가 단단히 결심한 얼굴로 아영은 현관문을 열었다.

"술 먹은 개라는 말도 있잖아?"

허연 얼굴로 들어오는 아영을 본 남편이 한마디 했다. 한발 늦게 어이없는 상황을 다 알아버린 그도 별 대책 없이 그냥 밖으로 나오고 있던 중이었다.

"진아와 동진이, 지금 집에 보내버릴래요."

2층으로 올라가며 아영은 '지금'이란 말에 힘을 불끈 주며 볼멘소리로 중얼거렸다. 더러운 꼴을 더 보기 전에 두 아이를 당장 퇴소시켜 버릴 작정이었다. 적자운영에 시달리고 있는 판국이어서 결코 쉬운 결정은 아니었다. "애들한테 무슨 죄가 있다고?" 남편이 그녀의 뒤를 따라갔다.

"누가 애들한테 죄가 있다고 했어요?"

그녀는 분노의 시위를 남편에게 당기고 말았다.

"당신 이러는 거 아냐. 정말 아니란 말이야."

그는 좀 강해진 어감으로 말하며 아영의 팔을 잡았다. 아이 둘을 한꺼번에 끊어야 한다는 아쉬움도 물론 있었다. 사실은 감정이 앞서 있는 아내의 지금 상태가 바윗덩이로 그의 가슴을 짓누르고 있었다. 화난 얼굴을 아이들에게 보이고 난 후 아내가 자기 스스로에게 받을 스트레스를 너무 잘 알고 있어서였다.

아영은 자타가 공인하는 웃음 신봉자였다. 아이들 앞에선 무조건 웃어야 한다고 교사들에겐 숫제 강요했다. 어른들의 표정 하나하나가 아이들의 정서 발달에 큰 영향을 미친다는 것이 그 이유였다.

신입교사 면접을 볼 때 아영은 나름대로 채용기준이 있었다.

보육교사라면 우선 유치하게 보이는 것이 장점이겠죠?

'애!'와 '야!'의 차이점은 세로줄 하나밖에 없다는 거죠?

아이들 앞에서 뜨거운 커피를 마시면 더 맛있죠? 등등의 우스갯소리로 슬쩍 시비부터 걸었다. 그때 상대가 어이없는 표정을 짓는 대신 부드러운 미소로 답하면 일차적으론 합격이었다.

이차적으론 아이들에게 '웃음꽃 공인인증'을 받아야 했다. 즉석에서 아이들과의 만남을 주선하여 대처하는 방법을 보는 것이었다. 대개 명랑한 목소리로 '안녕, 친구들아!'라고 하며 아이들의 분위기를 살피는 경우가 많았다. 무뚝뚝한 얼굴로 마지못해 인사말을 건네는 이도 있었다. 억지웃음을 입가에 펴 바르며 아이들의 환심부터 사려는 이도 있었다. 아이들을 보는 순간 무조건 활짝 웃으면 공인인증이 완료되는 것이었다.

젊었을 때 한 성깔 하던 아내가 아이들 앞에선 온갖 성질 다 죽이고 오로지 웃음만을 보이고 있는 터였다.

"알아요. 그렇지만 이럴 수밖에 없어요."

아내는 기어이 동진이의 교실 문을 활짝 열었다.

"스마일!"

뒤따라간 남편이 단말마적인 외마디로 아영의 귀에다 대고 외쳤다. 이대로 기어이 감정을 폭발하고 나면 아내는 자괴감에 빠져 한동안 끙끙 앓을 것이 뻔했다. 그러다 빨리 회복하지 못하면 자신은 아이들 앞에 설 자격이 없다고 하면서 어린이집을 접자고 할지도 몰랐다. 그는 별안간 살길이 막막해지는 기분까지 드는 것이었다.

"예, 스마일! 스마일!"

증폭되려는 분노가 때 아닌 남편의 스마일 외침에 브레이크가 걸렸는지 아영은 도리 없이 피식 웃었다.

"당신 웃음은 정말 백만 불짜리야!" 남편은 숫제 애교를 부렸다.

"동진이 가방 챙겨가지고 나와요."

아영은 까닭 모를 끼를 최대한 발휘하여 부드러운 목소리를 연출했다.

사각블록으로 로봇을 만들고 있던 동진은 궁둥이를 빨리 들지 않고 있었다.

"저 녀석은 블록에 소질이 있단 말이야!"

남편은 아영의 겨드랑이 밑으로 손가락을 살짝 넣어 간질였다. 웃음을 입가에 쿡 찍으며 아영은 빨리 나오라고 독촉했다. 이젠 마지못해 나온 동진이의 손을 잡고 진아의 교실로 향했다.

아영의 뒤를 쫄쫄 따라가면서 남편은 긴장의 끈을 조금은 늦추었다. 감정이 한풀 꺾인 아내는 이제 곧 이성을 완전히 회복할 것이었다. 회복세를 보아가며 그는 아이들을 도로 각자의 교실에 데려다

줄 작전까지 짜 두고 있었다.

동진은 블록에 미련이 남아있어서인지 때 아닌 시간에 집에 가야 하는 이유를 모르겠다는 얼굴로 아영의 눈치를 자꾸 살폈다.

"진아도 혼자 힘으로 신발을 신을 수 있죠?"

중앙현관의 신발장 앞까지 온 아영은 좀 복잡한 얼굴로 부드럽게 말했다.

"얘들아, 어떡하니? 다시 교실로 가야겠어요. 아빠께서 데리러 오시다가 급한 일이 생기셨나봐요."

남편은 진아의 여린 어깨에서 가방을 슬쩍 벗기며 동진에게 빙긋 웃어 보였다.

그와 동시에 동진은 소리 없이 활짝 웃으며 발아래 있던 신발을 집어 신발장에 던져 넣곤 교실로 몸을 돌렸다.

"내가 애들에게 무슨 짓을 한 거야?"

아영은 맥없이 중얼거리며 진아의 손도 교실로 이끌었다.

"야! 도, 동진아!"

아이들 아버지의 돌발적인 부르짖음이 중앙현관에서 울렸다.

"아빠, 나 로봇 다 만들고 갈 거야!"

동진이는 교실로 달아났고 신발을 신은 채로 달음질쳐 따라간 아버지는 그 아들을 뎅겅 안아선 밖으로 나갔다. 분노가 재발한 아영은 진아를 번쩍 안고 그 아버지 뒤를 따라갔다. 술내를 훅훅 내뿜으며 그 아버지가 아들을 트럭에 태웠다. 아영은 그의 딸을 그 트럭에 태웠다.

눈 깜빡할 사이에 벌어진 눈앞의 상황을 보며 남편은 현기증을 느꼈다. 두 사람에게 줄기차게 떠들어댔지만 이성이라곤 그림자도 찾아볼 수 없는 그들은 이미 귀머거리가 되어 있었다.

그 아버지가 의기양양한 얼굴로 트럭에 올라탔다. 아영은 냉정한 얼굴로 몸을 돌렸다. 그는 실실 웃으며 시동을 걸었다.

"안 돼!"

부르릉거리는 소리에 정신이 번쩍 든 아영은 몸을 돌렸다.

"여보!"

남편의 외마디 비명과 함께 트럭 앞에 뛰어든 아영은 양팔을 크게 벌렸다.

세상 모든 것이 일제히 숨죽인 듯 조용했다.

눈을 먼저 크게 뜬 아영은 운전대에 머리를 박고 있는 동진이 아버지를 보았다. 아영의 안전을 확인한 남편이 트럭으로 몸을 날렸다. 정신을 잃고 있는 그 아버지를 곁눈질하며 우선 기어를 파킹에 넣고 핸드브레이크까지 확실하게 잡아당겨 차를 완벽하게 정차시켰다. 이어 그 아버지의 어깨를 세차게 잡아 흔들었다. 슬그머니 머리를 들 때까지 그는 급히 밟은 브레이크에서 발을 떼지 않았다.

"워언장님, 지, 지금 살아있는 거죠?"

가까스로 정신을 차린 그의 첫마디였다. 앞으론 술 근처에도 가지 않을 것이라고 줄기차게 맹세를 해대며 또 약속하겠다고 했다. 아영은 고개를 자꾸 끄덕여주며 입속말로 중얼거렸다. 이번이 정말 마지막 약속이기를 제발 소원한다고.

눈물

난데없는 매미 소리가 '아이들 어린이집' 사무실로 들어왔다.

"여도 매미가 다 있네예."

도식은 무심결에 혼잣말로 중얼거리며 소리의 주인을 찾아 창밖으로 고개를 돌렸다. 다섯 살배기와 이제 갓 세 살이 된 두 딸의 아버지인 그는 방금 전 이곳에 도착했다.

"아버님, 이 동네 환경도 그리 나쁘진 않답니다."

원장경력 십 년 차인 쉰 후반의 혜나는 여유 있는 웃음으로 받았다.

소도시에 위치한 '아이들 어린이집'은 작은 시장을 낀 주택단지의 뒷골목에 자리 잡고 있었다. 출입문을 열기만 하면 대형버스를 제외한 각종 차량들이 시도 때도 없이 골목길을 누비고 있어서 오후만 되면 아이들의 코밑이 까매졌다. 공기청정기도 설치하고 문도 꼭꼭 닫아두고 있지만 하루에 두 번 걸레질을 할 때마다 까만 미세먼지가 묻어나왔다.

"이 동네 공기 영 안 좋다고 소문이 났던데예?"

딸아이가 둘이라고 강조하며 애들 이름까지 예지와 예진이라고 빨리도 까발리는 도식의 입가엔 야릇한 미소가 번져갔다.

'매미타령을 할 때는 언제고 병 주고 약 주나요?'

그러나 혜나는, "누가 그렇게 이 동네 광고를 잘해주는지 참 고맙네요. 소문대로라면 이 동네엔 기관지 환자들만 살겠다. 그쵸오?"라고 우스갯소리로 뭉뚱그리며 상대를 은근히 노려보았다.

때맞추어 노래해준 매미를 들먹이며 집집마다 나무 한 그루씩은 있고 화초를 많이 키우고 있어서인지 심심하면 곤충들이 노래자랑을 하러 온다고 숲에서나 있을 법한 사연들을 엮어대기까지 했다.

"공기청정기라 카는 그런 거는 있지예?"

말로는 안 되겠다 싶었던지 도식은 타협조로 나왔다.

"교실 먼저 보시겠어요?" 혜나가 앞장서며 말했다.

"아, 아닙니더. 원장님을 믿어야지예."

도식은 의자에 엉덩이가 눌어붙어버린 사람처럼 꼼짝하지 않았다.

"그럼 이거 작성 좀 부탁드릴게요."

때를 놓치지 않고 혜나는 입회원서 두 장을 들이댔다. 상대가 아이들을 위한 교육프로그램 같은 건 따지지 않을 것이라고 하는 것쯤은 바로 알아차렸던 것이다.

"여기 정원은 몇 명입니꺼?"

볼펜을 집어 들다 말고 그는 뜬금없이 정색했다.

"예. 오십 명입니다." 그녀도 정색했다.

"지금 여 다니는 아아들은 몇 명이나 되는데예?"

원서를 쓰면서 도식은 은근슬쩍 혜나를 곁눈질했다.

"아이들 숫자에 욕심을 부리진 않습니다."

그녀는 고개를 슬쩍 옆으로 돌렸다.

"아아들이 많습니꺼?"

그는 무슨 약점이라도 잡고 말겠다는 듯 굳이 아이들의 수를 확인하려고 했다.

"예 많죠. 많습니다."

혜나는 일부러 크게 웃으며 자신 있게 대답했다.

'아이들 어린이집'의 현원은 정원의 절반인 25명이었다. 운영이 어려울 수밖에 없어서 혜나는 국가의 지원을 좀 받을 수 있는 공공형 어린이집을 신청할 계획이었다. 그 선정조건의 항목 하나하나가 운영이 어려운 어린이집 입장에서 볼 땐 미끄럽다 못해 너무 까다로워 엄두도 못 낼 지경이었다.

그 첫째 조건으로 평가인증 점수가 90점 이상이어야 했다. 혜나는 촌수의 역사에도 절대로 없는 5촌 오빠의 죽음까지 들먹이며 시간외 근무에서 미꾸라지처럼 빠져나가려는 교사들을 이리 구워 삶고 저리 어르고 하여 95점을 획득해 놓았다. 1급 교사의 비율도 맞추어 놓았다. 문제는 정원의 80퍼센트를 채워야 하는 현원이었다.

"그라모 우리 예진이 자리 없는 거 아닙니꺼?"

큰아이인 예지 원서만 쓰고는 뜸을 들였다.

"아, 아뇨오. 그런 건 아닙니다."

그녀는 당황히 부인하며 입회원서를 각각 써야 한다고 재차 설명해주었다.

"작은아이는 안 있습니꺼어?"

그는 쓰라는 원서는 거들떠보지도 않고 부담스러워하는 표정으로 고개를 혜나에게로 돌렸다.

"아, 예."

최소한의 반응을 보이며 혜나는 상대의 표정을 예의주시했다. 그 얼굴엔 직감적인 불안감이 감돌고 있었다.

"등록을 안 하고……."

"아, 예 그러세요? 아직 너무 어려서 떼어놓기가 좀 그러시죠?"

상대의 말에 시간차 공격을 가하며 혜나는 짐짓 안타까운 표정까지 지었다.

"어리기는예. 돌 지난 지가 언젠데예?"

"큰아이, 저희 어린이집으로 결정하신 거 정말 감사드립니다."

혜나는 정중하게 감사인사를 차렸다.

"작은아아도 여 보낼 낍니더. 등록은 안 하고예."

도식은 부모의 안타까움을 독차지하는 옛날 옛적의 막내딸처럼 고개를 왼쪽으로 조금 기울이며 가여운 표정을 지었다.

순간 발끈한 혜나는, '흥, 누구 맘대로?'라고 생각했지만 정작 그녀의 입에서 나온 소리는, "그러시면 작은아이는 데리고 있는 편이 낫겠어요." 이것이었다.

등록하지 않으면 아이를 받아줄 수 없다고 딱 잘라 거절하려다가 큰아이의 원서에 목이 메여 그렇게 에둘러서 말한 것이었다.

지나간 3월에는 현원이 턱없이 모자라서 공공형 어린이집을 신청하지 못했다. 신청 당월의 6개월 전부터 따지는 현원 80퍼센트를 맞춰나가기 위해선 여하간 한 명씩이라도 건져 나가야 하는 것이었다.

"……기초생활수급자거든예."

도식은 동공으로 눈물까지 번쩍이며 아이 한 명을 집에서 보는 것으로 해야만 부모가 일을 할 수 없기 때문에 매월 생계비와 20kg 쌀한 포대를 지원받을 수 있다고 설명했다.

좀 멍해진 혜나는 허공으로 고개를 돌렸다. 어린이집에 등록하지 않은 아이를 원비를 현금으로 받아 봐준다고 하는 말을 듣기는 했다. 어디까지나 정원이 차고 넘치는 인기 만점의 어린이집에서나 있을 법한 사연이었다.

'어떻게 해야 하나? 정원의 절반에 겨우 턱걸이를 하고 있어서 현원을 늘여야 하고 또 엄연히 위법인데 말이다.'

머리가 복잡해진 혜나는 목구멍 속으로 한숨을 삼켰다.

도식은 요 며칠째 여러 어린이집을 순례하고 있었다. 환경이 좋지 않다고 소문 난 이곳까지 오고 만 그 목적을 꼭 달성해야만 했다. 지금 다니고 있는 어린이집에선 작은아이 보육료 35만 원씩을 매월 현금으로 내고 있었다. 그 액수를 조금이라도 깎아보고 싶었던 것이었다.

"그럼 아이가 없으면 기초생활수급자 대상에 들지 못하겠네요."

달리 할 말이 없었던 혜나는 볼멘소리로 그렇게 반문했다.

"아, 에 예. 다른 건 잘 모르겠십니더. 우쨌든 예진이를 집에 데리고 있는 것으로 해야 면에서 돈을 줍니더."

서둘러 둘러대며 도식은 혜나의 표정을 핥아댔다.

"그러시면요."

좀 복잡한 얼굴로 혜나는 우선 작은아이도 등록을 해야만 한다고 강조했다. 대신 아이사랑카드를 결제하여 작은아이 이름으로 어린이집 통장에 들어오는 보육료 347,000원 전액을 매월 가정으로 보내주겠다고 덧붙이기까지 했다.

일없이 희죽거리고 있던 바보가 들어도 팔짝 뛰며 좋아할 소리였다.

'너 완전히 돌았구나? 다 내줘버리면 교사월급은 무슨 돈으로 줄 것이며 무슨 돈으로 애들을 데려오고 데려다주고 할래? 어디 그뿐이냐? 오전 오후 두 번 먹여야 하는 간식은 물론이고 점심도 질 따져가며 먹여야 하는데 흙을 파서 돈을 살래? 춥다 덥다 말도 많은데 냉난방은 시냇물 퍼다 돈 살래? 전기요금 수도요금은 또 어떡할래? 제목도 없이 들어가는 돈들은 또 어떡하고……'

혜나는 너무 시끄럽게 떠들어대는 머리를 손끝으로 토닥거렸다. 거창하게 준법정신을 강조하지 않더라도 현원을 40명 선까지 끌어 올리기 위해선 바보 같은 짓도 감수해야 한다고 입속말로 고독히 중얼거렸다. 예진이가 만 1세여서 기본보육료 174,000원은 건질 수 있는 것도 머릿속으로는 계산하고 있었다.

"안 되겠는데예."

잠자코 듣고 있던 도식은 무슨 주도권이라도 잡은 사람처럼 딱 잘라 말했다. 생계비에다 양육수당과 지원받는 의료비 혜택까지 따지면 매월 국가에서 백만 원가량의 돈을 지급받는 셈이었다. 어디까지나 아이 한 명을 집에 데리고 있어야만 받을 수 있는 금액이었다. 지금 다니고 어린이집에 35만 원을 현금으로 갖다 바쳐도 65만 원 정도의 돈이 남았다.

고등학교 문턱을 넘다 만 도식이었지만 손해 볼 장사를 할 바보는 절대로 아니어서 혜나의 제의를 받아들일 수가 없었던 것이다.

"347,000원에서 1원도 빼지 않고 다 드린다니까요?"

스스로 비굴한 느낌에 사로잡힌 혜나는 짜증스런 마음을 감추기 위해 억지미소를 연출했다.

'아이들에게 좀 더 좋은 환경을 제공하기 위해 공공형 어린이집을 신청할 계획이었고 그러기 위해선 등록인원을 한 명이라도 더 절실하게 채워나가야 한다고 사정을 해야 하나?'

그녀는 복잡한 얼굴로 고개를 가로저었다. 현원 늘리기에 목매고 있다는 사실을 알게 되면 큰아이를 옮겨오는 조건으로 작은아이는 그냥 끼워달라고 할 것이었고 그 조건을 수락하지 않으면 지금 다니고 있는 어린이집에 두 아이를 좀 더 있게 해야겠다고 뜸을 들일 것이 뻔했다.

"그냥 지가 다달이 25만 원씩은 내께예."

선심이라도 쓰듯 하는 표정으로 도식은 느물거렸다.

'25만 원씩 일 년이면 돈이 얼마야? 공짜로 봐주겠다고 한 마당에 원장은 일 년에 삼백만 원씩 벌어서 좋고 난 지금보다 10만 원씩 적게 내서 좋고……'

"기본보육료 174,000원까지 합해서 드릴까요?"

상대가 국가로부터 지원받는 그 액수가 얼마인지 잘 몰랐던 혜나는 인심이 펑퍼짐한 옆집 아줌마로 돌변하여 허허 웃기까지 했다.

'매월 50만 원이 넘는 돈을 주겠다는데 군침을 흘리지 않을 바보는 아닐 거야.'

"아입니더. 그라모 지가 더 미안해서 안 되고예."

도식은 목을 조금 움츠리며 혜나의 안면을 핥아댔다. 그녀가 허허거림으로 인심 공세를 펼칠 때 그는 벌써 512,000원이라고 하는 그 돈의 머릿수를 정확하게 계산해 두고 있었다.

"미안해하시지 마시구요."

혜나는 입회원서를 상대의 코밑으로 들이밀었다.

"25만 원씩은 내겠다 안 쿱니꺼?" 난처한 표정의 도식.

"아뇨, 512,000원을 다 내 드릴게요." 득의에 찬 혜나의 얼굴.

"그렇다쿠모 50,000원 더 올려갖고 30만 원씩 드릴께예."

"아이 한 명당 일일 350원씩 나오는 간식비까지 다 계산하여 내 드리죠."

"다달이 30만 원씩 드린다 쿤께요."

"아뇨, 돈은 됐고요."

혜나는 볼펜을 집어 상대의 손에 강제로 쥐어주었다.

"그라모 마, 우리 예진이는 딱 한 달만 그냥 봐주이소."

별안간 도식은 볼펜을 책상 위에 탁 놓아버리곤 벌떡 일어났다.

반사적으로 고개를 뒤로 젖히며 그를 올려다보는 혜나의 입에선 멍청한 '어' 소리가 어이없는 피아니시시모로 발성되었다.

성의 없이 고개를 옆으로 조금 꾸벅이며 작별을 고한 도식은 거친 걸음으로 밖으로 나갔다. 불만에 들쑤셔진 입 언저리를 씰룩거리는가싶더니 찢어대는 눈꺼풀 사이의 동공엔 흰빛이 희번덕거리기까지 했다.

KO패를 당한 얼굴로 몸을 일으킨 혜나는 상대의 드센 기에 질려 배웅의 입을 제대로 떼 보지도 못하고 눈으로 그의 등만 흘겨댔다.

거만한 자세로 승용차에 올라탄 도식은 뒤따라 나오는 혜나에겐 눈길 한 번 주지 않고 시동을 걸었다.

'뭐, 저런 놈이 다 있어?'

도식의 차가 유유히 멀어져 갈 때 혜나는 소리 없이 분노를 폭발

했다. 분노의 파편이 박힌 가슴의 통증이 동공으로 전이되어 맑은 눈물이 맺혔다.

'이만한 일로 아까운 눈물은 왜?'

그녀는 눈꺼풀로 눈물을 찍어내기 바빴다. 젊은 시절에는 속상하면 혼자 이불을 뒤집어쓰고는 분이 삭을 때까지 죽으라고 울어대곤 했다. 슬플 때는 눈물을 꾹꾹 눌러버렸다.

바로 그다음 날 도식의 두 딸인 예지와 예진이는 어머니인 윤서와 함께 '아이들 어린이집'에 첫 등원했다.

거의 반사적인 동작으로 혜나는 그네들을 맞이하기 위해 밖으로 달려 나갔다. 순간 그녀의 두 눈은 윤서의 긴 노랑머리에 꽂혔다. 이어 짝 달라붙은 상대의 핫팬츠로 옮겨 붙었다.

"얘들아, 빨리 내려. 엄마 피곤해."

명색이 딸들을 맡길 어린이집 원장과의 첫 대면이었는데도 윤서는 고개를 옆으로 슬쩍 굽혀 보이는 정도의 약식 인사만 챙기곤 아이들 팔을 우악스레 승용차에서 밖으로 끌어당겼다.

"아이들 팔은 아직 약하답니다."

혜나는 비로소 윤서에게 현혹되었던 동공을 아이들에게로 떼어 냈다.

"이것들 잘 부탁할게요."

두 딸을 짐짝 내려놓듯 한 윤서는 달아나듯 차에 몸을 실었다.

그녀는 노래방 도우미 일을 하고 있었다. 밤새 번쩍거리는 조명을 받으며 취객의 노래장단에 맞추어 지랄을 하며 잘도 놀고는 했다. 수입도 짭짤했지만 밤마다 남자들과 어울려 술과 함께 질척거리는 황

홀경의 시간을 만끽하곤 하는 그것에 더 빠져 있었다.

도식은 윤서가 다 저녁때 낮짝에다 색색으로 화장을 하든 새벽녘에야 술 냄새를 푹푹 풍기며 집구석에 기어들어오든 간에 관심이 없었다. 아내의 지갑에서 만 원짜리 지폐가 불거지곤 해서 입가에 불편한 웃음이 맺히곤 할 뿐이었다.

윤서에게도 철칙은 있어서 엉덩이와 가슴을 슬슬 더듬거나 주물럭거리는 인간의 손은 물리치지 않았다. 가랑이 사이로 발전시켜나가는 그런 손이 있을 땐 단 한 번의 경고에 이어 날카로운 손톱으로 사정없이 내쫓았다.

도식도 아내가 외간 남자와 섹스행각까지 벌이지 않을 것이라고 하는 가여운 믿음을 가지고 있었다.

아침마다 아이들은 그 어머니가 데리고 왔다. 그리고 혜나에겐 보물단지보다 더 귀한 두 아이를 번번이 무슨 짐짝처럼 차에서 끌어내리듯 했다.

일찍부터 어린이집에 다녀서인지 두 아이는 신입원아 적응기간을 거치지 않아도 새 친구들 사이에서 잘도 섞여 놀았다.

도식이가 말한 한 달이 다 되었다. 그 한 달 동안 예지와 예진이는 단 하루도 결석하지 않았다.

출근하자마자 실내에 에어컨부터 켠 혜나는 밖으로 달려 나가 윤서의 승용차를 기다렸다. 드디어 예진이의 주민등록번호를 알려달라고 할 참이었다. 아이를 등록하기 위해 필요한 다른 자료들은 예지와 동일하기 때문에 오로지 열세 자리인 그 숫자만 알면 되었다.

혜나는 또 휴대전화를 열어 현재 시각을 확인했다. 오전 10시가

다 되어가고 있었다. 예지와 예진이의 아침 등원시간은 오전 9시로 정해져 있었다. 휴대전화에 저장되어 있는 윤서의 전화번호를 누르는 그녀의 손이 파르르 떨렸다.

전화를 받지 않는다는 안내의 말만 흘러나왔다.

'설마?' 혜나의 얼굴색이 어두워지고 있었다. 도식의 휴대전화 번호를 누르기 시작했다. 침을 꿀꺽 삼키는 소리가 그녀의 목젖에서 울렸다.

돌연 혜나의 얼굴이 흙빛으로 변했다. 씩씩대며 자리에서 일어났다간 도로 털썩 주저앉았다. 체머리를 짧고 강하게 흔들었다. 그녀의 속귀엔 방금 전에 들은 도식의 목소리가 진드기처럼 달라붙어 있었다.

'에이, 씨이 파아알 디비 자는데 누고?' 바로 이런 씨부렁거림이었고 그렇게 지껄이고는 전화를 끊어버렸던 것이다. 자존심이 아리다 못해 그녀 스스로를 향한 모멸감과 수치심이 전신에서 스멀거리고 있는 것이었다.

'혼잣말로 지껄인 거였잖아?'

'아니, 나 들으라고 한 소리였어.'

'그런 건 아닐 거야.'

'아무튼 기분이 더러워. 더러워도 너무 더러워.'

자존심과 속을 주고받던 혜나는 예지의 생활기록부를 뒤졌다. 급히 도는 눈물에 동공이 일렁거리기 전에 아이의 집주소를 메모해선 밖으로 나갔다. 기분타령하고 있을 때가 아니라고 판단한 거였다.

'거지발싸개 같은 것들.'

혜나의 얼굴이 벌겋게 달아오르고 있었다. 불쾌감의 복병처럼 도

사리고 있던 태숙의 낯짝이 눈앞에서 돋아난 것이었다.

　5개월 전 태숙은 여섯 살짜리 남자아이 쌍둥이를 '아이들 어린이집'에 데려왔다. 뭐 그렇게 있어 보이진 않았는데 특활과목에 촉각을 곤두세웠다. 혜나는 원어민 영어를 안내하며 교재비 포함하여 한 아이 당 월 7만 원씩이라고 했다. 상대는 무조건 두 아이 다 신청하겠다고 하며 이전에 다녔던 어린이집에선 영어특활 강사가 우리나라 사람이어서 불만이었다는 것이었다. 이어 특활비는 너무 당당하게 '후불로 할게요'라고 했다.

　그 당당함을 이겨낼 재간이 없었던 혜나는 어이 없이 고개를 끄덕여주었다.

　한 달이 지나자 태숙은 그다음 달에 3개월 치를 한꺼번에 내겠다고 하며 전화로 숫제 아양을 떨었다. '그렇다고 우리 쌍둥이 눈칫밥 주시면 안 돼요. 호호, 농담이에요. 원장님 사랑합니다.'

　사랑한다는 그 말에 마음이 간지러워진 혜나는 피식 웃기까지 하면서 덩달아 사랑한다고 말해주었다.

　쌍둥이들의 특활비가 정확하게 3개월분이 밀렸을 때였다. 단 한 번도 결석하지 않던 녀석들이 어린이집에 오지 않았다. 담임이 먼저 전화를 넣었다. 아이들이 아파서 며칠 쉬어야겠다는 내용의 문자만 왔을 뿐이었다.

　쌍둥이가 결석한 지 이틀째 되던 날 담임이 또 전화를 넣었다. 문자도 넣었다.

　녀석들이 결석한 지 삼 일째 되는 날은 혜나가 직접 태숙에게 전화를 넣었다. '야아, 누구야? 잠 좀 자자. 씨이파알……' 대뜸 혜나의 속귀로 날아온 무지막지한 말이었다.

이미 오전 10시가 지나고 있었으니까 한밤중에 남의 집에 전화를 걸어댄 것은 절대로 아니었다.

'원래 아이들은 밤에 많이 콜록거리는 거잖아?'

'그래 맞아. 간밤에 한숨도 못 잤을 거야.'

'녀석들이 빨리 나아야 할 텐데……'

혜나는 동공 위로 싸늘한 눈물이 끓어 넘치기 전에 스스로 자존심을 다독거려야 했다. 오후 3시가 지나고 있을 무렵 쌍둥이의 집을 찾아갔다. 골목길에 면한 샛문을 밀자 원룸 형태로 여겨지는 단칸방이 나왔다. 노크부터 했다. 쥐 죽은 듯 조용하기만 했다. 조심스레 문고리를 돌려보았다.

'애들 데리고 병원에 갔겠지?'

주제 모를 불안감이 엄습해옴을 느끼며 혜나는 애써 그렇게 단정했다. 다녀간다는 메모를 방문에 붙여두고는 발길을 돌렸다.

다음 날 혜나는 아이들의 등원이 완료된 것을 확인한 후 곧장 쌍둥이의 집을 방문하기 위해 어린이집을 나섰다. 어제 남긴 메모를 보았으면 무어라고 반응이 있어야 했다.

팔에 힘을 주어 문을 두드리던 혜나는 무뚝뚝한 자세로 서 있을 수밖에 없는 문짝에다 앙심을 품으며 마구 흘겨대기도 했다.

'병원에 갔을까? 어젠 오후에 집을 비우더니……'

'아이들이 아픈 데 병원 아니면 어딜 갔겠어? 병원 가는 시간을 따로 정해 놓은 것도 아닐 거야.'

'아이들이 입원했을 수도 있잖아?'

자구책이라도 찾듯 혜나는 태숙의 집이 비어 있을 수밖에 없는 이유를 놓고 경우의 수를 따지기 바빴다.

결국 그녀는 얼마 전에 개업했다는 아동병원을 떠올리고 있었다. 운영난으로 문 닫기 일보 직전이었던 개인의원 의사 세 명이 힘을 합해 5층 건물을 통째로 빌려 새로 문을 연 것이었다. 리모델링 비용을 아끼지 않은 덕택인지 호화로운 인테리어가 젊은 엄마들의 마음을 사로잡아 버린다는 소문이었다.

소문을 좀 더 빌리자면 기침이 심하면 폐 엑스레이부터 찍게 하고 열이 좀 있다 싶으면 폐렴이라는 진단을 내려 입원하도록 한다는 것이었다.

아동병원으로 발길을 돌리기 위해 휴대전화를 꺼내 태숙의 번호를 눌렀던 혜나는 작게 한숨을 내쉬었다.

'애들 때문에 혼이 빠져 있을 텐데 무슨 정신으로 전화를 받겠어?'

'전원이 꺼져 있다니까.'

'배터리가 다 되었겠지.'

'그럴까?'

혜나는 또 스스로와 마음을 주고받았다. 도리 없이 어린이집으로 발길을 당겨 가다간 걸음을 멈추었다. 아동병원으로 몸을 돌리다 말고 휴대전화를 꺼내 114를 눌렀다. 다른 번호를 찾고 있다는 안내와 함께 잠시만 기다려달라는 소리가 울렸다.

'아이들이 입원한 것이 아니라면?'

'어제오늘 병원에 오지도 않았다고 한다면?'

극도로 소심해진 혜나는 그냥 전화를 끊어버렸다. 일인칭과의 치열한 심리전에서 스스로 휴전을 선언하듯 조금만 틈을 조금만 들이기로 한 것이었다.

어린이집에 도착한 혜나는 아이들 소리가 나는 놀이터로 향했다. 원래부터 아이들은 노는 것과 먹는 것 외에는 관심을 보이지 않는 법이었다. 잘 놀게 하고 골고루 먹게 하는 것이 어른들의 일이라고 나 할까.

모래장난을 하는 일곱 살 남자아이들을 보면서 혜나는 불현듯 쌍둥이의 얼굴을 떠올렸다. 두 아이는 장난감 덤프트럭에다 모래를 가득 실어 나르는 것을 무척 좋아했다. 내일은 녀석들의 얼굴을 볼 수 있었으면 하는 아린 그리움의 파문으로 그녀의 가슴은 일렁이고 있었다.

사무실의 전화벨 소리가 경쾌하게 울렸다.

"여기 '미래 어린이집'인데요. 쌍둥이 퇴소시켜주세요."

수화기를 드는 순간 혜나의 귓속으로 훅 들어온 소리였다.

"예엣?"

무방비 상태에서 일격을 당한 사람처럼 혜나는 놀란 눈을 홉떴다.

"거기 '아이들 어린이집' 아닌가요?"

비로소 상대는 최소한의 서두를 넣고 있었다.

"맞습니다."

태숙에 대한 배신감이 상대에 대한 미움으로 전이된 터여서 혜나는 딱딱한 목소리로 대꾸했다. 특별활동비 3개월 치가 밀렸다고 말하려다간 그냥 아이들 어머니와 계산할 것이 있다고 덧붙였다.

"그런 건 내 알 바 아니구요. 아이들이 여기 온 지 삼 일째 되었으니까 삼 일전 날짜로 퇴소해주세요."

상대는 딱 잘라 말하곤 전화를 끊어버렸다.

'흥, 너도 곧 당할 거야.'

한마디로 말문이 딱 막혔지만 상대의 앞날을 고소히 점치며 혜나는 부르르 달려 나갔다. 밀린 돈을 떼이게 될까봐 전전긍긍하는 건 아니었다. 큰딸 또래밖에 되지 않는 새파란 것한테 우롱을 당한 것만 같아 속이 푸르르 끓는 것이었다.

즉석 점괘를 확인하듯 혜나는 이전에 쌍둥이가 다녔다는 그 어린이집으로 전화를 넣었다. 예감은 적중했다. 역시 특별활동비 3개월 치를 떼어먹고는 하루아침에 아이들을 다른 어린이집으로 옮겨버렸다는 그것.

'살날이 구만 리 같은 사람이 인생을 그렇게 살아서 되겠느냐. 엄마가 그 모양인데 쌍둥이가 뭘 보고 배우겠느냐? 애들을 위해서라도 똑바로 살아야 하지 않겠느냐? 처음부터 형편이 어렵다고 솔직하게 말했으면 특별활동을 그냥 시켜줄 수도 있었어. 언제까지 애들을 떠돌게 할 거야?'

우선 이렇게 실컷 퍼부어줄 작정이었다.

태숙이 미안해하는 기색이라도 보이면 혜나는 급히 꼬인 배알을 풀어버리고 쌍둥이를 도로 데려오라고 할 궁리까지 하고 있었다. 더는 아이들을 떠돌게 할 수 없다는 기특한 명분을 앞세워 정부지원금인 보육료 외의 경비는 일체 받지 않을 각오도 했다.

"어디서 왔수?"

"저어기 앞 어린이집에서 왔습니다."

"안 그래도 지금 막 그곳으로 가보려던 참이었는데. 그새 애새끼들까지 빼돌린 모양이죠? 그긴 얼마를 떼어먹고 달아났수?"

"아 예. 아뇨. 꼭 그렇다기보다……."

"젊은 것이 애 둘 데리고 혼자 사는 것이 불쌍해서 방값도 싸게 주었는데 머리에 피도 안 마른 년이 어디서 방세 받아 입에 풀칠하는 늙은이의 돈을 떼어먹고 달아나? 이 년이 아직 세상 무서운 줄 모르는 모양인데……. 우리 같이 이 년을 찾아내 두 번 다시 이런 짓거리를 못하도록 머리털을 다 뽑아놓읍시다."

"아, 아뇨. 전 그냥 애들이 궁금해서 왔을 뿐입니다."

혜나는 태숙을 향한 집주인의 독설을 뒤로하며 발길을 돌려야 했다.

태숙은 3개월치 월세를 떼어먹고 몰래 이사를 해버린 것이었다. 60대 초반으로 보이는 집주인은 꼭 찾아내 이자까지 쳐서 받고 말겠다고 눈을 불을 켰다. 동네사람 앞에 끌어내어 창피도 톡톡히 줄 것이라고 이를 바드득 갈기도 했다.

'애들이 무슨 죄냐?'

너무 어린 나이에 떠돌이가 되어버린 쌍둥이의 얼굴을 떠올리며 혜나는 맥없이 중얼거렸다.

'아직은 아닐 거야. 그렇지?'

도식의 집이 시야에 들어올 때 혜나는 일인칭에게 물었다.

'속부터 끓이지는 말자.'

일인칭의 담백한 대답에 혜나는 도리 없이 머리를 끄덕였다.

도식의 집 초인종에 검지를 갖다 대며 혜나는 침을 꿀꺽 삼켰다.

'또 당하는 거야? 바보처럼.'

혜나는 스스로를 비웃으며 너무 조용하기만 한 대문 안을 기웃거렸다.

'아직 자고 있을 거야.'

'그럴까? 그렇겠지?'

여기까지 오는데 도보로 5분 정도밖에 걸리지 않았음을 되새기며 그녀는 문턱에 옹색하며 걸터앉았다.

도식의 얼굴을 보기 전에는 절대로 돌아가지 말자고 혜나는 일인칭과 단단히 밀약까지 해 두었다. 그에게 따로 할 말이 있는 건 아니었다. 욕설에 대해 따진다면 그녀 자신이 더 초라해질 것 같아서 그냥 덮어두기로 했다. 그냥 아이들을 계속 어린이집에 보내라고 할 참이었다. 물론 예진이는 등록하지 않는다는 그 조건도 수락할 생각이었다. 그러지 않으면 도식은 구미에 맞는 다른 어린이집을 찾아 아이들을 계속 옮겨 다니게 할 것이 뻔했으므로 '아이들을 위하여'라고 하는 확실한 명분까지 세워두고 있었다.

시간을 죽이기 위해 휴대전화를 꺼낸 혜나는 다운 받아 둔 동영상 메뉴를 내리훑기 시작했다. 개그프로를 클릭했다. 울고 싶을 때 그냥 생각 없이 웃으려고 저장해둔 것이었다. 남의 집 대문 문턱에 엉덩이를 초라하게 붙인 채 그녀는 실실 웃기 시작했다. 실없이 시작된 웃음이 실속 있는 웃음을 불러냈는지 눈시울이 뜨거워질 정도로 웃어댔다.

'느낌이 좋다.'

혜나는 일인칭에게 속삭였다. 살아오면서 터득한 것이 있다면 웃음의 꽁무니엔 항상 좋은 일이 따라다녔다는 사실이었다.

여유 있는 자세로 궁둥이를 든 그녀는 초인종에 손을 올렸다.

'아직도 한밤중인가?'

그녀는 억지웃음을 입가에 내걸었다.

'안에 아무도 없는 건 아닐까?'

'애들 아버지가 외박했다면 그렇겠지?'

'외박? 왜 그 생각을 못했지? 도대체 애들 엄마는 어디 갔기에? 또 아프다는 애들은 지금 어디 있는 거야? 설마 이사를 해버린 건가?'

급기야 혜나는 태숙의 낯짝을 또 떠올리고 말았다. 입가에 있던 웃음이 완전히 사그라졌다.

휴대전화를 열어 12시가 되어가고 있음을 확인한 혜나는 미친 듯이 초인종을 눌러댔다. 안에 사람이 있다고 확신하는 건 아니었다. 두 시간이 다 되어가도록 밖에서 기다렸다는 사실이 억울해서 죄 없는 초인종에다 화풀이라도 하는 것이었다.

"누구요?"

돌리고 있던 발길을 붙잡는 도식의 목소리에 귀를 의심하던 혜나는, "네. 어린이집에서 왔습니다"라고 하며 부지중에 입가에 웃음까지 쿡 찍었다.

"어린이집이라꼬? 어디 어린이집인고?"

도식은 혼잣말로 중얼거리며 대문을 열었다.

"안녕하세요? 우리 예쁜 예지와 예진이는 좀 어떤가 하고 왔습니다."

혜나는 환한 웃음을 연출했다.

"우리 아아들 꿈나무 어린이집으로 옮겼는데요."

도식은 태연한 얼굴로 중얼거렸다.

"어머, 아버님, 안 돼요."

그녀의 입에선 숫제 비명이 튀어나왔다.

"예엣?

도식은 뜨악한 얼굴로 동공을 굴렸다.

"이런 법이 어디 있습니까. 이렇게 갑자기 아이들을 옮겨버리면 어떡하냐구요? 옮길 때 옮기더라도 저한테 미리 말씀을 했어야죠."

혜나는 구차하게 떠들어댔다.

"첨부터 한 달만 봐달라 안 캤습니꺼? 고마 가 보이소."

도식은 대문 안으로 사라져버렸다.

"허, 허허, 허허허……."

혜나는 닫혀버린 대문을 멍하니 바라보며 크게 웃었다.

눈물이 웃음에 맺혔다. 눈물에 일렁이는 그녀의 동공 앞에서 그 대문은 자꾸만 소리 없이 흔들리고 있었다.

진돗개 하나

현재 시각 오전 9시 55분 월요일이었다. 급기야 지난 목요일 오후에 '진돗개 하나'가 발령되었다. 성량 풍부한 우리의 대북 확성기에 북측이 포격으로 지랄을 떨어댄 것이었다. 사람들은 매시마다 흘러나오는 뉴스에 촉각을 세우고 있었다.

"미나야, 먹어 응? 제발!"

축 늘어져 있는 딸의 입에 죽 숟갈을 들이대며 애원했다. 불린 사료에다 소고기통조림을 넣고 믹서기에 갈아서 만든 미음보다 더 부드러운 죽이었다. 바로 어제까지만 해도 먹을 것을 들이대면 힘들어하면서도 조금씩은 먹어주었다.

'이제 보내주세요.'

눈물에 젖은 속눈썹을 들며 미나도 애원했다.

"안 돼. 못 보내. 절대로 보낼 수 없어."

죽 그릇을 옆에 두고 소독약을 집어 들었다. 열 살 난 내 딸 미나는 두 달 전인 6월에 유방암수술을 받았다. 경과가 좋아 처음엔 기특할 정도로 밥을 잘 먹었다. 실밥을 뽑던 날 수술부위가 잘 아물었다는 의사의 말을 철석같이 믿고 핥지 못하도록 목에 씌워두었던 모나리자를 제거해버린 것이 화근이었을까.

어린이집 원장 경력 7년 차인 난 출근과 동시에 3층 건물인 실내 계단과 복도는 물론 바깥 놀이터의 청소로 일과를 시작했다. 이어 12인승 노란 차를 몰고 시골 방향으로 아이들을 먼저 데리러 가야 했다. 이차적으로 신설 아파트단지 쪽으로 아이들을 데리러 다녀오다 보면 오전 9시 45분 정도 되었다.

비로소 아침밥을 들고 딸에게로 달려갈 수 있었다. 미나의 새집은 어린이집 건물에 면한 바깥 공간에 있었다. 아프기 전까지는 3층의 내 서재에 면한 베란다에 있었다. 틈만 나면 우린 이야기꽃을 피웠다.

"미나야, 미안해 엄마 금방 올게."

진물이 나고 있는 수술 부위에 소독약을 바르다 말고 몸을 일으켰다.

3살 아이인 영우의 울음소리가 들려온 것이었다. 이랬다. 미음 한 모금 넘기지 못하는 딸을 두고 또 아이의 울음소리에 최면이 걸려버렸다.

"원장님, 영우 또 시작이라예."

교실 문을 열자마자 담임인 박 선생이 기다렸다는 듯 죽을상을 했다. 평소에 얼굴이 밝지 않아 아이들 앞에선 표정관리에 신경 쓰라고 해도 억지 연출이 되지 않는 교사였다.

영우는 발라당 드러누운 채 목청껏 울어 젖히며 손에 잡히는 대로 집어던지고 발에 걸리는 대로 발길질을 해대고 있었다.

"우리 영우 울고 싶어요?"

담임을 살짝 흘기곤 아이를 안아 일으켰다. 유희실로 가면서 '사랑
해'를 귓속말로 수없이 속삭였다. 흔들이 말 위에 앉히자 아이는 눈
물 자국 위로 웃음을 쿡쿡 찍으며 말을 앞뒤로 마음껏 흔들어댔다.

'미안해하지 마세요.'

다시 딸에게로 돌아갔을 때 미나는 꼬리를 흔들며 웃음을 보여
주었다.

"미나야, 웃지 않아도 돼. 아프면 아프다고 해. 응?"

짓무른 수술부위에 소독약을 발라주며 눈물을 삼켰다. 의사는
통증이 심할 것이라고 했다. 앓는 소리도 낼 수밖에 없을 것이라고
했는데 단 한 번도 딸의 신음 소리를 듣지 못했다.

미나와의 첫 만남은 진도의 진돗개축산조합에서 운영하는 연구
소에서 이루어졌다. 십 년 전 6월 26일이었던 그날은 일요일로 안개
비가 살며시 내리고 있었다. 당직의 안내로 5월 20일생 암수 한 쌍
이 있는 곳으로 안내되었다.

"어머, 귀엽다!"

앙증맞은 솜뭉치인 그 몸통에 우선 홀려버렸다. 한 점의 티도 허
용되지 않은 까만 눈과 코는 뽀얀 얼굴 위로 기막히게 두드러지고
있었다. 무작정 두 아기를 늦둥이로 입양한 난 발걸음을 사뿐사뿐
날며 주차장으로 향했다.

주인에 대한 진돗개의 충성심을 당직은 '일편단심 민들레'라고 진
지한 우스갯소리로 표현했다. 주인이 싫어하는 행동은 절대로 하지
않는다는 말도 했다.

'전화부터 받으세요.'

죽을 숟갈로 뜨는데 휴대전화가 울리자 미나는 귀를 세우며 맑은 눈망울을 내 호주머니로 보냈다.

"누가 그런 걱정하래?"

딸의 입을 강제로 벌리기 위해 야윈 그 얼굴을 왼쪽 팔오금으로 끌어안았다. 생후 5개월부터 미나는 휴대전화 소리만 울리면 재빨리 내게로 물어다 주었다. 진물이 나든 고름이 흘러넘치든 잘 먹으면 병을 이겨낸다고 했다.

'엄마, 죄송해요.'

입을 더욱 굳게 다물며 미나는 눈물로 말했다.

"왜 우는 거야? 엄만 울보 딸 싫어. 울지 마. 먹어, 먹어야 산단 말야. 제발 먹어, 제발. 네가 안 먹으면 엄마도 굶을 거야."

음식을 거부하면 다른 장기로 전이되었다는 증거라고 했다. 한마디로 가망이 없다는 뜻이었다. 체머리를 흔들며 절망했다. 내가 입맛이 없어 할 때면 미나는 물 한 모금도 대지 않았다.

'한 숟갈이라도 먹어볼게요.'

미나가 숟갈에 눈길을 긋는 그때 휴대전화가 또 울렸고 죽에 입을 대려던 내 딸은 고개를 저쪽으로 돌려버렸다.

"XX년 죽여버릴 거야. 어머!"

욕설이 입술을 뚫고 나온 후에야 난 자신에게 놀랐다. 보나마나 발신인은 오 선생일 것이었다. 욕을 해 본 기억이 거의 없는 나였다. 대뇌의 어느 구석에 저장되어 있었는지 아니면 감정에 시간 차 공격을 당한 이성의 발악적 임기응변이었는지 어쨌든 미나가 죽을 조금이라도 먹은 상태였다면 더럽게 고상한 이런 언어까지는 입에 올리진 않았을 것이었다.

'받아보세요. 전화.'

물리적인 힘을 가하여 미나의 고개를 이쪽으로 돌리자 딸은 흥건히 젖는 눈시울로 휴대전화 쪽만 응시했다.

"네가 안 먹으면 엄만 아무 전화도 받지 않을 거야. 엄마하고 오래오래 같이 살자고 약속했잖아? 십 년만 더 살아. 아니 5년, 3년, 단 1년 만이라도 엄마하고 더 같이 살잔 말야. 아직은 절대로 못 보내. 안 보내."

약을 먹일 때처럼 딸의 고개를 왼손으로 끌어안으며 엄지와 검지로 딸의 양쪽 입아귀를 힘주어 눌렀다. 도리 없이 입을 조금 벌릴 때 재빨리 죽을 입안으로 떠 넣었다. 뱉어내진 못할 터여서 삼킬 수밖에 없을 것이었다.

'이대로 미나를 보내야 하는 걸까?'

이빨 사이로 죽이 주르르 흘러나오는 것을 보면서 멍한 무력감에 휩싸였다. 땅바닥에 털썩 주저앉았다.

휴대전화는 악머구리로 돌변하여 들끓어대고 있었다. 슬픔에 젖어 있던 전신의 촉각이 분노로 곤두섰다.

지난 금요일 오후 4시 20분경이었다. 마지막 운행코스인 J아파트로 아이를 데려다 주기 위해 노란 차를 이끌고 어린이집에서 차도로 들어서 있었다. 등·하원 지도교사인 유 선생이 혼잣말로 무슨 말인가를 중얼거리는 듯했다. 백미러로 조금은 심각해 보이는 그 표정을 확인하면서 무슨 일이냐고 했다.

"오 선생님이 전화를 두고 내렸네요."

가져다 주겠다는 의사까지 곁들였다.

"오 선생 비서예요?"

나는 피아니시시모 소리로 힘주어 반문했다.

나이로 따지면 아이가 넷씩 있는 오 선생이 많지만 어린이집 교사 경력으로 치자면 유 선생이 선배였다.

올해 나이 27세인 유 선생은 신장이 1미터 47센티미터밖에 되지 않았다. 외모지상주의를 억울하게 부르짖지 않더라도 작달막한 그 키 때문에 얕잡아 보이기 십상이었다.

5년 전 면접 당시 사실 유 선생의 그 키를 보는 순간 학부형의 시선부터 걱정의 맨 앞줄에 떠올랐다. 유쾌하지 않았던 사생활이 들통 난 조 선생이 하루아침에 출근하지 않는 바람에 교사채용이 급한 상황이었다. 아니 할 말로 급한 불을 끄고 난 후에 시간을 두고 제대로 된 교사를 채용하자고 하는 속셈도 없지 않았다.

유 선생에게 투 담임제로 운영하는 영아반을 맡겼다. 남보다 짧은 다리로 아이들을 돌보려면 날아다녀야 하며 두 눈은 항상 아이들에게 붙여두어야 한다고 알려주었다. 신입 때는 실수 연발이었지만 잘하려고 애쓰는 모습을 보여주었다. 엄연히 담임교사였는데 다른 교사의 심부름꾼 노릇까지 하는 것을 본 나는 화가 났다.

그다음 해 유 선생을 부려먹은 교사들은 재임용하지 않았다.

"저래 키가 작아서 어떻게 애들을 보겠어요?"

운영위원회 위원 중 학부모 대표는 노골적으로 유 선생의 키를 걱정거리로 삼았다. 속으론 '키로 아이들을 돌보나요?'라고 하면서도 겉으론, "아이들이 담임을 올려다보느라고 목 아프지 않아서 얼마나 좋은지 모르겠어요. 더 중요한 건 우리 유 선생님이 아이들을 제일 사랑한다는 겁니다." 이렇게 열변했다.

아직은 유 선생을 능력이 뛰어난 교사라고 평가하긴 어렵다. 감정의 기복이 느껴지지 않은 덕택에 아이들이 정서적인 안정을 누릴 수 있다는 점에서 신뢰할 수 있었다.

문제는 동료교사들이 우선 유 선생을 얕잡아 보기부터 한다는 것이었다. 올해는 동료교사들에게 당당하게 보이도록 하기 위해 일부러 주임교사를 맡겼다. 그녀를 어려워하진 않더라고 보조교사 취급은 하지 못하도록 하기 위해서였다.

올 3월부터 근무한 오 선생은 타 지방 출신으로 직업군인인 남편을 따라 이곳으로 왔다고 했다. 그녀는 너무 편하게 유 선생에게 접근전을 시도했다. 차라리 텃세 부릴 것에 대한 예방차원으로 아부작전을 펼쳤다면 입맛이 쓰진 않았을까.

"아, 아뇨. 그냥 갖다 주고 싶어서요."

말주변도 없는 주제에 유 선생은 옹색하게 둘러댔다.

"허허, 세상 인심이 다 나처럼 비단결이면 법이 무슨 필요가 있겠어?"

실없이 허허거렸다. 칠칠맞은 동료교사의 유실물을 발견했을 때 집의 방향이 같다면 갖다 줄 수도 있었다. 바로 옆집에 살더라도 오직 유 선생은 상대를 보아가면서 천사 활동을 펼쳐야 하는 것이었다.

오 선생은 딸아이를 데리고 출근하는데 입학금은 물론 한 학기의 교재비조차 내지 않고 있었다. 특별활동비는 3월부터 밀려둔 채 일언반구 말이 없었다.

3월 달 첫 월급을 넣어주고 난 그다음 날 그러니까 26일 아침에 오 선생은 날 만나자마자 월급이 적게 들어온 것 같다고 따졌다.

'흥, 아직 아이 입학금도 내지 않은 주제에.'

내심 코웃음을 치면서 통장을 꼼꼼히 다시 점검해보라고 간단히 말했다.

그리고 난 그녀의 성향을 '받을 것은 철저히, 줄 것은 흐리멍덩하게'라고 읽어냈다.

동료교사의 유실물을 발견하여 전해준다고 천사들이 다 굶어 죽을 것은 아니었지만 이런 일을 계기로 유 선생이 또 얕보일 수가 있다는 점을 감안하지 않을 수 없었다.

오 선생 집에서 가까운 버스정류장까지 노란 차를 운전해 가기로 했다. 그곳에선 유 선생 집으로 가는 버스가 있었고 오 선생은 걸어 나올 수 있는 거리였다.

"발신번호가 찍히지 않았어요."

방금 걸려온 그 전화번호로 전화하여 오 선생을 불러내라고 하자 유 선생은 당황히 설명했다.

"뭐 그런 것도 있어요."

휴대전화에는 발신인의 번호가 무조건 다 찍히는 것으로만 알고 있던 나도 적잖이 당황했다. 오 선생 쪽에서 전화를 걸어올 때까지 기다릴 수밖에 없었다.

"예. 저도 이제야 알았어요. 그냥 제가 가지고 내렸다가……"

"그래요. 휴대전화 외에 다른 건 없죠?"

도리 없이 유 선생에게 천사 노릇을 펼치도록 할 수밖에 없었다. 들러야 할 곳이 두어 군데 있어서 약속 없는 전화를 기다리며 막연히 지체할 수도 없었던 것이다.

"카드가 세 개 들어있어요."

유 선생의 목소리가 별안간 무거워졌다.

"하, 그래요?"

어이없는 기분이었다. 카드가 세 개씩이나 휴대전화 케이스에 같이 들어 있는 것을 마음 편히 유 선생에게 맡고 있으라고 할 수도 없었다.

"그냥 있던 그 자리에 그대로 두고 내려요."

갑자기 마음이 복잡해지고 있어서 그렇게 일렀다.

유 선생이 노란 차에서 내린 시각은 오후 5시 45분경이었고 그 7분 후에 어린이집에 주차장에 들어온 나도 하차했다. 승용차로 바꿔 타고 문구대리점으로 직행했다. 지난번에 6시 30분이 될까 말까 한 시간에 갔다가 헛걸음을 한 경험이 있어서 마음이 급했다.

"보통 몇 시에 문을 닫나요?"

일차 목적지에 도착했을 땐 벌써 밖에 내놓았던 문구류를 안으로 들여놓고 있었다.

"일곱 시까지는 있는데 오늘은 일찍 가려고요."

계모임이 있다는 말까지 덧붙였다.

알림장을 구입하고 이차 목적지인 중앙시장으로 향했다. 포목점 앞에 이르는데 온몸으로 서늘한 기운이 엄습하면서 눈물이 핑 돌았다.

'우리 미나 오래오래 살라고 광목 좀 끊어놓는 거야. 사람도 수의를 지어놓으면 더 오래 산다고 하잖아?'

지푸라기라도 잡는 심정으로 가게 안으로 무거운 발걸음을 들여놓는데 휴대전화가 울렸다. 하필이면 눈물까지 봇물 터지듯 왈칵왈칵 쏟아져 나왔다. 뒷걸음질을 치며 두 눈을 허공으로 따돌렸다. 이 순간만큼은 그 누구하고도 그 어떤 이야기도 하고 싶지 않았다. 눈물에 일렁이는 망막 앞으로 오 선생의 얼굴이 흔들렸다.

"휴대전화는 그대로 차에 두었는데."

재래시장에 나와 있다는 말과 분실할까봐 차에 그대로 둘 수밖에 없었다는 건 굳이 설명할 필요가 없었다. 시장 특유의 소음을 오 선생이 감지하고도 남았을 터였으니까.

"차 안에 없던데요."

어린이집으로 달려가 확인했다는 것이었다.

"카드가 있어서 앞좌석 구급함 밑에 넣어두었어요."

"지금 어린이집에는 안 들어가실 거예요?"

"지금은 곤란하고 내일 오전 9시 30분쯤에 어린이집에서 만나요."

그야말로 소음 때문에 목청을 좀 높여야 했고 은근히 짜증도 났다. 물론 일을 본 후 미나가 기다리고 있는 어린이집에 다시 들를 계획이었다. 일과가 끝난 이후만큼은 그 누구의 방해도 받지 않고 내 딸만을 위해 정성을 다하고 싶을 뿐이었다.

포목점으로 다시 들어가려다 멈칫 섰다. 양미간을 찌푸리며 눈앞을 가로막는 오 선생의 얼굴을 흘겼다. 그 카드 세 개 위로 새까맣게 애가 탄 그녀 얼굴이 겹쳐지는 바람에 결국 몸을 돌렸다.

'도대체 젊은 사람이 정신머리를 어디다 빼놓고 사는 거야?'

온종일 미음 한술 넘기지 못하고 있는 미나를 또 뒷전으로 보낸 거였다. 인간 우선의식에 사로잡힌 나 자신이 혐오스러웠다. 사실은 나도 요즘 잘도 깜박거리곤 하면서 툭하면 휴대전화를 찾아댔고 미나는 단숨에 찾아내곤 했다.

7시 30분쯤 어린이집에 도착했다. 외다리로 땅을 디딘 태양광 정원등은 아직 눈을 뜨지 않고 있었다. 한발 앞서 온 오 선생이 기다리고 있었다. 노란 차의 앞좌석에 둔 휴대전화를 꺼내 그녀에게 건네면서 때마침 가지고 있던 유기농 계란과자 한 봉지까지 쥐어주었다.

'광목을 끊어 와야 했어. 우리 미나 잘못되면 절대로 가만 안 둘 거야.'

말끔히 뜬 눈을 내게 꽂는 미나를 보면서 신음을 죽였다.

"정말 엄마 말 안 들을 거야?"

죽을 그 입에 들이대며 눈을 부릅떴다. 평소의 미나는 내가 눈을 위로 뜨면 벌떡 일어섰고 아래로 뜨며 재빨리 앉았다.

아픈 지푸라기라도 하나 잡아보려면 8시에 문을 닫는다는 그 포목점으로 날아가야 했다. 전화번호부를 뒤적였다. 포목점마다 번호를 눌러보았지만 신호음만 고독히 울릴 뿐이었다.

미나의 입을 또 강제로 벌렸다. 두근거리는 가슴으로 죽 숟가락을 미나의 입속으로 줄기차게 들이밀었다.

"그래. 그래. 먹기만 하면 사는 거야."

죽 그릇의 바닥이 보이고 있었을 땐 안도의 눈물까지 핑 돌았다.

"어엉, 이게 뭐야? 이게 뭐냐고?"

미나의 입가로 죽이 그대로 줄줄 흘러나오고 있었던 거였다. 맥이 탁 풀려버린 난 딸의 목을 끌어안고는 체머리를 흔들었다.

뜬눈으로 밤을 새운 난 다음 날 아침 일찍 재래시장으로 달렸다. 이 시각엔 원래 이런 건지 아니면 '진돗개 하나'가 발령된 상황이어서인지 시장은 깊은 물속처럼 조용하기만 했다. 굳게 닫혀져 있는 포목점들의 문을 정신없이 두들겨대며 헤매고 다녔다. 10시가 가까워져야 가까스로 한 포목점 안으로 들어갈 수 있었다.

휴대전화가 징징거렸다.

"나, 오 선생 남편 되는 사람인데요?"

목소리가 어두웠다.

"네 안녕하세요?"

인사를 하면서도 '카드에 무슨 문제가 생겼나? 난 손도 대지 않았는데, 설마 유 선생이 슬쩍할 일도 없었을 것이고'라는 생각에 긴장이 됐다.

"전화를 갖다 주지……. 어쨌든 선생들에게 그런 식으로 하면 우리 집사람 출근 안 시키고 아이도 안 보낼 테니까 그렇게 아세요."

감정적인 목소리로 다짜고짜 이렇게 말했다. 가게 안까지 시장의 소음이 들어와 있었지만 토씨 하나 틀리지 않은 그대로의 말이었다.

"뭔가 오해가 있는 것 같은데요?"

어이가 없었지만 감정 없이 반문했다.

"오해고 뭐고 선생들에게 그런 식으로 하면……."

상대는 자기만의 생각에 최면이 걸려버린 자폐증 환자처럼 같은 말만 반복했다.

"글쎄, 오해하 아 시인 거엇……."

오해타령에 톱니바퀴가 맞물려버린 사람처럼 같은 말만 반복하던 난 뒷머리가 띵해 오는 것을 느꼈다.

"이런 식으로 하면 집사람과 아이가 거기 다니고 있어서 좋다고 말했는데 안 좋은 쪽으로 소문 낼 거예요."

기고만장한 상대는 내 급소에다 마지막 일격을 가했다.

까닭 모를 싸움에서 KO패를 당하고 만 난 시야가 마구 흔들리고 있어서 눈을 감아버렸다. 망막 깊은 곳에는 하얀 미나의 얼굴이 있었다. 와락 끌어안고 싶었다. 손가락 하나 까딱할 힘도 나오지 않았다. 웃으며 딸의 이름을 맥없이 불러댔다.

"이보세요? 정신 차리세요."

포목점 여주인이 내 어깨를 잡고 사정없이 흔들었다.

"아, 예. 괜찮습니다." 억지로 눈을 떴다.

"딸내미 이름이 미나인가 봐요?"

안도의 한숨을 몰아쉬며 상대는 내 눈에다 두 눈을 딱 맞추었다. 그 눈빛에 염려와 근심으로 포장한 짜증이 반사되고 있었다.

"예? 아 예. 어머, 죄송합니다."

누워 있는 자신을 발견하곤 몸을 일으켰다.

"경기가 안 좋네, 어쩌네, 해도 예전엔 입에 풀칠은 했는데 요샌 산 입에 거미줄을 치고 있으니 참……."

개시에 집착하는 얄팍한 강매작전인지 상대는 혼잣말로 툴툴거렸다. 신성한 영업장에 들이닥쳐선 마수도 하기 전에 재를 뿌릴 뻔했으니 입이 백 개라도 할 말이 없었다. 광목을 필요 이상으로 많이 끊었다.

곰곰 생각할수록 나 스스로에게 창피해서 견딜 수가 없었다. 머릿속을 아무리 들쑤셔보아도 교사들에게 매너를 지키지 않은 적이 없었다. 도대체 오 선생 남편은 왜? 무엇 때문에, '선생들에게 그런 식' 타령을 마구 짖어댄 것으로도 모자라 마누라 출근 어쩌고저쩌고 해대다간 어린이집을 마음대로 험담하겠다는 말까지 지껄여댔던 것일까. 오 선생의 휴대전화를 전해주기 위해 하던 일 제쳐놓고 어린이집으로 달려가지 않았던가. 오 선생도 죄송하다고 하면서 휴대전화를 찾아갔다. 꼬집고 비틀며 스스로를 고문해도 뒤풀이할 건더기조차 없이 마무리된 일이었다.

"미나야!"

내 딸 미나가 고개를 조금 들고 있었다.

'오 선생, 가만 안 둘래요.'

비틀거리며 몸을 일으키려는 미나의 눈엔 위엄이 서려 있었다.

"아…… 이 몸으로 어딜 가겠다고. 엄마 금방 올게."

미나의 마음을 읽어버린 난 깊은 한숨을 내뿜으며 서둘러 몸을 일으켰다.

미나가 첫 출산을 한 지 한 달이 채 되지 않았을 때였다. 비닐하우스 밀집지역으로 아이들을 데리러 가는데 경운기가 앞에서 탈탈거리고 있었다. 편도 1차로의 도로여서 날아가지 않는 이상 계속 그 뒤에서 어정거리며 애꿎은 동공만 불만스레 굴려야 할 판이었다. 가끔 그랬듯 추월하기 위해 황색 중앙선을 살짝 넘었다. 왼쪽 뒷바퀴 쪽 차체에서 꽝 하는 소리가 울렸다. 눈은 반사적으로 농로로 돌려졌다.

"보소, 보소. 이건 분명 중앙선 침범이요."

트럭에서 내린 사십 대 후반의 남자는 남의 차를 들이받은 주제에 대뜸 삿대질부터 했다. 스스로 김 사장이라 칭한 그 피해자는 당황하여 한마디도 못하고 있는 내 앞에서 갑자기 뒷목을 감싸 쥐며 죽는 시늉까지 연출했다. 받친 노란 차가 쑥 밀려들어갔지 트럭의 면상은 페인트칠만 조금 까진 상태였다.

노란 차는 그때 책임보험에 가입되어 있었다. 사고유발 시 최고 보상금액이 이천만 원이었다. 김 사장은 그 액수로는 치료비 근처에도 못 간다고 툴툴대며 입맛대로 옮겨 다닌 병원에서 산출한 추가금액을 내게 청구해댔다. 중앙선 침범한 죄밑이 되어 가난한 통장만 흘기며 억울한 가슴을 두들겨야 했다. 과다한 요구금액에 유감을 나타내자 경찰서를 들먹이며 위법타령에 벌금타령까지 덧붙여 짖어대며 우리 어린이집을 비방할 것이라는 협박까지 서슴지 않았다.

번번이 급소가 뜨끔거렸다. 소도시여서 입소문이 매스컴보다 더 빨랐다. 우리 어린이집에 대하여 없는 말 조제해서 씹기라도 하는 날이면 하루아침에 아이들이 다 끊겨버릴 것이었다.

애초에 종합보험에 들어두었어야 했다. 말 그대로 여유가 없어서 책임보험을 선택할 수밖에 없었던 거였다.

"미나야, 어떡하면 좋으니? 돈이 없어서……."

미역국을 갖다 주며 혼잣말로 사건의 개요를 넋두리로 읊어대며 피해자를 씹고 또 씹었다.

다음 날이었다. 차선을 준수하며 농촌지역으로 아이들을 데리러 가고 있었다. 반대편 차선 쪽의 농로에 청색 트럭의 머리가 보였다. 물론 사고지점이었고 오금이 저렸다. 움직임은 없었다. 규정 속도 60km/h를 유지했다. 쾅, 하는 소리가 뒤쪽 차체에서 파열되었다.

본능적으로 차를 세웠다. 도무지 알 수 없는 웃음이 내 입가에 쿡 찍혔다. 여유 있게 차에서 내렸다. 청색 트럭의 운전석 앞머리가 노란 차의 왼쪽 꽁무니를 들이받고 있었다. 앞바퀴는 중앙선을 떡하니 물고 있었다.

"원장님, 그 사람이라예!"

차량 지도교사인 유 선생의 말과 거의 동시에, "이놈의 개쌕 오데 갔노? 당장에 때려쥐기삘란다. 마"라고 하는 끔찍하도록 귀에 잘 익은 김 사장의 목소리가 울렸다.

"원장님, 저 목, 목이……."

언제 차에서 내렸는지 유 선생이 누구 보란 듯 연기를 해대기 시작했다.

'흥, 이 착한 사람을 누가 요래 버려놨노?'

입속말로 방언 흉내를 어설프게 내본 후 점잖게, "사장님, 안녕하세요?"라고 생뚱맞게 인사부터 차렸다. 속으론 세상에서 가장 멋진 인사를 날린 자신에게 감탄하고 있었다.

"개쌕, 개쌕, 아침부터 개를 풀어놓고 지랄이고?"

사방을 두리번거리며 정체 모를 견공타령을 걸걸한 목청으로 부지런히 짖어대다간 변명까지 늘어놓는 것이었다. 정신없이 떠들어댄 것을 간단히 요약하면 이랬다.

'우리 노란 차가 막 지나가는 것을 확인한 후에 우측으로 핸들을 꺾으면서 찻길로 올라섰다. 같은 방향에서 개가 난데없이 뛰어드는 바람에 핸들을 급히 왼쪽으로 돌리다가 중앙선을 넘으며 노란 차를 들이받고 말았다.'

김 사장의 입에서 개 어쩌고 하는 말이 처음 불거질 때부터 내 눈앞엔 자꾸만 미나의 얼굴이 떠올랐다. '설마 아기 젖먹이다 말고?' 급기야 딸에게로 달려갔다. 평소에 묶어 두지 않았을 뿐더러 묶여 있더라도 풀지 못할 내 딸이 아니었다. 문을 열고 닫는 것은 기본 실력이었다.

출산한 지 얼마 되지도 않은 내 딸이 어디 다쳤을까 봐 가슴이 미어지고 있었다. 미나는 능청스럽게 아기들에게 젖을 먹이고 있었다.

"미나야, 너지? 너 맞지?" 다가가서 눈을 부릅떴다.

'이제 돈 걱정 안 해도 되죠?'

벌떡 일어난 미나는 내 품속에 머리를 깊이 들이밀었다. 수긍의 뜻이었다.

"두 번 다시 그러지 마라. 세상천지에 아기 젖먹이다 말고 차 앞에 뛰어드는 엄마는 없다. 다치기라도 했으면 어쩔 뻔했니?"

미나의 발에 묻은 흙을 닦아주며 눈시울을 붉혔다.

현기증이 일어나며 오 선생의 얼굴이 눈앞에서 일렁거렸다. 어지럼증을 떨어버리기 위해 눈에 힘을 불끈 주었다.

"운영위원회 회의할 때 저도 들어갈래요."

기다리고 있었다는 듯 오 선생은 내 얼굴에다 눈을 똑바로 들이대며 대뜸 그렇게 으르렁거렸다.

'흥, 버르장머리 엿 바꿔 처먹은 것. 난 데없으면 본 데라도 있던지. 어디 어른 앞에서 눈을 똑바로 뜨는 거야?' 그러나 내 입에서 발성된 언어는, "그러던지. 부탁인데 어쨌든 이 문제는 우선 이쯤 해 둬요." 이것이었다.

오 선생은 우리 어린이집 운영위원회 회의에 참석할 권리가 없었지만 그렇게 말해 두었다.

"운영위원회 언제 모이는데요?"

서둘러 미나에게로 돌아가는 내 뒤를 따라오며 또 버릇없이 따졌다.

'흥, 겁이 나긴 나는 모양이군.'

"다음 달에……."

허공을 바라보며 퉁명스럽게 말했다. 운영위원회 회의 때 군인 신분인 오 선생 남편의 모욕적인 전화협박을 거론할 생각이었고 그 사실을 그녀에게 말해두었던 것이었다. 어디까지나 아이들 낮잠시간에 아주 잠깐 교실 문 앞에서 그랬다.

"내일부터 당장 출근 안 할 거예요."

아이들을 교실에 버려둔 채 뒤따라오며 급소를 콕 찔렀다.

'안팎이 쌍으로 아주 못돼먹었군.'

"사직서 가지고 와요."

어이없고 기가 막혀서 콧방귀도 나오지 않았다. 교실을 이탈해서는 안 된다고 하자 아이들을 돌볼 기분이 아니라고 화를 내며 몸을 돌렸다.

"어엉? 아, 아, 미나야!"

내 딸의 배가 무섭게 벌떡거리고 있는 것을 보면서 비명을 질렀다. 죽어도 인정하기 싫었지만 마지막 숨을 몰아쉬고 있음을 직감해야만 했다. 입을 조금 벌리고 있는 그 모습이 너무 힘들어 보였다. 더는 미나를 위해 아무것도 할 수 없는 것일까. 전신에서 스멀거리던 무력감은 내 딸의 죽음 앞에서 두 손 놓고 지켜볼 수밖에 없다는 절대 절망으로 전이되었다.

왼팔로 미나의 얼굴을 꼭 끌어안았다. 따뜻한 체온이 뼛속 깊은 곳까지 사무쳐 왔다. 하얀 그 머리를 쓰다듬기 시작했다.

'미나야, 잘 가. 잘 가. 네가 있어서 엄만 정말 행복했어. 행복했어, 미나야?'

딸에게 들키지 않으려고 눈물을 꿀꺽꿀꺽 삼켰다.

'엄마, 저도 행복했어요.'

맑은 눈망울을 내게만 붙박아두고 있었다. 휴대전화가 울렸다. 나는 미나를 더욱 꼭 끌어안았다.

'혹시 무슨 안전사고라도 났다면?'

오 선생이었다. 휴대전화를 꺼 두려다 머리를 가로저었다. 짧고 거칠게 몰아쉬던 미나의 숨소리는 이제 길게 늘어지면서 가늘어지고 있었다. 휴대전화는 끈질기게 울어댔다. 미나의 눈빛에 증오심이 엉겼다. 차라리 원수 같은 휴대전화를 저 멀리 던져버리고 싶었다. 통화종료를 눌렀다. 곧바로 문자 도착 신호음이 울렸다.

'남편 신분 공개하려면 하세요. 내일부터 출근 안 할래요.'

"뭐 이런 게 다 있어?"

폭력의 유혹에 휩싸인 난 벌떡 일어났다. 숨도 쉬지 않고 달려가선 인정도 눈물도 기본적 예의도 도리도 없는 그런 것을 박살내주고 싶었다. 털썩 주저앉았다. 당장 숨이 끊어질지도 모르는 내 딸을 두고 자리를 뜰 수는 없었다.

아직은 살아있음을 알리는 따뜻한 내 딸의 체온이 뼛속 깊은 곳으로 사무치게 파고들었다. 눈이 스르르 감겼다.

"미나야, 가지 마, 어디 가니?" 내 딸은 이미 저만치 가고 있었다.

'흉몽이다. 아픈 사람이 멀쩡히 걸어가면 죽으러 가는 거라고 하지 않았던가. 그런데 난 지금 꿈을 꾸고 있는 것일까?'

전신엔 절망의 소름이 오싹 돋았다. 상황이 이러한데 내 입가에 어쩌자고 주제 모를 웃음이 엉기는지 알다가도 모를 일이었다.

포도반 교실 앞에서 걸음을 멈춘 딸은 앞발로 문을 노크했다.

"진돗개 하나가 발령된 긴박한 상황인데 군인 신분으로 민간인 한테 협박전화질이나 해대고 말이야. 그것으로도 모자라서 지금 오 선생은 애들한테 집중해야 할 근무시간에 왜 자꾸 엄마한테 사적인 전화를 해대는 거야? 한 번만 더 엄마 괴롭히면 당신 남편부터 헌병 대에 넘겨버릴 테니까 그렇게 알아. 알았어?"

대뜸 서릿발 같은 얼굴로 오 선생에게 호통을 치고 있었다.

"아, 아뇨. 전화 안 할게요."

새파랗게 질린 얼굴로 오 선생은 진저리까지 쳤다.

"우하하하하하……."

부지중에 큰 소리로 웃어버렸다. 아무리 생각해도 혼자 보기 너무 아까운 장면이었다.

"우리 미나 정말 잘했어. 역시 넌 내 딸이야."

미나의 머리를 더욱 꼭 안으며 그 입에 뽀뽀도 해주었다. 통쾌한 내 웃음의 여운이 가라앉기도 전에 공허감이 전신을 엄습해왔다. 꿈이었을까. 내 입은 미나의 입에 맞닿아있었다. 비몽사몽이라고 해야 할까.

'엄마 다녀오세요.'

"어딜?"

미나는 어린이집 건물을 고개로 가리켰다.

"널 두고 어딜 가. 나중에 갈 거야."

'지금 다녀오세요.'

"정말 기다릴 거지?"

미나가 고개를 끄덕이며 죽을힘을 다해 앞발을 내밀 때 난 눈물로 오른손을 내밀어 약속했다.

그리고 오 선생에게 달려가 아주 간단하게 주지시켰다. 지난 토요일 오 선생 남편이 내게 전화했던 그때 '진돗개 하나'가 발령된 상황이었음을. 그리고 몸을 돌렸다. 사실은 미나가 방금 했던 말이 다 기억나지도 않았을 뿐더러 생각이 났더라도 다 늘어놓을 여유는 없었다.

"잘못했습니다. 원장님."

뒤에서 들려온 오 선생의 피아니시시모 음성이었다.

'개인적인 감정 같은 건 없어.'

소리 없이 내뱉었다.

"그래, 그래. 미나야…… 엄마가 눈을 감을게."

미나가 고개를 저쪽으로 돌리려고 한 것이었다, 내 딸의 마음이 빤히 보이고 있었다. 딸로서 또한 진돗개로서 마지막 숨을 거두는 너무 아픈 그 모습만은 엄마요, 주인인 내게 보이고 싶지 않을 것임을.

'엄마, 정말 행복했어요.'

미나는 조용히 숨을 거두었다. 난 언제까지나 눈을 감고 있었다. 망막 깊은 곳에선 서릿발 선 얼굴로 '진돗개 하나'를 호령하던 내 딸의 모습이 돋아나 있었다.

죽겠네, 죽겠어!

"시이발, 나가. 나가. 나가."

아이랜드 어린이집 포도반인 난 곰인형을 복도로 밀어내며 소리를 질렀어요.

"유성이 이리와요." 뚱뚱보 선생님의 화난 목소리에요.

"싫어."

입을 쑥 내밀며 선생님을 흘겨보았어요. 또 타임아웃을 시키겠죠. 욕설이 나쁜 말이라는 잔소리도 늘어놓을 거예요. 여섯 살인 나를 어른들은 애어른이라고 하는데 이유는 잘 모르겠어요.

"욕하면 안 된다고 했어요? 안 했어요?"

선생님이 내 눈에다 무서운 눈을 딱 들이대지 뭐예요.

"욕 안 했어."

울어버리고 싶었지만 꾹 참았어요.

"욕 안했어요라고 하는 거예요. 그리고 선생님이 욕하는 거 다 들었는데 거짓말하기에요?"

"거짓말 아냐." 씩씩거리며 대들었어요.

"유성이 안 되겠어요 저기 가서 앉아요."

"싫어."

꼼짝도 하지 않았어요. 선생님이 턱으로 가리키는 곳에는 미운 짓한 친구들이 가서 앉는 '생각의자'가 있어요. 내가 무얼 잘못했는데요?

"가서 잘 생각해보아요. 욕을 했는지 안 했는지. 알았죠?"

선생님은 내 팔을 아프게 잡아끌어선 '생각의자'에 앉혔어요.

'생각할 거 없어. 없단 말야!'

목소리를 내지는 않았어요. 벌서는 시간만 길어질 것이니까요. 힘으로는 아직 선생님을 이길 수 없으니까 얌전하게 앉아있는 척 할래요.

'씨이, 아빠 때문이야.'

재미있게 놀고 있는 친구들을 보면서 입을 쑥 내미는데 갑자기 아빠 얼굴이 생각나는 것이었어요. 아빠는 왜 그렇게 외할머니를 싫어할까요?

"저리가 웬수덩어리야!"

아빠는 동생을 잘 안아주지도 않았어요. 성미라는 예쁜 이름이 있는데도 이제 세 살이 된 동생을 아빠는 꼭 웬수라고 불렀어요.

"웬쑤, 웬쑤 하지 마. 제발."

필리핀에서 시집왔다는 엄마는 울먹이는 소리로 막 화를 냈어요.

"이 씨이, 씨이. 이~휘익 이 씨."

방 안에 있던 외할머니까지 달려 나와 알아들을 수 없는 말을 찔끔찔끔 흘리며 아빠한테 눈을 마구 흘겨댔어요. 동생이 태어나기 삼일 전에 우리 집에 오셨는데 엄마하고만 말이 통하는 것 같았어요.

"씨이발, 낼 모래 육십인데 혹까지 먹여 살리자니 등골이 빠진다, 빠져. 내가 미쳤지, 미쳐."

외할머니가 나서면 아빠는 혼잣말로 중얼거렸어요.

"울 엄마는 내가 먹여 살려."

엄마는 큰 눈으로 아빠를 노려보았어요. 동생이 태어난 지 한 달만에 돈 벌러 다니기 시작한 엄마는 집에 올 때는 외할머니 먹을 것만 사 가지고 와요. 과자 사달라고 조르면 아빠 쪽으로 내 등을 밀어버리곤 했어요.

"가스요금은? 수도요금은? 또 난방비는 어디서 나오는데? 누군 뭐 땅 파서 장사하는 줄 아나?"

아빠는 달랑 천 원짜리 몇 장밖에 없다고 지갑까지 열어 보이며 눈을 부릅떴어요.

할 말이 없어진 엄마는 치사하다는 표정을 지으며 슬슬 피했어요. 외할머니 음식은 따로 다른 냄비에 해야 했어요. 아빠는 된장찌개가 몸에 좋다고 밥 먹을 때마다 노래를 불렀어요. 억지로 한 술 떠서 입에 넣던 외할머니는 토할 뻔했고 그 뒤부터는 된장 냄새만 나도 밥그릇을 들고 달아나버렸어요.

큰 트럭으로 짐을 실어주는 일을 하는 아빠는 집에 있는 날보다 없는 날이 더 많았어요. 집에 들어오는 시간도 마음대로예요.

설날이 좀 지나고 나면 아빠는 꼭 점쟁이를 찾아가 빨간 그림 비슷한 것이 있는 노란 종이를 여러 장 사 가지고 왔어요. 그 종이의 이름이 부적이라고 했는데 트럭에도 넣어두고 방문 위에 붙여두기도 했어요.

별명이 '컵라면'인 우리 아빠가 아침에 집에 올 때면 꼭 끓는 물만 부으면 되는 라면을 세 개씩 사 가지고 왔어요. 한 개 가지고는 간에 기별도 가지 않는다고 하는데 두 개나 먹으려고 그러는 것 같았어요. 나머지 하나는 내 차지예요. 컵라면을 먹을 때 이 맛 이 기분 아무도 모를 거예요.

"유성, 유성, 유성……."

아침에 아빠의 컵라면을 기다리고 있으면 외할머니는 내 이름만 자꾸 부르며 밥 먹으라는 손짓을 해댔어요. 아침밥을 빨리 먹어야 어린이집 차를 놓치지 않는다는 것 정도는 알고 있지만 "먹기 싫어" 소리만 자꾸 나왔어요.

외할머니는 필리핀 음식만 좀 할 수 있고 먹을 수 있대요.

"아침부터 무슨 라면이에요?"

아빠와 같이 컵라면을 맛있게 먹고 있는데 어린이집 원장선생님이 찾아오신 거였어요. 노란 차를 놓쳐버린 나를 따로 데리러 오셨나봐요. 우리 집 일 때문에 걱정도 많은 것 같았어요.

"멀쩡한 여자가 둘씩이나 있는 저 부엌 꼬락서니 한 번 보세요."

이유는 알 수 없지만 아빠는 원장선생님께 툴툴거렸어요.

"문화가 달라서 그런 걸 이해해야지 어쩌겠어요?"

원장선생님은 매일 똑같은 말만 했어요.

"젠장, 처먹은 거 설거지 안 하는 그런 문화라면 개나 물어가라 그러세요."

화가 벌겋게 달아오를 때는 아빠의 목에서 꼭 지렁이들이 불거져 나왔어요.

'문화라면'은 어떤 라면이에요? 개들이 좋아하는 라면이에요? 우리 집 부엌에는 언제나 씻지 않은 그릇들이 산더미처럼 쌓여 있었어요. 아빠는 외할머니가 오신 뒤로 우리 부엌이 파리들의 잔치판이 되어버렸다고 화를 내곤 했어요. 엄마가 집에 없을 때 아빠가 화를 내면 외할머니는 동생과 같이 지내는 구석방으로 달려가선 문을 잠가버렸어요. 그곳에는 외할머니의 옷들이 수북하게 쌓여 있었어요. 아빠는 어떻게 된 사람들이 옷도 갤 줄 모르냐고 하면서 투덜거리곤 했어요.

"또 똥 기저귀를 방구석에다? 와, 참말로 환장하겠네."

오늘 아침에 집에 오신 아빠는 잠든 동생의 얼굴에 파리가 앉아 있는 것을 보고 말았어요. 똥냄새 나는 기저귀까지 방 안에 있는 것을 보는 순간 눈이 허옇게 변했어요. 기저귀부터 쓰레기통에 던져 넣은 아빠는 파리채를 들고 왔어요.

외할머니는 잠든 동생을 가리키며 파리채와 아빠를 번갈아 흘겨보며 "노, 노" 소리만 자꾸 해댔어요. 아빠는 무서운 눈으로 파리들을 노려볼 뿐이었어요. 파리가 한 마리씩 죽을 때마다 동생이 팔을 흔들며 놀라자 외할머니가 아빠 앞을 가로막았어요.

"시~발, 나가요. 나가, 나가앗!"

아빠는 외할머니를 문밖으로 밀어냈어요.

별안간 외할머니는 울면서 대문 밖까지 달려나가버렸어요.

"유성이 배고프지? 어미 년이나 할미 년이나 다 지들 처먹을 것만 챙기고 말야."

컵라면에 물을 부으면서 아빠는 혼자 막 화를 내요. 김치라도 한 조각 꺼내야겠다고 냉장고 문을 열다가는 멍한 얼굴로 잠시 서 있었어요. 그러곤 안에 있는 것들을 그냥 밖으로 쓸어냈어요.

"할머니 안 찾아?"

아빠를 바라보며 나는 입을 쑥 내밀었어요. 예전에도 그랬듯이 결국엔 엄마가 일하다 말고 달려올 것이고 큰 눈에서 나온 눈물을 손으로 뿌리며 아빠한테 싸움을 걸 거예요.

그러면 아빠는 나를 옆구리 쪽으로 힘 있게 끌어당기며 '다 나가'라고 소리를 질렀어요. 엄마는 외할머니 손을 잡고 구석방으로 들어가 문을 잠그곤 하루 종일 꼼짝하지 않았어요. 동생이 울면 아빠는 '웬수덩이 같은 것이 왜 태어났니?'라고 하면서 우유팩에다 빨대를 꽂아 입에 물렸어요. 울음을 그치지 않으면 뚝 하라고 야단을 치다간 동생을 구석방 문 앞에다 놔두곤 밖으로 달아나버렸어요. 아빠는 동생을 왜 그렇게 미워할까요? 툭하면 웬수덩이 때문에 외할머니가 우리 집에 오게 되었다고 투덜댔어요.

"빨리 먹고 어린이집 가자."

아빠는 포크로 라면을 돌돌 말아 내 입에 자꾸 넣어주는 거예요. 혼자 먹을 수 있다고 해도 내 말이 들리지 않는 것 같았어요.

"성미 잠 깼어."

현관문을 나가는데 구석방에서 동생의 울음소리가 들렸던 거였어요.

"저기 있어."

아빠는 담 쪽으로 재빨리 고개를 돌렸다간 내게로 당겨왔어요. 외할머니가 그곳에 숨어 있다는 뜻이었어요. 엄마가 오면 또 시끄러워진다고 빨리 어린이집에 가자는 거였어요.

"유성 아빠, 또 엄마 나가, 나가 했어요?"

대문이 덜컹 소리를 내면서 엄마의 울먹이는 목소리가 울렸어요.

"애 입과 코에 파리 앉아있었어. 파리, 파리 말야. 파리 몰라? 더러운 파리 말야. 돼지우리도 아니고 집구석 꼴을 봐. 봐, 보라구."

아빠는 한 번에 많은 말들을 해댔어요.

"청소했어요." 엄마는 언제나 똑같은 말을 했어요.

숨어 있던 외할머니도 갑자기 나타나선 비질하고 걸레질하는 시늉을 해 보이며 아빠에게 눈을 마구 흘겨댔어요.

"똥 기저귀는 단단히 싸서 쓰레기통에 바로 넣으라고 귀가 닳도록 이야기했잖아? 바보천치라도 알아먹었겠다. 에잇, 더러워."

벌겋게 얼굴에 불이 나버린 아빠는 침까지 마당에다 '퉤 퉤' 뱉어대며 펄쩍펄쩍 뛰었어요.

외할머니가 손가락 하나를 오른쪽 머리 위로 쏙 뽑아 올려 빙빙 돌리는 시늉을 하면서, "싸이코!"라고 하면 아빠는 눈을 무섭게 흘기다 슬며시 등을 돌리며, "미친년!"이라고 중얼거렸어요. 틀림없이 서럽게 우는 할머니의 울음소리가 집 안에 가득 울려 퍼지는 것이었어요. 아빠는 알 수 없는 웃음으로 입을 씰룩거렸어요.

"선생님, 생각 다 했어요."

이제는 의자가 돌멩이로 바뀌었는지 궁둥이를 얌전하게 붙이고 있을 수가 없었어요. 자동차관절 블록에 달라붙어버린 눈은 떨어지지도 않고 있었어요.

"유성이 생각 다 했대요."

친한 친구들도 큰 소리로 말해주었어요. 눈을 옆으로 좀 돌려 선생님을 흘겨보았는데 여전히 휴대전화만 들여다보고 있었어요.

"미친년!"

내 입에서 튀어나온 말이었어요. 이런 말이 왜 나와버렸는지는 누구한테 할 말이었는지는 알 것 같으면서도 알 수가 없었어요.

"뭐라고? 지금 뭐라 그랬어?"

내 코앞으로 달려온 선생님이 호랑이보다 백배나 더 무서운 얼굴로 으르렁거렸어요.

"미, 이, 친……. 히히……."

숨을 딱 멈추고는 침을 꿀꺽 삼키며 솔직하게 말하는데 웃음이 나와버렸어요.

"뭣? 씨, 에잇!"

선생님의 입에서 컵 깨지는 소리가 나는 그때 내 볼에는 불이 철썩 달라붙었어요. 생각의자와 내가 같이 넘어졌고 머리는 쿵 하고 바닥에 부딪치고 말았어요.

"김 선생 이게 무슨 짓이에요?"

문을 와락 연 원장선생님이 눈을 노랗게 떴어요. 사무실에서 CCTV를 보고 달려온 것 같았어요.

"저 당장 그만둘래요. 유성이가 절보고 뭐라고 했는지 아세요. 미친년이래요. 미친년. 더 끔찍한 것은요. 그래놓고 웃는다는 거예요. 이게 괴물이지 아인가요? 정말로 못해 먹겠어요. 못해 먹겠다구요."

마구 떠들며 줄줄 나오는 눈물을 손등으로 문질러대던 선생님은 가방을 챙겨들고는 홱 소리를 내며 나가버렸어요.

"유성이 아파요?"

멍청한 얼굴로 서 있던 원장선생님은 볼과 머리에 약을 발라주며 물었어요.

"응, 아파 죽겠어."

조금 아프다고 하면 야단맞을 것 같아서 일부러 그렇게 말했어요. 마음은 문밖으로 자꾸만 끌려갔어요. 선생님도 문밖에 숨어 있을까요? 외할머니는 울면서 집을 뛰쳐나갔다가도 돌아오고는 했어요.

"너 네 선생님은 이 가슴이 있잖아? 이 가슴이 무척 아팠을 거야."

원장선생님은 주먹으로 자기 가슴을 두 번 두들기며 한숨을 푹푹 내쉬었어요. 우리 반 친구들을 바라보는 그 눈엔 걱정만 가득 담겨 있었어요.

"잘못했습니다." 진짜로 머리를 숙였어요.

"애한테 손을 댄 주제에 뭘 잘했다고 뛰쳐나가? 제 발로 뛰쳐나간 사람을 도로 나오라고 할 수도 없고. 교사를 빨리 구해야 하는데 어떡하지?"

원장선생님은 내 말에는 관심도 없는지 혼자 중얼중얼했어요. 선생님 없이 우리들끼리 놀면 더 재미있을 것 같았지만 말을 할 수는 없었어요.

동생 손등이 발갛게 부어올랐어요. 외할머니가 국자로 국을 뜨는 그때 동생이 팔을 잡아당겼고 국물을 쏟고 말았던 거였어요. 어쩔 줄 몰라 하는 외할머니 등을 살살 두드리는 엄마가 미웠어요.

"외할머니가 그랬어."

동생 울음소리를 듣고 달려 나온 아빠한테 고자질해버렸어요.

"뭣? 애를 이 지경으로 만들어놔?"

내 말이 끝나기도 전에 아빠의 손은 외할머니의 **뺨**으로 날아갔어요.

"울 엄마도 데였어. 성미는 조금만 데였어."

아빠를 향해 눈을 허옇게 뜨던 외할머니는 방으로 달아났고 엄마는 엉엉 울기 시작했어요. 두 눈을 똑바로 뜨고 보았는데요. 진짜는 외할머니 손에 뜨거운 국물이 더 많이 튀기는 했어요.

"나가려면 니들끼리 나가."

외할머니와 함께 가방을 들고 나온 엄마가 동생과 내 손목을 잡자 아빠가 우리 둘을 한꺼번에 꼭 껴안았어요.

"성미를 웬쑤 웬쑤했잖아?"

엄마 눈에는 내가 보이지도 않는지 동생만 아빠 품에서 **빼내**가려고 했어요.

"아얏, 이게 미쳤나?"

엄마한테 팔을 깨물린 아빠가 발로 엄마한테 발길질을 해대기 시작했어요. 가방을 집어던지고 들어온 외할머니는 아빠의 짧은 머리칼을 한 움큼 잡고는 마구 흔들어댔어요. 동생의 손을 잡고 방구석으로 기어간 나는 숨도 쉬지 못하고 있었어요.

싸움이 어떻게 끝났는지는 알 수가 없었어요. 엄마와 외할머니는 가방만 들고 집을 나갔어요.

새로 온 우리 선생님은 겁쟁이인가봐요. 뛰어다니면 넘어진다. 떠들면 시끄럽다, 울면 울보 된다, 싸우면 싸움꾼 된다, 김치 안 먹으면 키 안 큰다, 한글 모르면 바보 된다, 영어 모르면 비행기 못 탄다.

넘어져도 뛰고 싶어요. 조용하면 심심해요. 울음이 나오는데 어떻게 참아요? 맞고 있긴 싫어요. 사촌 형은 김치 안 먹어도 엄청 커요. 애어른이라서 말을 어른처럼 잘하는데 한글 좀 모르면 어때요? 울 아빠 ABC도 모르는데 비행기 타고 가서 엄마 데리고 왔어요.

"일어나. 빨리 빨리."

눈이 떠지지도 않는데 아빠가 자꾸만 일어나라는 것이었어요. 돈 벌러 가야 한다고 자랑하더니 돈을 많이 벌어야 동생과 나한테 맛있는 거랑 장난감 많이 사줄 수 있다고 떠들어대는 것이었어요. 오늘도 아침 일찍 짐을 실으러 가야 하는 것 같았어요.

어린이집이 저만치 보일 때 아빠는 나를 먼저 트럭에서 내려준 후 아직 잠자고 있는 동생을 안고 내렸어요. 뽀얀 안개 속으로 걸어갔어요.

엄마 얼굴이 눈앞에 떠올랐어요. 아빠가 몇 번 찾아가 집으로 들어오라고 했지만 외할머니가 죽어도 싫다고 했다는 거였어요.

"또 애들을 카시트도 없는 트럭에 태워 온 건 아니죠?"

우릴 본 원장선생님은 걱정부터 했어요.

"애들한테 물어보세요. 카시트에 얌전히 앉아있을 건지."

아빠는 지겁지도 않은지 꼭 우리 핑계를 댔어요. 택시를 불러서 안전하게 애들을 모셔 왔다고 거짓말도 잘했어요.

어린이집 입구에서 들어가지 않겠다고 일부러 울기 시작했어요. 우리 선생님만 생각하면 동화시디에서 보았던 동쪽마녀가 떠오르는 것이었어요. 동쪽마녀를 이길 방법이 없을까요?

"우리 유성이 씩씩하죠?"

원장선생님은 동생을 받아 안으며 한 손으론 내 손을 아플 만큼 꼭 잡았어요.

“싫어, 싫어. 아빠 따라갈 거야. 엄마, 엄마, 엄마…….”

마구 울며 엄마를 불렀어요. 손을 빼내려고 하면 더 아프기만 했으니까요 이상하게도 원장선생님 손은 깨물어버릴 수도 없었어요.

“유성인 나중에 다시 데려올게요.”

얼굴색이 시커멓게 변한 아빠는 내 손을 잡아끌었어요. 작전이 성공한 것이었어요. 나와 동생이 엄마를 찾기만 하면 아빠는 우리 둘을 트럭에 싣고 다녔어요.

“또 하루 종일 애를 트럭에 싣고 다닐 거예요?”

원장선생님의 목소리가 날카로워졌어요.

“아, 아뇨, 오늘은 일 없어요.”

아빠는 너무 빤한 거짓말을 하며 뛰듯이 달아났어요.

“애 앞에서 거짓말은? 일도 없는데 새벽같이 애들을 데리고 왔어요?”

등 뒤로 따라온 원장선생님의 툴툴거리는 소리였어요.

“엄마한테는 비밀이다.”

나를 번쩍 안아 트럭에 태우며 아빠는 싱겁게 씩 웃었어요.

“엄마 싫어, 아빠가 훨 더 좋아.”

초코파이를 집어 들며 나도 씩 웃었어요. 아빠 옆에 앉아 트럭을 타고 달리는 이 기분 아무도 모를 거예요. 짐을 싣거나 내릴 때는 아빠 휴대전화로 만화를 보면 심심하지도 않고 더 신이 났어요. 트럭에는 단팥빵이랑 크림빵과 딸기우유도 많이 있어서 마음대로 먹을 수도 있었어요.

“밥을 먹어야지, 밥을.”

점심시간에 선생님이 고함을 질러 내 귀를 아프게 했어요. 오늘은 재수가 더럽게 없어서 늦잠을 자 버렸고 눈을 떠보니까 어린이집에 와 있던 것이었어요. 맛이 하나도 없는 배추들깨국과 생선구이와 시금치나물을 친구들은 잘도 먹고 있었어요.

'먹기 싫어, 안 먹어.'

소리는 내지 못하고 입을 다물고만 있었어요. 선생님은 내 입에다 밥과 반찬을 강제로 떠 넣어주기 시작했어요. 씹지도 않고 입에 물고 있자 눈을 부릅뜨며 빨리빨리 꼭꼭 씹어서 꿀떡꿀떡 삼키라고 소릴 질러댔어요. 깍두기까지 입에 들어올 땐 왝 토해버리고 말았어요. 친구들 입에선 더러워 소리가 나오고 있었어요.

"너 정말!"

화가 난 선생님은 손을 높이 치켜들었어요. 내 볼은 벌써 화끈거렸어요. 큰 구슬처럼 생긴 CCTV 카메라로 얼굴을 돌린 선생님이 손을 내릴 때 나도 모르게 안도의 한숨을 휴우 내쉬었어요.

"여섯 살 아이가 어떻게 닦겠어요?"

선생님이 통째로 던져준 두루마리 화장지로 내가 토해낸 것들을 닦고 있는데 원장선생님이 문을 연 것이었어요.

"유성이 편식하는 버릇은 고쳐야 합니다. 애가 단것만 먹으려 하니까 이빨도 성한 것이 없어요."

선생님은 좀 놀란 얼굴로 자기주장을 늘어놓았어요.

"그래요. 그렇지만 애한테 무슨 죄가 있겠어요?"

화가 많이 난 얼굴로 원장선생님이 내게 휴지를 빼앗자 선생님도 교실 바닥을 닦기 시작했어요.

오늘은 아빠가 너무 먼 곳으로 아침 일찍 짐을 실으러 가야 했어요. 동생과 난 아침밥은 구경도 못하고 어린이집으로 가야 했어요. 오전 간식을 먹기 전부터 난 콧물만 자꾸 나왔는데 동생은 열까지 났어요. 선생님의 전화를 받은 엄마가 큰 눈으로 놀라며 달려와야 했어요.

"유성아, 성미야 아빠야. 아빠."

병원에서 주사 한 대씩을 맞고 엄마 집으로 와서 자고 있는데 아빠가 골목으로 난 창문으로 우리를 불러댔어요. 눈은 떴는데 캄캄해서 아무것도 보이지 않았어요. 다른 때는 저녁밥을 먹기도 전에 나타난 아빠가 엄마한테서 우리를 빼앗아갔어요.

"유성, 가만있어."

일어나려고 하자 엄마가 나를 꼭 껴안았어요.

"아빠 목소리 났어. 아빠 왔어."

엄마 가슴에 파묻혀버린 난 움직일 수가 없었어요. 그렇지만 얼굴로 느껴지는 엄마의 가슴 냄새는 정말 좋았어요.

"유성, 성미 여기 없어."

내 입을 막으며 일어난 엄마가 창문에다 대고 거짓말을 했어요.

"여기 있는 줄 다 알고 왔어. 빨리 문 열어."

"병원 갔다가 또 어린이집 갔어. 워언장님께 물어봐."

엄마 말도 다 알아들을 수는 없었지만 거짓말을 하는 것이 분명했어요. 내가 생각해볼 때 원장선생님은 아빠 편도 엄마 편도 아니었어요. 우리가 아빠한테 가면 트럭에 태워 다니는 것을 걱정했고 엄마한테 가는 날엔 배탈이 날까봐 눈 사이에 있는 주름살을 모두다 세웠어요.

"흥, 그래?"

화가 난 아빠의 목소리와 함께 창문이 덜컹거리기 시작했어요. 창문 밖을 가리고 있는 쇠로 된 막대 같은 것을 마구 잡아당기는 것 같았어요.

"진짜 없어. 진짜야."

창문이 한꺼번에 뜯겨져 나갈 것만 같아 엄마는 겁이 난 얼굴로 우는 목소리를 냈어요. 시끄러운 소리에 놀란 동생까지 일어나 눈치 없이 왕왕 울어버리자 엄마의 거짓말은 금방 탄로가 나버렸어요.

벌떡 일어나서 옷을 입었어요. 엄마와 함께 자는 것도 좋았지만 아빠 트럭에 있는 초코파이가 생각나서 가만히 있을 수가 없었어요.

잠자코 외할머니가 슬며시 일어나 부엌으로 가더니 칼을 들고 왔어요.

"할머니 칼 가지고 놀면 위험해."

내 말은 알아듣지도 못했는지 창문 옆 벽에 찰싹 달라붙은 외할머니는 숨소리만 사납게 내고 있었어요.

이제 엄마는 칼을 빼앗기 위해 외할머니 팔에 매달렸어요. 알아들을 수 없는 무슨 말을 열심히 해대기도 했지만 외할머니는 입을 꾹 다문 채 화난 눈을 창에 붙여두고 있었어요.

"안 돼, 유성 아빠, 엄마 칼 있어!"

덜컹거리던 창문이 밖으로 빠져버렸을 때 엄마는 급히 소리쳤어요.

"칼 같은 소리 하고 자빠졌네."

아빠의 얼굴이 방 안으로 쑥 들어올 때였어요.

"에잇!" 하는 외할머니의 소리와 "으악!" 하는 아빠의 비명 소리가 동시에 울렸어요.

"미, 미안해. 유성 아빠, 내 실수다."

골목으로 달려나간 엄마는 피가 나는 왼쪽 목을 감싸고 있는 아빠를 보며 벌벌 떨었어요. 엄마를 따라 뛰어나간 나도 아빠가 죽을까 봐 몸이 자꾸 떨렸어요. 외할머니가 동쪽마녀로 보이는 것이었어요.

엄마가 잘못했다고 싹싹 빌었지만 들은 체도 하지 않고 아빠는 피 묻은 손으로 휴대전화를 꺼냈어요. 경찰 아저씨가 오더니 눈물을 흘리며 알아들을 수 없는 말을 떠드는 외할머니를 잡아갔어요.

동생과 나는 원장선생님 집에서 벌써 세 밤이나 잤어요. 아빠는 병원에 입원했는데 엄마는 그 옆에 달라붙어선 외할머니를 꺼내달라고 떼를 쓰고 있었거든요. 어른들의 이야기를 좀 빌리면 칼이 조금만 깊이 들어갔어도 아빠는 저세상으로 떠났을 것이라고 했어요.

우리 집에 왜 이런 일이 생겼을까요? 엄마 아빠 그리고 동생과 나 이렇게 네 식구만 살 때에는 어른들이 싸우지 않았어요.

아빠는 외할머니를 필리핀으로 보낸다고 약속하면 꺼내줄지 말지 생각해보겠다고 버텼어요. 매일 우는지 엄마의 눈은 퉁퉁 부어올라 있었어요. 외할머니는 돈을 더 벌어서 가겠다고 우기는 것 같았어요.

"내가 이게 무슨 죄니? 너희들은 또 무슨 죄고 말이야?"

우리 둘을 씻기고 먹이고 재우고 하면서 원장선생님은 혼자 중얼거리곤 했어요.

"유성, 성미 엄마 말 잘 들어. 무조건 엄마하고 살 거야, 해야 한다. 응?"

아빠 몰래 다른 집으로 이사를 해버린 엄마는 동생과 나를 앉혀 놓고 또 큰 눈을 엄청 크게 뜨는 것이었어요. 아빠 트럭에 같이 타고 다닌다는 것도 솔직하게 말하라고 했어요. 경찰 아저씨한테 잡혀갔다가 풀려난 외할머니까지, "라면, 라면 응? 응?"이라고 하며 손으로 떠먹는 시늉을 해 보이는 것이었어요.

"누구한테?"

동생은 고개를 끄덕였는데 나는 좀 궁금한 것이 있어서 엄마한테 얼굴을 돌렸어요.

아빠가 나쁜 사람이기 때문에 좋은 사람인 우리들과는 같이 살 수 없다고 설명했어요. 아빠가 나쁜 사람인지 좋은 사람인지 그런 것은 생각해보지 않았어요. 또 마음을 솔직하게 털어놓는 건데요, 아빠 얼굴만 생각하면 라면 먹을 생각에 침부터 꿀꺽 넘어갔고 트럭에 있는 초코파이가 생각났고 운전하는 아빠 모습이 멋져 보였고 트럭 타고 달리면 신이 났어요.

"변호사가 유성한테 물어볼 거야. 알았지?"

엄마는 금방이라도 튀어나올 것만 같은 큰 눈을 내 눈에 딱 맞추고는 자꾸만 '응' 대답을 요구했어요.

"변호사가 누군데?"

"응, 알았어."

어쩔 수 없이 고개를 끄덕여주었어요. 변호사가 지금 당장 나한테 물으면 만화영화에서 본 것처럼 '난 정의의 사도다. 정체를 밝혀라'라고 말하고 싶을 뿐이었어요. 아빠가 같이 살자고 하면 그때는 아빠한테도 '응'이라고 대답할 작전도 짜 두었어요.

목에 허연 붕대를 감은 아빠가 귀신처럼 우리들을 찾아냈어요. 외할머니를 보더니 거짓말쟁이 사기꾼이라고 하며 눈으로 언제 돌아가 것이냐고 따졌어요.

"당신과 이혼한다. 엄마 내가 모신다. 유성, 성미 나하고 같이 산다 했다."

엄마는 동생과 나를 힘껏 끌어안으며 씩씩거렸어요.

"흥, 교활한 것들. 양육비 챙겨먹겠다 이거지?"

아빠는 우리 둘을 와락 빼앗았어요.

"유성, 성미 엄마고 산다 해. 엄마고, 엄마고."

힘으로는 아빠를 이길 수 없는 엄마는 우리 둘의 팔 하나씩을 잡고 늘어졌어요.

"더 세게 잡아당겨. 더 세게. 애들 팔이 빠지나 안 빠지나 보게."

아빠는 우리 둘을 엄마 눈앞에 들이밀며 눈을 부릅떴어요. 알아들을 수 없는 말을 중얼거리던 엄마는 동생과 내 팔을 놔주었어요.

"아빠가 더 좋아."

트럭에 타자마자 난 초코파이부터 집었어요. 봉지를 뜯기도 전에 침이 꿀꺽 넘어갔지만 동생부터 먼저 주었어요.

"응, 그래? 너희들이 없으면 무슨 낙으로 살겠니?"

트럭을 운전하던 아빠는 우리 둘에게 눈만 살짝 돌렸어요. 이제 아빠는 동생을 미워하지 않는 것 같았어요.

"고래 싸움이 빨리 끝나야 할 텐데. 우리 친구들 밥은 먹었어요?"

우리 둘을 원장선생님 집에 맡겨 놓고 아빠는 가버렸어요. 동생과 난 티브이 앞에 가서 얌전하게 앉아있었어요. 원장선생님은 매일 바쁘다고 하면서 바다에 사는 고래가 싸우는 것은 어떻게 알고 있을까요?

"이혼한다가 뭐예요?"

원장선생님이 해준 계란프라이를 먹다가 갑자기 엄마가 했던 말이 생각난 것이었어요. 예쁜 말인지 미운 말인지 그것이 좀 궁금했기 때문이었어요.

"어른이 되면 알 수 있어요. 지금은 알려고 하지 말아요. 알았죠?"

일부러 웃으려고 하던 원장선생님은 얼굴을 저쪽으로 돌려버렸어요.

오늘은 어린이집에서 엄마 아빠가 딱 부딪치고 말았어요. 그동안 엄마 집으로 갔다가 아빠 집으로, 아빠 집에 갔다가 원장선생님 집으로, 그렇게 왔다 갔다 했어요. 동생과 나는 아무것도 모르고 사무실로 불려갔어요.

"워언장선생님, 유성 성미 트럭 타 위험해요. 라면 초코파이 많이 먹어 밥 안 먹어요."

엄마가 먼저 동생과 나를 데려가게 해달라고 원장선생님께 매달렸어요.

아빠는 엄마에게 돈독이 올라 자식도 눈에 보이지 않는 여자라고 떠들어댔어요. 위생관념이라곤 모기눈물 만큼도 없는 할망구 때문에 동생과 내가 번갈아 장염이다 식중독에 걸리기 일쑤라고도 했어요.

"두 분 다 애들 보는 앞에서 이러면 안 된다는 것 정도는 알고 있죠?"

입을 꾹 다물고만 있던 원장선생님은 동생이 울어버리자 담임선생님을 불러 데려가게 하고는 한마디 했어요.

"에잇, 창피해. 엄마 아빠는 왜 어린이집에 와서 싸우는 거야?"

두 사람을 마구 흘기며 빨리 밖으로 나가라고 소리를 질렀어요.

"아, 정말 두 분 창피한 줄 아세요. 유성아, 그렇다고 엄마 아빠를 그렇게 흘겨보면 어떡하니?"

원장선생님은 나에게 교실로 가 있으라고 했어요.

"유성, 엄마하고 사는 거다. 응? 응?"

교실로 가려는 내 팔을 엄마가 꽉 붙잡으며 눈물을 흘렸어요.

"우리 유성인 이 세상에서 아빠가 최고로 좋지?"

허리를 나에게로 굽힌 아빠는 눈썹을 찡긋해 보였어요.

아무 생각도 나지 않았어요. 엄마를 보면서 멍청해진 눈을 아빠한테로 돌리며 입을 쑥 내밀었어요.

내 눈에 눈을 딱 맞춘 엄마는 슬픈 얼굴로 내가 없으면 못산다고 했어요. 아빠는 내 어깨를 꽉 잡으며 갖고 싶은 거 다 말하라고 했어요. 그렇지만 엄마는 외할머니만 있으면 잘 살 것 같았어요. 돈이 없어서 흙 파가지고 장사한다는 아빠가 자전거를 사줄 수 있겠어요.

"진짜로 죽겠네. 죽겠어."

바보처럼 가만히 서 있던 난 엄마 아빠를 다 뿌리치고 교실로 달아났어요.

지나

"몰라, 몰라. 원장선생님 마음대로 하세요. 줘버리던지 팔아버리던지."

이제 스물한 살인 지나 엄마는 히스테리 팔팔한 목소리로 짖어댔다.

"허, 허, 허."

어린이집 운영 팔 년 차인 난 어이없는 웃음을 맥없이 튕겨냈다.

아이가 아프다고 연락을 하면 대개의 어머니는 '어머, 지금 데리러 갈게요. 열이 많이 나나요? 조금 더 지켜봐주세요. 아침부터 컨디션이 안 좋아 보이긴 했어요. 어린이집 갈 때 멀쩡하던 애가 왜 아프죠?'라고 했다.

'허, 내 맘대로 하라니? 뭘?'

과민반응을 보인다거나 책임 떠넘기기까지 사양하지 않더라도 아이가 아프다는 말을 들으면 한 가랑이에 두 다리 끼고 달려오는 것이 세상 어미들의 반응이었다.

"어떡하죠? 빨리 병원에 데려가야 할 것 같은데요?"

열꽃이 피고 있는 아이의 얼굴을 보며 담임은 안달했다.

"지나 어디 아픈가요?"

취사보조인 허 선생이 끼어들며 눈꺼풀을 걱정스레 들었다. 갓 육십인 나와 동갑인 그녀는 면접 보러 왔던 육 개월 전 그때 아이들만 보면 입이 절로 벌어진다고 자신을 소개했다. 사실 그녀는 아이들과 눈이 마주치면 웃음을 아끼지 않았고 영아반 교실로 점심을 나를 때면 숟가락 잡는 것이 서툰 어린아이에겐 꼭 밥을 떠먹여주고 나오는 것이었다. 죽을 유난히도 좋아해서인지 아이들이 먹다 남은 것까지 버리지 않고 먹어치우곤 했다.

기형적으로 머리가 큰 네 살배기 지나는 늘 목이 오른쪽으로 기울어져 있었다. 그래서인지 왼쪽의 무엇인가를 보려고 할 땐 목에 깁스를 한 것처럼 몸 전체를 어색하게 돌리곤 했다. 이런 아이를 보는 허 선생의 시선은 언제나 '가여운 것' 이것이었다.

미혼모인 지나 엄마는 아이를 어린이집에 맡긴 후 코빼기도 보이지 않고 있었다. 물론 24시간 아이를 돌보는 보육시설로 인가받은 터여서 엄마의 출현 여부에 관계없이 밤낮을 가리지 않고 아이를 지극정성으로 보살피는 것이 우리의 의무이기는 했다.

"홍역예방주사는 맞혔을까요?"

담임이 입빠른 소리를 훅 털며 불긋불긋해지고 있는 아이의 얼굴을 힐긋거렸다.

"요새 젊은 엄마들 애들한테 너무 극성 떨어 탈이던데 이럴 양이었으면 뭣하러 싸질러 놓았누?"

허 선생은 아이를 낚아채듯 하더니 병원으로 가자며 앞장섰다.

"지금 간식 준비해야 되잖아요?"

자동차 열쇠를 챙기며 당황히 반문했다. 오후 두 시가 되어가고 있었던 것이다. 우리 어린이집 직원들의 공통분모가 있다면 그것은 엄마에게 방치되고 있는 지나에 대한 측은지심이었다.

"푸우우, 뭐하러 태어났니."

차에 먼저 올라탄 허 선생은 아이를 보며 한숨을 길게 내쉬고 있었다.

"애한테 무슨 말을 그렇게 하세요?"

운전대를 잡으며 톡 쏘았다. 아이에 대한 안타까움을 오지랖 넓으리만치 진하게 품는 건 자유지만 함부로 말할 자유는 없는 것이었다.

"속상해서 그러죠. 애만 보면 속상해서요."

꺼매진 얼굴로 허 선생은 애 엄마가 무슨 말을 안 하더냐고 물었다.

"무슨 말이라뇨? 애한테 모기 눈물 만한 관심도 없는데."

상대의 말뜻을 정확하게 헤아릴 수 없었던 난 무작정 볼멘소리로 반문했다.

"손자 보셨죠? 무척 좋으시죠?"

한껏 부드럽게 조율한 목소리로 물었다.

"그야. 어디서 이렇게 예쁜 것이 있나 싶죠."

오래전부터 준비해둔 말처럼 자연스레 대꾸했다.

결혼한 지 올해로 오 년째인 아들에겐 아직 아기가 없었다. 잦은

해외출장으로 집에 있는 날보다 비우는 날이 더 많은 것이 이유라면 이유라고 생각하고 있었다. 아이 문제로 이래라저래라 대놓고 말을 하진 않았지만 불현듯 너무 늦다는 생각이 들지 않는 건 아니었다.

허 선생의 사생활에 대해선 아들 하나 보고 평생 혼자 살아왔다는 사실 정도로만 알고 있었다.

"우리 지나도 좋은 부모 밑에 태어났으면 호강하고 자랄 텐데?"

허 선생은 칭얼대다 지쳐 잠이 든 아이 머리를 정성껏 쓰다듬고 있었다.

"누가 보면 꼭 친할머니라도 되는 줄 알겠어요."

"아이쿠, 무슨 말씀이세요? 내가 친할머니면 진즉에 안고 가서 내 손으로 키웠죠. 개만도 못한 그런 어미한테 애를 맡겨두고 있겠어요?"

느낀 바를 직설적으로 말했을 뿐이었는데 이렇듯 당황히 받아치고 있었다. 얼굴색까지 하얘졌다.

"애가 애를 낳았으니 뭘 알겠어요? 암튼 애가 듣는 데선 뭣만도 못하다는 그런 표현은 좀……."

말을 다 하지도 못하고 싹둑 잘리고 만 난, 입을 스스로 우겨넣어야 했다.

"개만도 못한 년을 개보다 낫다고 할까요?"

허 선생은 앞뒤 없이 화를 벌컥 내는 것이었다. 이어 눈물이 그렁그렁해지는 눈으로 어제 일을 입으로 더듬기 시작했다.

진돗개 여섯 살이면 사람으로 치면 사십 대다. 초산인데다가 노산이어서 열네 시간이나 산통을 겪으면서 새끼 여섯 마리를 출산하고 난 후 탈진하고 말았다. 의사의 도움을 받고 간신히 출산한 일곱 번

째 새끼가 숨을 쉬지 않자 만신창이가 된 몸으로 죽을힘을 다해 고
개를 들더니 핏덩이의 코와 입을 애타게 핥아대더라. 새끼의 입에서
'앵' 하는 고고의 울음이 터지자 그제야 비로소 안심하는 얼굴로 목
을 바닥에 펴더라. 미물도 목숨 내놓고 새끼를 돌보는 데 만물의 영
장인지 송장인지 하는 인간이 새끼를 제멋대로 싸질러만 놓고 돌보
지 않는다는 것이 말이 되느냐? 그런 년은 진즉에 어미의 자격을 박
탈해버려야 한다고 이렇게 마음껏 덧붙이기까지 했다.

처음 듣는 이야기도 아니어서 또다시 가슴이 뭉클해 오진 않았
다. 허 선생은 한여름에도 찬바람이 가슴을 휘젓곤 해선 진돗개를
키우게 되었다고 했다. 이름이 진숙이었던 그 견공이 그녀에겐 든든
한 남편이자 속마음 주고받을 수 있는 둘도 없는 친구였고 하늘이
내린 효녀였다고 자랑하곤 했다.

"입원 절차 밟으세요."

의사는 지나에게 폐렴이라는 진단을 내렸다. 병원비부터 가슴을
눌러대는 바람에 멍한 눈으로 죄 없는 허공을 들쑤셔댔다. 또 네 시
엔 약속이 잡혀 있었다. 허 선생은 덩달아 좀 멍청한 표정이 되더니
휴대전화를 꺼내며 밖으로 나가는 것이었다.

"전화를 해도 내가 해야지. 허 선생, 지나 좀 안고 있어요."

아이를 안고 일어나며 당황히 소리를 질렀다. 상대는 이미 어디
조용한 곳으로 숨어버렸는지 보이지 않았다.

"몇 푼 안 되는 병원비 갖고 치사 방귀 뀌지 말라고 떠들며 지랄
하네요?"

한참 만에야 돌아온 허 선생은 혀를 내둘렀다. 얼굴빛이 또 꺼멓

게 변했다.

"허, 허, 허, 허허허……."

꽉 막혀버린 숨통을 트기 위한 본능적인 호흡일까. 당당하지도 시원하지도 않은 너털웃음이나 치고 있었다.

작년엔 지나가 볼거리에 걸린 적이 있었다. 턱밑이 부어오르는 아이를 안고 집으로 찾아간 적이 있었다. 지나 엄마는 오전 열 시가 넘었는데 술내가 진동하는 방에서 남자와 함께 널브러져 있었다. 깨워도 쉽게 일어날 것 같지 않았지만 벌거벗은 가랑이가 넷인 방에 아이를 들이밀 엄두조차 나지 않았다.

지나는 일단 입원을 시켰다. 아이 곁에 꼼짝없이 붙들려 있어야 할 판국이었다. 어린이집을 오래 비울 수도 없을 뿐더러 살림집 문제로 내 코가 석 자인 판국에 병원비도 문제였다. 또 입원비까지 떠맡을 수는 없었다.

지랄 개떡같이 무책임한 지나 엄마에게 문자를 수십 차례나 보냈다. 아이가 응급상황에 처해 있음을, 그리하여 아이에게 엄마가 가장 필요한 순간임을 애타게 호소하는 내용을 구구절절 실어서였다.

'오지랖 넓은 조리사 있잖아요.'

겨우 이런 답신만 왔을 때 급기야 분노억제장애 인간으로 돌변할 수밖에 없었다.

"흥, 죄 많은 이년 탓이지 누굴 탓하겠어요?"

허 선생은 어린이집으로 돌아가며 가슴을 툭툭 쳤다.

"애가 죽었다고 문자를 넣어야겠어."

독하게 툴툴거리며 휴대전화를 꺼냈다.

'그래도 꿈쩍하지 않으면?' 소심한 자신의 상식적인 염려. '손녀딸로 삼아버리지 뭐. 생사를 확인하고 어쩌고 할 어미도 아니잖아?' 용감한 자신의 결단력 있는 판단.

머리를 짧게 흔들었다. 큰아들 부부에게 지나를 안겨주는 상상을 하지 않은 건 절대로 아니었다. 그럴 때마다 뭇 남자들에게 웃음을 찔끔거리는 애 엄마의 직업이 마음을 가로막았다. 더욱이 지나 아버지의 정체도 전혀 모르는 상황이어서 고개를 더욱 강하게 가로저을 수밖에 없었다.

평소에 선민의식이 있다거나 황후장상의 씨만 골라 잡아 좋아한다거나 하는 체질은 맹세코 아니었다. 그냥 반듯한 부모에게 태어난 아기였으면 만족할 수 있었다.

'반듯한 부모가 자식을 버리겠니?'

'그건 그래.'

스스로 반문하고 맞장구를 치고 하다가 앉은자리에서 생각을 바로잡았다. 반듯해도 도저히 자식을 키울 형편이 못 되는 경우가 얼마든지 발생할 수 있다고 말이다.

지나를 내 가족으로 받아들일 수 없는 솔직한 이유는 기형적으로 큰 머리통에 있었다. 필요 이상으로 큰 그 얼굴을 볼 때마다 짓궂은 일곱 살 오빠들은 담임의 눈과 귀를 피해 '얼큰이'라고 놀리기 일쑤였다. 자라면서 외모 콤플렉스에 빠질 아이가 겪게 될 갈등이 지레 두려운 것이었다.

지나는 링거바늘을 꽂은 채 깊은 잠에 빠져 있었다. 너무 일찍부터 남의 손을 빌려 자라고 있어서인지 눈치가 유난히도 빠른 아이였다. 지능의 문제는 없을 것이라고 확신하고 있었다. 허연 아이의 얼굴에 눈을 고정하고 있다가 주워 담을 수도 없는 쓴웃음을 빼물었다.

휴대전화로 지나가 삼 일 정도 입원해 있어야 한다는 것과 퇴원하는 날 병원비를 꼭 챙겨오라는 문자를 지나 엄마한테 보냈다.

'허 선생님하고 통화했음.' 이런 내용의 문자가 빨리도 왔다.

허 선생에게 죄를 묻는다면 어쩌자고 아이들을 그토록 좋아하느냐고 하는 그것이었다. 아이들을 향하여 펴 놓은 허 선생의 오지랖이 대서양보다 더 넓다는 것을 알아버린 지나 엄마는 아니 할 말로 무슨 봉이라도 잡은 줄 아는 모양이었다.

'도대체 너희 아빠라는 인간은 네가 이 세상이 나와 있다는 사실을 알고는 있는 거니?'

밑도 끝도 없이 아이 아빠한테로 원망의 화살을 돌렸다. 평소에 아이 기저귀는커녕 양말 한 조각도 보내주지 않는 엄마한테 병원비를 들고 오라고 했다. 대충 생각해도 푹 삶은 호박에 손톱도 들어가지 않을 발상이었다.

오후 세 시 반이 되어가고 있었다. 4시엔 방을 보러가기로 되어 있었다. 살림집 주인이 전세금을 너무 많이 올려달라는 바람에 조금이라도 가격대가 낮은 곳을 찾아봐야 했다.

이십 대 중반에 결혼한 우리 부부가 오십 대 초반까지 모은 돈을 먼지가 날 정도로 탈탈 털어 지금의 어린이집을 지었다. 어린이집 건물 내의 한 공간을 숙소로 사용할 수 있었던 때여서 살고 있던 아파트도 유감없이 처분하여 아낌없이 돈을 보탰다. 건강이 악화되지 않았더라면 남편은 명예퇴직을 하지 않았을 것이었다. 나도 컴퓨터 키보드를 열정적으로 두들겨대며 글쟁이 노릇을 마음껏 할 수 있었을 터였다.

말 그대로 어느 날 갑자기 어린이집 건물에 대한 원장 및 대표에 대한 숙소 사용금지령을 내렸다. 낭패감을 깨물며 무조건 짐을 빼야 했다.

지나 병원비는 번번이 내가 도맡아 왔다. 흔한 말로 이젠 내 코가 석 자인데 남의 아이 병원비를 계속 낼 수도 없는 노릇이었다.

"가 보세요. 여긴 내가 지킬 테니."

서둘러 온 허 선생은 내 등을 떠밀어냈다.

"혹시 지나 엄마한테 전화가 왔나요?"

저녁때 다시 오겠다고 하곤 병실을 나가다가 허 선생에게 물었다. 살림집을 옮겨야 하는 부담에 아이의 병원비까지 무겁게 얹혀 마음을 짓누르고 있었다.

"날더러 이번 병원비를 내달라고 하더군요."

내 마음을 빨리도 읽어버린 허 선생은 바윗덩이 하나를 재빨리 치워주었다.

"지나 엄마한데 무슨 죄 졌어요?"

아무튼 다행이다 싶었다. 따지고 보면 말이 안 되는 소리였다. 올려줄 셋돈이 모자라서 좀 더 싼 방을 찾아 쩔쩔매는 판국에 이것저것 재고 할 마음의 여유마저 없어진 자신이 정말 꼴 보기 싫지만 도리가 없었다.

'소원이 없겠다. 초가삼간 한 칸 없는 나 같은 사람만이라도 살게 해주면.'

부동산 중개사가 소개하는 셋방을 보면서 소박한 숙소였던 어린이집의 그 방을 떠올리지 않을 수 없었다.

어린이집 건물에서 거주할 땐 시간 내키는 대로 아이를 데리고 와선 어린이집 문을 두드리는 학부모들 때문에 늘 긴장상태로 있어야 했다. 그래도 돌아서면 잡풀이 무성해지는 잔디밭과 화단은 물론 사육장의 동물관리 등 잔손질이 하늘의 별 만큼이나 많이 가는 어린이집을 운영하기 위해선 살림집이 딸려 있는 것이 훨씬 더 효율적이었다.

눈앞의 단칸방에서 곰팡내가 물씬거리는 것까지는 참을 수 있었다. 골목으로 나오게 되어 있는 출입문을 열면 바로 손바닥보다 작은 부엌이었다. 나이로 저장해온 살집이 별로 없는 덕택에 몸을 돌릴 때, 등이 반대편 벽에 부딪힐 염려는 없더라도 부뚜막에 신발을 벗어두고 방으로 들락거려야 할 판이었다. 신발을 신고 벗을 때 발생할 온갖 잡균들이 음식물로 들어갈 상상이 앞서는 바람에 속이 메슥거렸다.

"그 돈으로는 이런 방밖에 못 구합니다."

내 표정을 훔쳐본 중개사는 무뚝뚝하게 투덜거렸다.

맥없는 코웃음으로 대꾸하며 발길을 돌렸다. 깨끗한 원룸으로 방향을 돌리려면 전세금 융자를 받아야 했다.

'이자 낼 돈은 하늘에서 뚝 떨어진다니?'

소심한 자신이 무능한 내게 톡 쏘았다. 돈이 나올 구멍도 찾을 줄 모르는 대책 없는 자신에게는 또 맥없는 코웃음을 날려야 했다.

"천하에 못된 것. 너 지금 애 가지고 장사하자는 거니?"

분명 허 선생의 목소리였다. 지나의 병실로 향하다 말고 소리 나는 코너로 발길이 끌려갔다.

'혹시 지나 엄마하고?' 본능적으로 발소리를 죽였다.

"누가 낳으랬니? 니 마음대로 애를 낳아놓고 어디서 협박질이야 협박질이? 그리고 이놈 저놈 붙들고 자는 년 밑구멍으로 나온 애가 내 새낀지 어느 잡놈의 새낀지 어떻게 알아?"

휴대전화에다 대고 읊어대는 독기 서린 허 선생의 목소리는 내 귓속으로 고스란히 들어왔다.

기다렸다. 족집게 무당은 아니더라도 지나와 허 선생의 관계는 충분히 넘겨짚을 수 있었다. 구체적인 설명이 더 필요한 건 아니었다. 그녀가 아이의 친할머니라는 사실이 전혀 놀랍지도 않았다. 지나에게 보호자가 있다는 사실만으로도 마음이 무작정 가벼워지는 것이었다.

"다 들었죠?"

이쪽으로 몸을 돌린 허 선생은 내 존재를 인식하고 있었다는 듯 스스로를 향한 실없는 웃음을 콧방귀로 빼물었다.

"무슨 말이 귀에 쏙쏙 들어오긴 하더라구요."

덩달아 실없는 웃음을 콧숨으로 빼물었다.

"뭐 더 숨길 게 없으니 마음이 훨훨 날아갈 것 같네요."

허 선생은 묻지도 않은 비밀을 풀어헤치기 시작했다.

"예에? 1억에 애를 사서 뭘 어떻게 하라구요?"

목청부터 높였다. 아이를 데려가서 버리든지 보육원 같은 데 맡기든지 마음대로 하라고 했다는 바람에 놀란 꼬끼오만 외치고는 멍청한 촌닭이 되어버렸다.

요즘 할머니들은 귀찮고 바쁘고 취미생활을 즐기기 위해 그리고 기타 등등의 이유를 들어 손자손녀를 봐주지 않으려 하고 있었다. 자기 한 몸 살아가기에도 고달파 보이는 허 선생이 지나를 몰라라 한다고 해서 탓할 순 없는 노릇이었다. 마음 독하게 먹고 모르쇠 작전으로 나가라고 했다.

"그랬더니 내 아들을 찾아가겠다고 하더군요."

이빨을 으드득 가는 허 선생의 동공엔 눈물이 가득 고이고 있었다. 너무 일찍 혼자 된 그녀는 오로지 아들 해바라기로 살아왔다.

"진짜인지 유전자검사는 해봤어요?"

공연히 오기가 받치는 바람에 씩씩거리기까지 했다.

"어떻게 키운 내 새낀데 그년이 글쎄 그년이 다 망쳐놨지 뭐에요."

허 선생은 체머리를 흔들었다.

재수를 하던 허 선생의 아들은 입시학원에서 지나 엄마를 만났다. 공부시간보다 노닥거리는 시간이 더 많았던 둘은 보기 좋게 또 대학시험에 실패했다. 뒤늦게야 사실을 알게 된 양쪽 집에서 거품을 물며 떼어놓으려 하자 나이만 먹었지 철딱서니 더럽게 없었던 둘은 모텔로 들어가 다량의 수면제를 입속에 털어 넣었다. 그나마 일찍 발견된 것이 천만다행이었다.

간신히 눈을 뜬 아들이 여자부터 찾을 때 허 선생은 단호히 깨어나지 못했다고 말했다. 삼 년 가까이 툭하면 죽어버리겠다고 헛소리를 해대다가 이제 겨우 마음을 잡고 전문대학에서 기술을 배우고 있는 터였다.

허 선생은 덧붙였다. 아들의 얼굴을 볼 때마다 오늘은 기분이 어떤지 또 어떻게 돌변해버릴지 몰라 눈치부터 살핀다는 것이었다. 그녀가 두려운 건 지나의 존재를 알게 되는 순간 아들이 받게 될 충격이었다. 딱지가 엉기기 시작하는 상처에다 망치질을 해대는 꼴이 될 것이었다.

"헛, 참, 허, 허, 허……."

지나에게로 발길을 돌리며 말도 나오지 않아서 숨만 딱딱 끊었다. 아기집에 생명이 내리고 있었는데 수면제를 처먹고 지랄을 해댔으니 지나가 온전한 아이로 태어날 수 없었던 것일까.

"말이 나온 김에 하는 말인데……."

뒤따라온 허 선생이 별안간 은밀한 표정을 지었다.

"여긴 내가 있을 테니까 얼른 집에 가서 쉬세요."

그녀의 등을 문밖으로 밀었다.

"벌을 서도 내가 서야죠. 원장님이 무슨 죄가 있다고."

말은 그렇게 하면서 양손을 모아 내 두 손을 힘주어 꼭 움켜 잡았다.

"글쎄, 댁에 가서 쉬라니까요."

강요에 가까운 부탁의 낌새가 느껴져 부지중에 손을 빼내었다.

"아드님 아직 아기 없죠?"

"예엣? 뭐라구요?"

놀라다 말고, '설마 정상도 아닌 아이를?' 그녀를 쏘아보았다. 비밀이 탄로 났다는 사실보다 기형적인 지나의 외모가 혐오스레 뇌리에 스쳤다.

핵물리학 박사인 내 아들은 현실적인 증거를 들이대지 않아도 수재였다. 초등학교 시절부터 전국 일등을 놓친 적이 없어서 학습적으론 기초공사부터 탄탄했거니와 논문이 미국의 유명 학회지에 실릴 정도로 창의적 연구의식이 뛰어났고 원인과 결과론적인 문장구성력도 빈틈이 없었다.

장가보낼 때까지 화내는 것을 단 한 번도 보이지 않았다. 어릴 땐 대학생들의 데모가 심했던 시절이어서 지하도로를 지나갈 땐 몰려 있는 체류가스 때문에 눈물 콧물 많이 나곤 했다. 사람들의 입에선 괴로운 불평불만이 터져나오곤 했는데 아들은 그때 유행하던 대중가요의 가사를 빌려 '벗어나고 싶어'라고 노래를 불렀다.

반찬이 없을 땐 밥투정 대신 '밥맛이 없으면 입맛으로 입맛 없으면 밥맛으로'라고 하며 즐거운 랩으로 해소했다. 초등학교 5학년 땐 뜬금없이 교실 청소를 혼자 하겠다고 나선 적이 있었는데 다 닳아 빠진 지우개를 찾아내기 위해서였다. 그 후 내 아들에게 붙여진 별명은 '노벨경제학상'이었다.

새아기는 아들이 처음으로 내게 소개시킨 아이였고 무조건 찬성했다. 결혼 오 년째 아직 아기가 없다는 것이 안타까울 뿐 눈에 넣어도 아프지 않을 며느리였다.

아들부부에게 평생 짊어지고 가야 할 십자가를 안겨줄 수는 없었다.

"푼푼이 모은 돈이 딱 1억이 되는데요."

이제 허 선생은 막 나가겠다는 건지 돈 자랑을 하기에 이르렀다. 지나를 맡아주기만 하면 너무 미안해서 간절히 부탁하는 의미로 오천만 원을 내놓겠다는 것이었다.

"미쳤어요? 허 선생이 키우면 되겠네. 그 돈으로 허 선생이 키우세요." 필요 이상으로 벌컥벌컥 화를 내며 병실 밖으로 달아났다.

"그럴 수만 있다면 왜 이러겠어요?" 따라오며 내 손을 집요하게 움켜쥐었다. 내 아들 부부만큼은 믿을 수 있어서 마음을 굳혔다고 제멋대로 덧붙였다. 지나 맡길 데를 많이도 알아보았는데 돈만 꿀꺽하고 아이를 파양해버릴 인간들만 있더라는 것이었다.

"흥, 그러니까 허 선생이 직접 키우라구요. 아들한텐 부모 없는 아이 가여워서 데려왔다고 하면 되잖아요?"

자기 아들은 다칠까봐 전전긍긍하면서 남의 아들 가슴엔 무거운 쇳덩이를 얹어놓겠다는 그 심보가 여간 괘씸한 것이 아니었다. 더욱이 절실하게 돈이 필요한 요즈음의 내 상황을 액수로 이용하는 것만 같아 더 악이 받쳤다. 허 선생의 손을 강하게 뿌리치고 달아났다.

'나쁘진 않잖아? 돈도 생기고 아이도 생기니까.'

'온전하지도 않은 아이를 어떻게 아들에게?'

'아들 밑으로 해놓고 내가 키워줘야지 어쩌겠어?'

'스무 살까지만 키워놓으면 제 앞가림은 하지 않겠어?'

'앞가림? 겨우 학교가방 벗을 나인데 그게 될까?'

혼자 묻고 반론 없이 짖어대고 하다가 머리를 가로저었다. 16년 후이면 내 나이 여든이었다. 아직은 팔팔하지만 언제까지 누굴 뒷바라지할 에너지가 남아있을지 의문이었다.

부동산중개소로 발길을 당겨갔다. 일명 곰팡내 나는 그 방을 계약해버려야 할 것 같았다. 오천만 원에 대한 욕심을 끊어버리기 위해서라고 굳이 밝혀둘까.

"그 방 나갔어요." 중개사는 간단명료하게 말했다.

"어머, 그래요?"

적잖이 당황하며 다른 부동산중개업소로 발길을 돌렸다.

입에 맞는 떡이 없었다. 입을 떡에 맞추어야 할 판국이었는데 거친 개떡도 하나 놓치고 나니까 좀처럼 나타나지 않았다.

집주인의 독촉이 이어졌다. 올린 금액으로 재계약을 하든지 방을 비우든지 하라는 것이었다.

착잡한 마음으로 잠든 지나를 내려다보고 있었다. 살림집을 옮긴 후부터 퇴근할 땐 아이를 집으로 데려오기 시작한 것이었다. 물론 허 선생의 돈 오천만 원은 두 칸짜리 이 셋집 속으로 잘도 들어갔다.

아이 방은 안전을 최우선으로 하여 나름대로 예쁘게 꾸며주었다. 허 선생은 며칠 휴가를 얻어 시골에 다니러 갔다. 돌아오면 한 번 정도는 아이의 방에 와 볼 그녀의 시선도 굳이 의식했다.

급한 사정 때문에 일부터 저지르고 만 그런 심정일까. 아이만 데려왔지 아직 아들 부부에겐 입도 벙긋하지 못하고 있었다.

'길거리로 나앉게 되었는데 어떡하란 말이야?'

나 자신에게 소리를 버럭 지르곤 했다.

지나 엄마가 말 그대로 불쑥 찾아왔다.

"어머, 왔어요? 웬일로……."

어찌 된 일인지 말문이 단번에 시원하게 트이지 않았다. 그래도 어미라고 불현듯 아이 얼굴이 보고 싶었던 것일까. 그럴 것이라고 철석같이 믿었다.

"오천만 원 내놓으세요. 다 알고 왔으니까."

지나 엄마는 다짜고짜 돈타령부터 했다.

"뭐라구요? 지나부터 덥석 안아야 하는 거 아니에요?"

입바른 소리로 톡 쏘았다.

"뭐, 잘 있겠죠 뭐. 누가 뭐 나 같은 엄마한테 태어나래요? 뭐, 돈 때문에 숨이 꼴깍꼴깍 넘어가게 생겼다구요."

돈이나 빨리 뱉어내라고 짖어댔다.

"지나 키워주는 대가로 받은 돈인데 내가 왜 줘. 돈이 썩어나도 안 줘. 못 주겠어."

명색이 엄마라는 타이틀을 가진 여자의 하는 꼴이 너무 괘씸해서 덩달아 막 짖었다. 헛말로라도 아이를 잘 부탁한다고 하면 '잔정 어머니상'이라도 만들어줄까 봐서 독한 소릴 지껄여대는 것일까.

"경찰에 확 다 불어버릴 거예요." 발딱 일어나며 코웃음을 날렸다.

"불든지 삼키든지 마음대로 하든지 말든지."

지은 죄가 없다는 자신감으로 오기바람을 콧방귀에 실어 마구 날렸다.

'아, 안 돼.'

상대의 발소리가 귀에서 채 사라지기도 전에 뒷머리가 띵해 오는 것을 느꼈다.

그렇지 않아도 아동학대니 뭐니 해서 요즘 어린이집들이 도마 위에 올라 난도질을 당하고 있었다. 분명히 말할 수 있는 건 아이를 떠맡은 것이지 팔아넘긴 것이 아니었다. 죄가 성립되는지 아닌지에 대해선 생각해보지도 않았다.

어린이집으로 들이닥친 경찰이 CCTV를 들쑤셔댈 것이었다. 서류들도 있는 대로 열어젖힐 것이 뻔했다. 내가 달달 들볶일 것은 말할 필요도 없거니와 교사들도 이래저래 시달릴 것이었다.

집요하게 털면 새 옷에도 먼지가 나기 마련이었다. 우리 어린이집의 아킬레스건은 문서였다. 매일 기록해야 하는 차량운행일지와 운영일지 등은 며칠 바쁜 일에 혼이 빠졌다 싶으면 예사로 일이 주일은 넘게 밀려버리는 것이었다.

목에서 쓴 신물이 자꾸만 올라오고 있었다.

허 선생의 휴대전화 번호를 눌렀다. 돈에 눈이 완전히 멀어버린 지나 엄마가 정말 지랄 개떡 같은 짓을 해버릴지 몰랐다. 감이라도 따고 있는 것일까. 느닷없이 나타난 지나 엄마가 돈타령을 하고 갔다는 사연을 문자로 남겼다.

월요일 오후였다. 쿨룩거리는 지나를 일찍 집으로 데리고 갔다. 또 폐렴으로 악화될까봐 여간 신경이 쓰이는 것이 아니었다.

경찰이 찾아왔다. 어린이집에 맡긴 아이를 내가 팔아넘겼다는 것이었다. 고소인은 지나 엄마였다. 그녀는 내가 자기 딸을 정성껏 잘 보살피고 있다는 사실을 알고 있었다. 아이의 양부모에게 1억 원을 받아 오천만 원을 가로챘다는 죄목도 붙여놓았다.

"허, 애를 팔아넘기다니요?"

어이가 없어 눈을 홉떴다. 지나를 보호하고 있다는 사실만큼은 알려주고 싶어서 아이 방으로 경찰을 안내했다.

막 잠이 들던 지나는 불청객의 느닷없는 출현에 놀랐는지 내게로 쪼르르 기어왔다. 본능적으로 아이를 꼭 껴안았다.

"이런 애를 사고팔고 한단 말야? 사고팔고 할 아이는 아닌 것 같은데?"

경찰은 너무 큰 소리로 중얼거렸다. 그의 눈엔 아이의 큰 얼굴만 보였지 양 옆으로 둘씩이나 있는 귀는 어느 한쪽도 보이지 않는 모양이었다.

할딱이는 아이의 숨소리를 가슴으로 들으며 그를 향해 인상을 찌푸렸다. 아이가 듣는 데선 하지 말아야 할 말이 분명 있는 것이었다.

"예쁜 지나 두 귀는 어디 있나요? 요기!"

아이에게도 청각기능이 있음을 인식시켜주기 위해 지나의 귀에 잠시 고정시켰던 눈을 유니폼의 남자에게 불만스레 당겨갔다.

"일단 서로 갑시다."

내 마음을 읽었는지 멋쩍은 표정으로 돌변하며 딱딱한 목소리를 냈다.

"아이는 어떻게 하구요? 아이가 지금 아픕니다."

떨리는 목소리로 간신히 투덜거리며 지나를 안고 경찰을 따라갔다.

"이건 엄연히 인신매매라구요, 인신매매."

지나 엄마는 딸이 내 품에 고이 안겨 있는 것을 보고도 헛소리를 짖어댔다. 눈앞에 있는 딸을 외면할 수 없었던지 아니면 경찰의 눈을 의식해서인지 아이를 향해 팔을 억지로 벌리긴 했다. 지나는 내 품속으로 더 깊이 파고 들 뿐이었다.

"지나 엄마, 세상에 이런 법은 없어요. 자기 자식을 돌봐주는 사람한테 정말 이러는 법이 아니에요."

젊음이 괘씸할 정도로 팔팔한 그녀에게 기껏 김빠진 소리나 읊었다. 고개를 경찰에게로 돌려 지나 엄마의 소행들을 낱낱이 까발렸다. 그녀에게 협박당하다 지친 허 선생의 자초지종도 알고 있는 대로 남김없이 다 털어주었다.

"그래요. 협박했어요. 누구 때문에 내 신세가 요 모양 요 꼴이 되었는데 1억이 뭐 그리 많은 돈이에요? 당신도 이러는 거 아냐. 내가 입 한번 잘못 놀리면 당신 어린이집 그거 안 망할 것 같아?"

제바람에 열을 내며 펄쩍펄쩍 뛰다간 내게로 고개를 돌려 속보이는 협박작전을 펼치는가 싶더니 오천만 원을 내놓으면 지금 당장 고소를 풀어주겠다고 징그럽게 변덕을 부리기도 했다.

"조용히 하세요." 경찰도 혀를 내둘렀다.

법적 상식이 별로 없는 내가 보아도 지나 엄마에겐 협박죄가 성립될 것 같았다.

기형아를 돈 받고 빼돌린 꼴이 된 내게는 어떤 죄목이 떨어질까. 안지도 서지도 못하고 빠져나갈 구멍을 찾아 두리번거렸다.

허 선생의 인사기록카드를 뒤적였다. 시골로 달려갔다.

누워 있는 그녀를 발견했다. 눈꺼풀을 있는 대로 치켜들며 다가갔다.

"뭐에요? 지금 뭐하는 거예요? 뭐하는 거냐구요?"

고개를 미친 듯이 가로저었다. 그녀는 위암 말기였던 것이었다. 생명이 꺼져가는 지금에야 가쁜 숨을 몰아쉬며 그 비밀을 털어놓고 있었다.

꺼져가는 한 생명에 대한 안타까움보다 나의 진실을 밝혀줄 유일한 사람이어서 졸도할 노릇이었다. 휴대전화를 꺼냈다. 친정어머니의 임종을 지키면서 알았다. 초저녁부터 시작된 임종의 호흡이 다음 날 아침에야 끊겼던 것이었다. 경찰을 호출할 시간은 충분하다고 믿었다.

"으, 으음, 으음……."

우는 소린지 나발인지 지랄 개떡 같은 단말마적인 신음만 주기적으로 내뱉고 있었다. 내 휴대전화를 향하여 눈을 부릅뜨며 팔을 휘저어댔다.

"난 어쩌라고. 갈 때 가더라도 나 좀 살려주고 가."

잔인하게 부르짖으며 더욱 잔인하게 경찰의 전화번호를 눌렀다. 제복의 그가 여기까지 오는 데는 두 시간 십 분 정도면 충분했다. 신호가 가기 시작했다.

"으, 으, 응, 으으응……."

죽을힘을 다해 내 휴대전화를 노려보았다. 휴대전화에 고정했던 고개를 자기 쪽으로 끌어당기려고 안간힘을 쓰기도 했다.

"아, 알았어요."

눈이 번쩍 뜨였다. 휴대전화를 그녀의 입에다 들이댔다.

"으, 음. 푸, 시시시……이."

때맞추어 허 선생의 입에선 새어나온 소리였다. 정말이지 죽여버리고 싶었다. 방금 숨을 거둔 사람을. 시신 옆에 벌렁 드러누웠다. 나 자신에게 살기를 느꼈다.

하얀 숯가루

"네, 잘 알겠습니다. 죄송합니다."

휴대전화를 끄며 난 죄인처럼 고개를 아래로 떨어뜨렸다. 여섯 살 난 아들 경민이가 다니는 어린이집에서 온 전화였다. 오른쪽 위쪽 복부로 손을 당겨가며 이를 악물었다.

"싫어, 안 가. 아이동산에 갈 거야."

속귀에선 녀석의 목소리가 되살아나고 있었다. 어린이집을 옮긴 지 일주일째 아침마다 다녔던 그곳으로 가겠다고 떼를 쓰고는 했다. 하기야 작년부터 다니기 시작한 어린이집을 일 년 반도 채 되지 않아 벌써 다섯 번째 옮겼으니 새 친구들과 정들만 하면 떼어놓은 꼴이었다.

'흥, 내 복에 무슨 결혼? 화아……'

눈앞을 가로막는 아내 뜨엔의 얼굴과 함께 도무지 삭일 수 없는 분노가 목구멍으로 치밀어 올라왔다. 아들이 또 친구를 때렸다는 것이었다. 그것도 친구가 가지고 노는 장난감을 빼앗아선 손등을 찍어버렸다는 것이었다.

"너네 집으로 가. 가란 말야."

앙칼진 민숙의 목소리가 귓속에서 살아났다. 열한 살이었던 그때 난 아들이 없는 큰집에 양자로 가야 했다. 그녀는 지금 마흔다섯 동갑내기로 큰집의 외딸이었다.

"네가 왜 여기로 와? 이제 너희 집은 큰집이다. 넌 이제 큰집 아들이란 말이다. 큰어머니 아시면 서운해하실라."

학교 마친 후 집으로 달려가면 어머니는 몽둥이로 겁을 주었다.

"민숙이가 지네 집이라고 가라고 했단 말야."

어머니가 숨겨두었던 과자를 내게만 주면서 큰어머니를 엄마라고 불러야 한다고 타이르다 윽박지르기도 하면 난 민숙을 고자질하기 바빴다. 어릴 적 민숙은 뚱뚱한 데다 키도 나보다 한 뼘이나 더 컸다.

"철민아, 왜 여기 이러고 있니? 집에 들어가지 않고 응?"

대문밖에 쪼그리고 앉아있던 내게 외출에서 돌아오는 큰아버지는 구세주였다. 그리고 이번엔 민숙이가 대문 밖으로 쫓겨나야 했다. 그녀의 보복작전은 어른들 눈을 피해 주먹으로 때리고 발로 차고 하는 짓으로 펼쳐졌고 도둑누명을 씌우기 위해 내 가방에 학용품을 일부러 넣어두는 일도 서슴지 않았다.

"우리 집에 오지 마. 큰집에 가. 가란 말야."

어느 순간부터는 친형들이 집으로 달음질쳤던 내 발길을 가로막았다. 큰집 대문 앞에만 가도 산보다 더 커 보이던 민숙이가 으르렁거리며 버티고 있어서 숨도 크게 쉴 수가 없었다.

마음 붙일 데가 없었다. 갈 곳도 없었다. 교실에 남아있다가 어두워지면 무서워서 책상 밑으로 들어가 울었다.

아들은 오늘 아침에도 따귀를 얻어맞고서야 소리 내어 울며 노란버스를 탔다. 또 손을 복부로 가져갔다. 무거운 한숨이 가슴 바닥을 휘저으며 회오리쳤다.

"경민 다른 데 보내요. 다른 데는 괜찮을 거야."

뜨엔이 옆에 다가붙으며 울먹이는 소리로 목에 힘을 잔뜩 주었다. 캄보디아 여자여서 아직 우리말이 짧기만 한데 쇠고집과 닭고집은 다 가지고 있었다. 고집대로 되지 않으면 집안일이고 나발이고 몰라라 하곤 방 안에 틀어박혀 잉잉거리기만 해서 팔짝 뛸 노릇이었다.

"뭐 또 옮겨? 애를 망치려고 아주 작정을 했어. 작정을!"

폭발하려는 목청을 누르며 둘 곳 없는 고개를 허공으로 쳐들었다. 아무것도 눈에 들어오지 않았다. 초점 없는 두 눈을 마구 희번덕거리며 아무 데나 들쑤셔댔다.

오래되었지만 기억이 너무 선명한 그날 민숙에게 발길질을 당하던 난 뾰족한 돌멩이로 그 발등을 찍어버렸다. 피를 보며 울음을 터뜨리는 민숙을 보면서 전신을 휘감는 짜릿한 승리감에 감전되었다.

그리고 그 후로 나보다 덩치가 큰 친구가 다가오기만 해도 연필심으로 찔러버렸고 할퀴거나 깨물기도 했다.

중학교에 들어가서는 친구들을 괴롭히기 위해 몽둥이까지 들고 설쳤으며 고등학교에 들어가서는 칼까지 들고 날뛰다가 결국 소년원 신세까지 져야 했다.

난 너무나 잘 알고 있다. 폭력의 검은 싹은 아픈 어린 시절을 겪으면서 가엾이 움튼다는 것을. 그 검은 씨앗을 심는 이는 바로 부모라는 사실을.

"경민 담임선생님 나쁘다. 우리 경민 미워한다."

내 눈치를 보던 뜨엔은 눈물작전을 펼칠 작정인지 물기라곤 느껴지지도 않는 눈을 손등으로 훔쳐대기 시작했다.

"또 그 소리야? 경민인 어린이집 옮겨 다니는 것을 싫어해. 아이동산에 다시 보내자."

목청을 더 힘주어 누르며 아주 간단히 쉽게 대꾸했다. 내 나이 마흔 중반에 닿아서야 얻은 아들이었다. 그런 녀석이 점점 비뚤어지고 있지 않은가. 지난번까지만 해도 경민은 어린이집을 옮길 때마다 입만 쑥 내밀었다. 이번에 옮긴 뒤론 가지 않겠다고 온갖 패악을 다 부려대며 달아나곤 했다. 이유는 친구들이 같이 놀아주지 않는다는 그것이었다.

"아이동산 싫어. 죽어도 싫어."

뜨엔은 새파랗게 질리는 얼굴로 널브러져 있는 이불 속으로 쑥 들어가선 머리끝까지 뒤집어써버렸다.

"날더러 뭘 어떻게 하라고?"

머리로 진저리를 쳤다. 이불 속에서 흘러나오는 빤한 레퍼토리에 질려 고개를 절레절레 흔들었다. 자식의 마음에 폭력이 자라고 있는데 어미라는 사람이 도대체 자기 고집만 피우고 있는 것이었다.

뜨엔은 아이동산 어린이집 이름만 들먹여도 질색했고 그 이유를 난 알고 있었다. 스물두 살에 내게 시집온 그녀였다. 우리말을 알아듣다가 말다가 해서 얼굴을 맞대고 대화라는 것을 제대로 나눌 수가 없었다. 나이 차이가 열 살 이상이고 보니 그냥 하는 짓 모두를

철이 없어서 그러려니 하고 넘길 수밖에 없었다.

"병신 머저리! 언제까지 마누라 치마폭에 질질 끌려 다닐래? 니들 때문에 어머니 돌아가셨는데 이제 병든 아버지마저 또 버리겠다고? 니들이 사람이니? 거리에 나앉게 생긴 아버지 어떡할 거야? 책임져! 아버지 책임지란 말야. 나한테 아버지 떠맡기겠다는 심보를 내가 모를 줄 아니? 어림 반 푼어치도 없어."

민숙의 말이 귓속에서 메아리치고 있었다. 틀린 구석이 한 군데도 없는 말이었다. 크게 벌인 사업은 아니었지만 실패를 거듭하는 동안 양부모의 재산을 다 날렸다. 마지막 남은 집 한 채마저 은행에 잡혔는데 이자를 내지 못해 가재도구마다 빨간딱지가 다 붙어버렸다. 이사 나올 때 양부를 모시고 왔어야 했다. 남의 손에 넘어가게 생긴 그런 집에 홀로 두고 세 식구만 월세 방을 얻어 나와버렸다. 그리고 다음 날 양부는 쓸쓸히 세상을 떠나버렸다.

아이동산 어린이집은 양부의 집에서 도보로 오 분 정도의 거리에 있었다. 혼자되면서 같은 동네로 이사 온 민숙은 시도 때도 없이 친정을 들락거렸다.

뜨엔은 민숙의 목소리가 들리면 숨을 곳부터 찾았다. 아이동산 어린이집 원장과 친구인 민숙은 처음부터 경민이를 그곳에 보내자고 했고 나는 고개를 가로젓는 뜨엔의 손을 들어주었던 것이다. 휴대전화에서 착신 신호음이 울렸다. 민숙의 번호였다.

"야, 너 당장 이혼해. 네 새끼까지 버리기 전에."

민숙의 앙칼진 음성이었다.

"누, 누님⋯⋯."

말을 더듬었다. 생일이 한 달 빠른 민숙에게 평소에 누나라고 불러 본 적도 없었다. 쪽을 못 쓰던 가여운 존경심이 난데없이 튀어나와 '님' 자까지 붙였는지 알다가도 모를 일이었다.

"허허, 네가 아주 갈 때가 다 되었구나."

기가 막힌 민숙은 어이없이 허허거렸다.

"음, 아, 아, 죄송해요."

입이 열 개라도 할 말이 없어서 깊은 신음만 내쉬었다. '우리 집 안에 액을 몰고 온 장본인이 뜨엔 그년이다. 그년이 온 후로 되는 일이 없었다'라고 하는 말은 귀에 못이 박이도록 들어와서인지 이혼 독촉이 도무지 새롭게 들리지 않았다. '갈 때'라고 하는 그 말만은 머릿속에서 맴돌고 있었다.

"경민이 집에 와 있다."

"네엣!"

비명을 질렀다. 경민이는 지금 어린이집에 있어야 했다. 민숙이가 그곳에 들러 아이를 데리고 간 모양이었다. 고모 전화번호를 알고 있는 녀석이 먼저 전화를 걸었을 가능성도 있었다. 나와 뜨엔에겐 온갖 소리로 콕콕 찌르고 들들 볶아대고 하면서도 경민이는 끔찍이도 예뻐하는 그녀였다. 녀석의 담임교사 전화번호를 찾다 말고 부리나케 밖으로 달려나갔다. 주제 모를 화가 가슴 바닥에서 들끓어 올랐다.

"어디 가?"

놀란 눈을 굴리며 벌떡 일어난 뜨엔이 뒤따라왔다.

"어서 오세요."

내용 없는 환한 웃음으로 맞이해준 원장은 차를 내올 준비를 서둘렀다.

"담임선생님 얼굴만 잠깐 보고 가겠습니다."

이 층에 있는 아들의 교실로 직행했다. 설사 아이를 데리러 온 사람이 고모라 해도 친부모 허락 없이 아이를 달려 보낼 수는 없었다.

"어머, 겨, 경민이 아버님!"

노크와 함께 문을 바로 문을 열어젖혔다. 담임은 말 그대로 기절할 듯 놀랐다. 한눈에 들어오는 복도를 재빨리 훑던 그녀는 쏜살같이 튀어나와 일 층으로 삼 층으로 혼이 나간 얼굴로 돌아다니기 시작했다.

"아버님 사무실로 잠깐 가시죠. 경민이가 숨바꼭질놀이라도 하는 것 같은데……."

사태를 재빨리 파악한 원장은 애써 침착한 체하고 있었다.

"오자마자 친구들을 자꾸 괴롭히기에 복도에 잠깐 세워두었는데……."

아이를 찾지 못한 담임은 죽을상이 되어 부들부들 떨고 있었다.

눈앞이 아찔했다. '악!' 비명을 삼키며 오른쪽 위쪽 복부를 손으로 누르며 밖으로 달렸다. 여기서 양부의 집까지는 버스로 세 구역인데다 횡단보도도 두 번을 건너야 했다. 아무리 생각해도 여섯 살 아이가 걸어갈 수 있는 거리가 아니었다. 원장을 붙들고 늘어지며 알 수 없는 말을 떠들어댔던 뜨엔은 잉잉거리며 뒤따라왔다.

아담한 이 층 양옥집 앞에서 걸음을 멈추었다. 대문 안엔 꽤 넓은 잔디밭과 가장자리 선을 따라 영산홍이 화려한 웃음을 뽐내고 있을 것이었다. 열한 살부터 결혼하기 전까지 살았거니와 결혼 후에도 양부가 대준 사업자금 다 털어먹고 빈털터리가 되면 뻔뻔스레 처자식 데리고 기어들어가곤 했던 집이었다. 번번이 민숙의 등쌀에 못살겠다고 뜨엔이 집을 뛰쳐나가곤 하는 바람에 양부모의 가슴에 대못을 박아대며 몇 번씩이나 분가를 하곤 했다.

그네 움직이는 소리와 함께 경민이의 목소리가 흘러나왔다. 당장 달려가 놀란 마음을 쏟아놓으며 아이를 마구 두들겨 패주고 싶었다. 초인종으로 손을 갖다 댔다.

'아버님, 죄송합니다.'

양부의 재산을 다 날려버린 주제에 임종도 지켜드리지 못했다.

"경민이 왜 여기 있어? 나 여기 싫어."

녀석의 목소리를 들은 뜨엔은 질린 얼굴로 몸을 뒤로 뺐다.

"여기서 기다려."

무뚝뚝하게 내뱉었다.

"싫어. 나 안 가. 안 갈 거야. 여기서 고모하고 살 거야."

나를 본 경민은 기절할 듯 놀라며 그네에서 내렸다. 잔디밭엔 그네는 물론 값나가는 자전거와 미끄럼틀도 있었다. 죄다 고모가 사준 것들이었는데 그런 것들에도 빨간딱지가 다 붙어버렸다. 이랬다. 민숙은 내 식구라면 치를 떨면서도 경민이에게 쓰는 돈은 아까워하지 않았다. 녀석도 고모 목소리만 들리면 자다가도 벌떡 일어나 그 품에 달려가 안겼다.

따지고 보면 열한 살이던 그때부터 부모는 물론 물려받을 재산까지 나한테 다 빼앗겨버린 민숙이었다. 시집은 여유 있는 집안으로 갔지만 일찍 혼자되어 딸 하나 보고 살았다. 그런 딸이 중학교 때부터 가출을 일삼곤 하더니 대학입시에 열을 올려야 할 지금은 아예

집을 나가선 소식을 딱 끊어버렸다. 처음엔 울며불며 딸을 찾아다니더니 요즘은 딸 이야기는 입에 올리지도 않았다.

"얼굴이 왜 그 모양이니? 병원에선 뭐라던?"

눈을 가늘게 뜬 그녀는 의혹에 가득 찬 동공을 내 얼굴에 딱 고정했다.

"아, 아뇨 괘, 괜찮대요."

당혹감에 휩싸이며 얼굴을 옆으로 빼돌렸다. "병원은 무슨?"이라고 대꾸하지 않은 것이 마음에 걸렸다.

"흥, 그것 참 유감이구나. 죽을병에 걸려야 내 속이 뻥 뚫리는 건데."

일부러 투박하게 말하면서도 민숙은 자꾸만 내 얼굴을 예리하게 찔러댔다.

"가자니까."

그 시선을 피하여 달아나듯 녀석의 팔을 잡아끌었다.

"싫어. 안 가. 싫어."

팔을 빼내간 녀석은 그대로 땅바닥에 드러누워버렸다.

"일어나지 못해?"

아이를 일으키려다 눈앞이 아뜩해 오는 것을 느끼며 털썩 주저앉았다.

"왜 어린이집까지 옮기고 야단이야?"

나와 경민이를 번갈아 보며 민숙은 소리를 팩 질렀다. 아이동산 어린이집 앞에서 서성이고 있는 아이를 발견하고 집으로 데려왔다는 것이었다.

처음부터 녀석은 고모 친구가 원장인 아이동산 어린이집에 가고 싫어 했고 뜨엔은 죽어도 보내지 않겠다고 했다. 양부의 집까지 은행에 잡혀야 했을 그때 민숙이의 동의가 필요한 상황이 되자 뜨엔은 어쩔 수 없이 경민이를 아이동산 어린이집에 보냈던 것이다.

"이리 빨리 오지 못해?"

민숙에게로 쪼르르 달려가 그 품에 찰싹 안겨 있는 아이를 왈살스레 빼냈다.

"언제까지 철딱서니 없는 년한테 질질 끌려 다닐 거니? 어디서 변덕쟁이 재수대가리가 굴러들어와 가지고 집구석 다 말아먹고도 모자라서 애까지 버리려고 아주 작정을 했지 작정을. 살다 살다 그런 년 첨 본다."

따라가지 않겠다고 눈을 빨갛게 뜨고 씩씩대는 경민이를 보며 민숙이도 있는 대로 악을 써댔다.

"부모 없는 아일 만들란 말이오?"

맞대응을 하듯 계산 없는 소리를 버럭 질러놓고 나서야 아차 싶었다. 추궁을 피하여 달아나듯 재빨리 아이를 어깨에 들쳐 메고 밖으로 나와버렸다.

"경민, 여기 오면 안 돼. 엄마 여기 싫어."

기다리고 있던 뜨엔이 반색하며 경민을 향해 울먹였다.

아이를 그녀 앞에 내려놓았다. 와락 끌어안았다. 아이는 엄마를 밀어내며 노려보았다. 빨간 눈으로 엄마를.

자신도 모르게 온몸을 부르르 떨었다. 녀석의 눈에 가득 서려 있는 독기를 보고 말았다. 세상 그 어떤 아이도 눈에 독을 품어서는 안 되는 것이었는데 별을 담아내야 할 내 아이의 눈에서 독살스런 눈빛이 뻗치고 있었다.

아들의 손을 잡았다. 손을 빼내 가려고 내 손등을 물었다. 발걸음을 시야에 들어오는 아이동산 어린이집으로 당겨갔다. 녀석이 앞장서서 내 팔을 잡아 이끌었다.

"다른 데 가자. 다른 데······."

뜨엔이 나의 다른 한쪽 팔을 잡고 늘어졌다. 단호한 눈빛으로 고개를 가로저었다.

"와, 경민아! 경민아!"

마침 바깥놀이를 하고 있던 아이들이 경민이의 이름을 부르며 와르르 몰려들었다. 녀석도 내 손을 뿌리치고는 아이들 속으로 빨려 들어갔다. 친구들과 한데 어울려 모래놀이에 빠지는 녀석의 뒷모습을 보며 나도 모르게 허, 소리를 냈다.

경민이를 그곳에 두고 혼자 밖으로 나왔다. 뜨엔이 없었다. 휴대 전화로 전화를 넣었다. '나 집에 혼자 가'라고 하는 문자가 들어왔다. 이사 간 집까지는 걸어서 50분 남짓 걸리는 거리였다. 삐친 것이 분명했다. 천천히 차를 몰고 가면서 걸어갈 그녀를 찾았다. 집에도 그녀의 그림자는 어른거리지 않았다.

'어딜 갔지?'

멍청히 텅 빈 방 안을 훑던 나는 다시 밖으로 나갔다. 동네 슈퍼에서 나오는 그녀를 발견하곤 재빨리 몸을 뒤로 뺐다.

다음 날 아침 뜨엔은 다른 날보다 일찍 경민이를 깨우고 씻기고 밥을 먹이고 하면서 그야말로 부지런을 떨었다.

일어나야 했다. 아들을 아이동산 어린이집 차에 태워 보내기 위해서였다. 손가락 하나 까딱할 힘조차 나오지 않았다. 결국 생의 에너지가 다 닳고 만 것일까. 두려움이 전신으로 엄습해 왔다. 더 어떻게 발버둥을 쳐볼 수도 없는 완벽한 흑색이 눈앞으로 다가오고 있었다.

'아직은 안 돼. 며칠만, 하루만이라도, 몇 시간만이라도, 한 시간 아니 삼십 분, 십 분이라도 버터보란 말이다.'

눈을 멀쩡히 뜬 채 난 나 자신에게 죽을힘을 다해 떼를 썼다.

"아빠, 잘 다녀오겠습니다."

이제 경민은 누워 있는 내게 '배꼽인사'를 챙겼다. 입을 뗐다. 정작 내 입에서 나온 소리는 맥없이 발성된 '으으으' 뿐이었다.

"아빠 잠잔다. 빨리 가자."

내게로 성의 없이 그었던 눈길을 서둘러 경민에게로 당겨간 뜨엔은 뭐가 그렇게 급한지 아이의 손을 밖으로 이끌기 바빴다.

아이동산 어린이집 노란 버스는 여덟 시 사십오 분에 오기로 되어 있었다. 벽에 등을 붙이고 있는 시계는 여덟 시 반을 가리키고 있다. 찻길까지는 오 분 거리였다. 뜨엔에게 사실을 말해주어야 했다. 그녀는 벌써 아이와 함께 문밖으로 사라져버렸다.

불안한 마음을 스스로 달래듯 그냥 눈을 감았다. 어제 문제를 일으켰던 그 어린이집에는 오늘부터 아이를 보내지 않겠다고 통보를 해두었다. 생의 에너지가 바닥 나버린 내가 멍청히 누워서 할 수 있는 건 이 아침에 아들을 데리러 올 어린이집은 아이동산밖에 없을 것이라고 하는 어리석은 확신이었다.

삶과 죽음의 경계가 분명하지 않은 의식의 가물거림이 이어지고 있었다. 경민이의 울음소리 같은 것이 귓전을 스쳤다. 맥없이 눈을 떴다.

"아빠, 엄마가 다른 어린이집 가래."

새파랗게 질린 얼굴로 방문을 열어젖힌 녀석이 내 가슴 위에 찰싹 달라붙었다.

"경민, 엄마 말 들어. 빨리. 호온 날래?"

뒤따라 들어온 뜨엔이 눈을 벌겋게 뜨곤 녀석을 떼어내기 바빴다. 눈을 멀쩡히 뜨고 있는 나의 존재에 대해선 안중에도 없었다.

"다른 어린이집? 화아, 말도 안 돼."

목소리는 나오지 않고 입술만 간신히 들썩였다. 녀석이 순순히 따라가지 않자 뜨엔은 아이의 등을 미친 듯이 두들겨 패기 시작했다.

'이것도 엄마냐?'

일어나서 뜨엔을 말려야 했다. 맞지 않겠다고 팔을 뒤로 휘젓곤 하던 아이가 몸을 벌떡 일으키더니 악을 쓰며 엄마의 팔을 물어버렸다. 정말이지 순식간에 일어난 일이었다.

"으악, 이럴 수가!"

목을 비틀며 비명을 질렀다. 녀석의 얼굴에 스치는 의기양양해하는 표정을 읽어버린 것이었다. 발성되지 않는 헉헉거림만 내 귀에 불쌍히 돌아왔다. 이제 겨우 여섯 살인 내 아들에게서 민숙에게 폭력을 행사했던 열한 살 그때의 내 모습을 발견하고 만 것이다. 의식의 저편으로 아득히 멀어져 가는 내 의식을 붙잡기 위해 이를 악물었다.

화가 증폭된 뜨엔은 이제 아이의 머리를 쿡쿡 쥐어박으며 끌고나갔다. 일어나야 했다. 생의 에너지를 빌려줄 악마라도 옆에 있다면 그 팔을 붙잡고서라도 일어나야 했다. 허리를 옆으로 돌리기 위해 안간힘을 쓰며 상체를 비틀어댔다. 방에서 걸어 나가는 내 모습을 내 눈으로 발견했고 이어 골목길에 서 있는 두 대의 노란 차를 발견했다. 뒤에는 아이동산 셔틀 차량이었는데 앞의 것은 처음 보는 이름표를 달고 있었다. 뜨엔이 앞에 있는 그 차에 경민이를 태우려 하자 녀석은 필사적으로 버둥거렸다.

동공에 힘을 불끈 주며 다가간 난 아이를 빼앗아선 아이동산 어린이집 차로 향했다. 뜨엔이 무슨 소린가를 마구 짖어댔지만 마음 쓸 겨를이 없었다.

앞차의 등원지도 교사는 뜨엔에게 불만스러운 눈빛을 보내더니 차 속으로 꼬리를 감추었다.

양부의 사십구재가 있는 날이었다. 탈상의식도 함께 하기로 민숙이와는 이야기를 끝내두고 있었다. 며칠 전부터 뜨엔에게 우리나라의 풍습을 들먹이며 며느리의 도리에 대하여 설명해왔다. 음식준비는 민숙이가 다 알아서 하니까 그냥 옆에서 거들어주기만 하면 된다고 안심시키기까지 했다.

"안 가요. 경민 고모 싫어."

뜨엔은 가지 않겠다고 버티었다. 입버릇처럼 어린이집을 옮기자는 말까지 늘어놓았다.

"세상에 이런 법은 없다. 이 지구 어느 구석에 부모 없이 태어나는 자식이 있다니? 이 나이까지 살도록 그리 막돼먹은 물건 첨 본다."

경민이의 손을 잡고 나타나는 나를 보며 민숙은 입에 거품을 끓여댔다.

"죄송해요."

눈은 미끄럼틀 위로 신나게 올라가는 녀석의 꽁무니에 붙여두고 있었다.

"왜 진작 말하지 않았니?"

안타까움이 젖어 있는 목소리로 내 얼굴을 뚫고 있었다. 뭔가 알고 있는 눈치였다.

"오늘은 이야기하려고 했어요."

이미 죽음을 경험한 나였다. 더는 미룰 수가 없었다.

"말할 필요 없다. 그동안 네 속이 새까맣게 타들어가는 줄도 모르고 얼굴 볼 때마다 모진 소리 퍼부어댔으니 음, 허허허……. 뜨엔 데리고 이 집에 들어와 살아라."

민숙은 앞으론 내 생활에 끼어들지 않겠다는 다짐과 함께 아주 먼 시골로 떠나 줄 것이라는 말까지 덧붙였다.

"누님이 갈 데가 어디 있다고요? 뜨엔과는 헤어지기로 마음을 정했어요. 경민이를 봐서 참아보려고 했는데 이젠 아이를 위해 도저히 안 되겠다는 결론을 내렸어요."

민숙에게 이 집에서 같이 살자고 제의했다. 나중에 혼자 남을 경민이를 잘 보살펴달라는 말은 굳이 할 필요가 없었다.

"이제는 네 새끼까지 나한테 떠맡길 작정이니? 너희 세 식구 다 같이 들어와야 해" 하며 펄쩍 뛰었다.

"뜨엔은 엄마 될 자격이 없어요"라고 나는 단호히 말했다.

"그래도 아이한테는 엄마가 있어야 한다. 그동안 내가 좀 못되게 굴었니? 그래서 너한테나 경민이한테 화풀이를 했을 거야."

민숙은 그동안 우리 세 식구를 볼 때마다 왜 그렇게 심술이 났는지 모르겠다고 덧붙였다.

"누님, 갑자기 왜 이러는데요?" 도리 없이 울먹이며 대들었다.

"허허, 왜 이러냐고? 이 지독하게 독한 자식아, 간암 말기가 하루 이틀 누워 있다 벌떡 일어나는 감기 이름이니? 손자 볼 나이에 얻은 아이한테 새엄마를 만들어줄 수도 없는 주제에 무슨 말이 그렇게 많니? 아무리 내가 밉기로 하나밖에 없는 이 누이한테 끝까지 말을 안 할 작정이었니?"

재주 좋게 내 병명을 알아버린 민숙은 누르고 있던 충격을 액액거리내며 소리 없이 눈물을 줄줄 쏟아내기 시작했다.

"울지 마세요. 오늘 말하려고 했다니까요?"

할 말이 궁색해진 난 손수건을 꺼내 민숙의 손에 쥐여주곤 몸을 돌렸다.

"포기하지 마라. 사람 목숨만큼 질긴 것도 없다."

끈적끈적한 목소리로 내 등을 아프게 적셨다.

"그럼요."

내심으론 마지막 시간을 편안하게 보낼 수 있게 해주어 고맙다고 중얼거렸다.

뜨엔을 설득하는 일만 남았다. 자신이 있었다.

삼 일째 꼼짝 않고 방 안에만 있던 뜨엔이 옷가지를 주섬주섬 챙기기 시작했다. 바로 삼 일 전 내게 시간이 얼마 남지 않았다는 사실부터 그녀 앞에 털어놓았다. 집 걱정도 덜었고 경민이 교육비까지 민숙이가 통장으로 꼬박꼬박 넣어주겠다는 말까지 전했다. 우리 주변에 있지 않고 아주 먼 곳으로 떠나주겠다고 했던 그 말까지 전하면서 뜨엔의 감동을 자극했다.

"못 믿어, 경민 고모."

삼 일 전 그때 뜨엔이 했던 말이었다. 그리고 오늘 이 시간까지 열심히 그녀를 설득했는데 들은 체도 하지 않았다.

뜨엔이 가방을 들고 집을 나갈 때 난 어이없이 허허거렸다. 그녀가 당장 갈 곳은 친구 집밖에 없었다. 역시 캄보디아에서 시집온 그 친구는 셋째아이 산후조리 차 한국으로 불러들인 친정어머니와 남편과의 사이에 불화가 잦자 아이와 남편을 버리고 단칸 셋방을 얻어 집을 나와 있었다. 설마 뜨엔은 또 내가 두 손 두 발 다 들고 항복할 것이라고 믿는 것일까. 속이 메슥거렸다.

이제까지는 뜨엔에게 질질 끌려다녔다. 철들면 괜찮아질 테니까, 아이에겐 엄마가 있어야 하니까, 나 하나 보고 먼 남의 나라까지 시집온 여자를 버릴 수 없으니까라는 생각에 얽매여 양부를 몇 번씩 배신하고 민숙에게 온갖 소리 다 들어가면서도 그녀 손을 들어주었다. 죽음을 앞둔 나의 마지막 소원이거니와 그 소원이 자기 배 아파 낳은 자식문제인데도 끝내 외면하는 그런 여자와는 아무 말도 섞고 싶지 않았다.

오른쪽 복부에 또 통증이 찾아왔다. 뱃가죽을 손으로 쥐어뜯으며 이를 악물었다. 며칠 전까지만 해도 바늘로 찌르더니 이젠 숫제 칼끝으로 찔러댔다.

민숙에게 전화를 넣었다. 망설일 이유가 없었다. 비명이라도 지를 힘이 있을 때 양부 집으로 이사를 해두어야 했다.

"세상천지에 무슨 그런 물건이 다 있니?"

뜨엔이 집을 나갔다는 사실을 알게 된 민숙은 목청부터 높였다.

이삿짐이라고 해봐야 이불보따리와 옷가지를 챙겨 넣은 가방 두

어 개가 전부였고 경민이 장난감 몇 개 정도였다. 녀석은 고모가 양
팔 크게 벌리며 대문을 열어주자 덥석 안겼다간 이내 미꾸라지처럼
미끄럼틀로 몸을 빼내 갔다. 즐거워하는 녀석을 보면서 민숙은 팔자
에도 없는 손자 본 셈 치겠다고 화를 버럭버럭 내면서 허허거렸다.

'이젠 됐어.'

잔디밭에서 공차기를 하는 경민이를 보며 중얼거렸다. 죽음을 편
안하게 맞이할 수 있도록 해준 민숙에겐 말로는 고마움을 다 표현
할 수 없었다.

"저 녀석 커가는 모습 보고 싶지 않니?"

창가에 앉아 잔디밭으로 목을 빼고 있는 나를 향해 민숙은 불
쑥 물었다.

"그럴 수만 있다면……." 욕심 없이 웃었다.

"너 금방 죽을 건 아니지?"

민숙은 뜬금없이 내 얼굴을 빤히 보며 짓궂게 웃었다. 시골에 혼
자 살기 위해 마련해 두었던 그 집을 처분하기 위해 며칠 집을 비워
야겠다는 것이었다. 마침 어린이집도 방학을 했으니까 경민이를 데
리고 다녀오겠다는 말도 덧붙였다.

"다녀오세요. 절대로 안 죽고 딱 버티고 있을게요."

장난기 어린 얼굴로 편하게 웃어주었다.

"꼼짝 말고 집 잘 지켜라. 숟가락 하나라도 없어지면 환자라도 안
봐준다."

행복한 착각일까. 농담을 하는 민숙의 얼굴이 왜 편안해 보이는
지 도무지 이유를 알 수가 없었다.

혼자만의 시간을 좀 즐기기 위한 방법을 궁리해야 했다. 아침저

녁으로는 잔디밭을 거닐며 명상에 잠길 것이다. 한낮엔 시원한 거실에서 영화 한 편을 감상하고 오후엔 음악을 들으며 책을 볼까. 꿈꾸고 보니 언제든지 마음만 먹으면 당장이라도 누릴 수 있었던 소소한 일상들이었다. 전신에서 스멀거리는 주제 모를 행복감이 민숙에 대한 고마움을 스스로 자극했다. 시골에서 돌아오면 고맙다는 말을 꼭 해야겠다고 다짐했다.

'숯이 따로 없군.'

숫제 숯덩어리가 되어버린 거울 속의 내 얼굴을 보며 중얼거렸다.

"예엣? 그게 정말입니까?"

간 이식수술을 받을 수 있게 되었다는 병원전화를 받은 난 귀를 의심했다. 민숙의 얼굴이 떠올랐다. 따져보지 않아도 미치도록 기쁜 이 소식을 전할 곳은 그녀밖에 없었다. 내게 생명을 나눠주기로 한 사람은 자신을 굳이 밝히지 않겠다고 했다는 거였다. 온몸의 뼈가 저리도록 감사한 그에겐 죽도록 열심히 살겠다고 하는 맹세로 보답할 수밖에 없었다. 또다시 펄쩍 뛰며 좋아할 민숙에게 빨리 소식을 전해야 한다는 생각이 머릿속을 가득 메웠다.

'수술비?'

민숙의 휴대전화번호를 누르다 말고 정신이 번쩍 들었다. 말 그대로 난 지금 땡전 한 푼 없는 신세였다. 주제 파악도 못하고 그녀에게 전화부터 하려고 하는 자신이 이렇게 뻔뻔스러울 수가 없었다.

'살고 싶다.'

식어가던 심장에서 아주 작지만 사무치도록 절실하게 부르짖었다. 그 외침에 동요된 온몸의 피가 들끓었다. 급기야 살고보자는 생각 외의 모든 사고력은 마비되어버렸다.

민숙에게 간 기증자가 나타났다는 문자를 남겼다.

한참만에야, '죽으라는 법은 없구나. 경민이와 물놀이에 빠져 있다. 간병인을 붙여줄 테니까 하루 빨리 수술날짜 잡도록 해. 수술비는 달러 이자로 쳐서 받을 작정이니까 각오 단단히 해'라는 답신이 왔다.

애증? 어리석은 정? 모르겠다. 뜨엔의 얼굴이 자꾸만 눈앞에서 돋아나고 있었다. 수술실로 들어가기 전 꼭 한 번만 그녀 얼굴을 보고 싶었다. 기어이 휴대전화번호를 눌렀다. 쓸쓸히 휴대전화를 닫으며 이를 바드득 갈았다.

수술실 문이 열리는 순간 소름이 전신을 내리훑었다.

"경민 아빠 눈 떠. 눈, 눈, 눈."

정신줄을 놓았다 깨어날 때 귀가 제일 먼저 살아난다고 했던가? 분명 뜨엔의 목소리였다. 어떻게 알았을까? 내 수술 사실을 알고 있는 이는 하늘 아래 민숙이밖에 없었다. 눈을 뜨고 싶은 마음이야 굴뚝 같았지만 눈꺼풀이 말을 듣지 않았다. 경민이와 민숙의 모습은 망막 깊은 곳에서 돋아나 있었다. 둘을 보며 떨어지지 않는 입술로 자꾸 실실 웃었다.

이윽고 민숙은 가방을 들고 방을 나왔다. 말로는 몸살이 난 것 같다고 하면서 경민이와 시골에 다녀온 후론 줄곧 방 안에만 틀어박혀 지냈던 그녀였다. 뜨엔의 마음을 배려하고 있다는 생각을 하면서도 핏기 없는 그 얼굴에 왠지 마음이 쓰였지만 마음 놓고 물어볼 수도 없었다.

　그러했다. 내가 퇴원하던 날 뜨엔도 같이 집으로 왔던 거였다. 물론 민숙이 시골로 내려간다는 조건과 두 번 다시 우리 앞에 나타나지 않겠다는 조건이 붙어 있었다.

　"잘들 지내."

　간단히 작별의 말을 끝낸 민숙은 경민을 꼭 끌어안고는 입술을 깨물었다.

　"고모 가지 마."

　녀석은 민숙의 가슴에 찰싹 들러붙은 채 떨어질 줄 몰랐다.

　"올케 잘 있어."

　뜨엔에게는 처음으로 올케라는 호칭으로 부르고 있었다. 이럴 순 없는 일이었다. 어릴 적엔 나한테 모든 것을 빼앗겼던 민숙이었다. 혼자되고 난 후 외로움이 뼈에 저려 친정집 가까운 곳으로 이사를 왔지만 양부모는 친딸인 그녀의 외로움은 안중에도 두지 않고 번번이 실패로 끝나는 내 사업 때문에 염려의 촉각을 곤두세우기만 했다. 수술비 은행빚 이런 것들까지 다 해결해준 그녀였다.

　"같이 살아요. 뜨엔은 내가 설득할게요."

　미안한 마음에 속은 새까맣게 타 들어갔다.

　"날더러 너 수술 뒷바라지까지 하라는 말이니?"

　내 눈을 피하며 고개를 돌리며 손을 휘저었다.

　차마 그 뒷모습을 볼 수 없어서 고개를 허공으로 돌렸다. 숯이 되어버린 내 가슴을 주먹으로 툭툭 쳤다.

　"혀엉니임!"

　뜨엔은 정신없이 대문 밖으로 달려나갔다. 이어 "가지 마. 가지

마"라고 하며 울먹이는 소리가 들려왔다.

정체 모를 소름이 전신을 훑어 내렸다. 설마?

"나 또 올케 들볶아 댈 건데……."

뜨엔의 손에 이끌려 민숙은 방금 나갔던 대문 안으로 되돌아오고 있었다.

"형님 믿을 수 있다. 우리하고 같이 산다."

민숙의 손을 꼭 잡으며 뜨엔은 막 떠들어댔다.

이번에는 전신이 후끈 달아올랐다. 이어 뜨엔이 민숙과 나의 복부를 번갈아 가리키며 서툰 한국말로 무어라고 짖어대지 않아도 내게 생명을 준 사람이 누구라는 사실은 바로 알 수 있었다.

울고 있는 경민에게로 달려가는 민숙을 보며 난 고개를 떨어뜨렸다. 죽고만 싶었다. 죽도록 고마워서. 미칠 것만 같았다. 미치도록 미안해서. 재가 다 되어버린 내 가슴에선 하얀 숯가루가 풀풀 날리고 있었다.

어디로 갈까요?

아이팜 어린이집에는 정말 꽃들이 많아요. 내 나이는 일곱 살이고요 이 학기가 시작되고도 한 달이 지난 10월 달에 이곳으로 옮겨왔어요. 패랭이꽃은 11월인 지금도 진빨강과 분홍 입으로 활짝 웃고 있어요.

"여기 아직 알도 있잖아요. 보세요. 여기."

우리 선생님이 내 머리카락을 뒤적이며 놀라는 것이었어요. 틀림없이 얼굴도 찌푸리고 있을 거예요. 머리꼭대기엔 눈이 없었지만 느낌이라는 눈으로 환히 다 보이니까요.

"영아야, 잠깐 따라가자 응?" 옆에 있던 원장선생님이 내 손을 잡아 일으켰어요.

"엄마가 아파서요. 그래서요오……."

사무실로 들어가면서 거짓말을 해버렸어요. 너무 생생한 엄마는 교육이 있다고 하면서 식빵만 봉지째로 식탁 위에 올려놓고 출근해버렸어요. 건강식품 돌보미라고 하면서 책만 하나 달랑 들고 다니는

데 뭐가 그렇게 바쁜지 알 수가 없었어요.

그저께 원장선생님이 머리를 빗고 감을 때 사용하라고 생전 처음 보는 참빗과 샴푸를 사주었어요. 엄마한테 매일 감겨달라고 해야 한다는 말도 몇 번씩이나 했어요. 그래야 머리가 건강해진다는 것이었어요.

'거짓말! 머리가 아프지도 않고 다치지도 않았으면 건강한 거 아니에요?'

입속으로는 이렇게 말했지만 이상하게도 기분이 나쁘지는 않았어요. 얼굴이 불에 쪼인 것처럼 뜨거워지는지 그건 알 수가 없었어요.

"약국에 있으니까 이거 다 쓰고 나면 엄마한테 꼭 머릿니 죽이는 샴푸로 머릴 감겨달라고 해야 해. 알았지? 꼭!"

그러다가는 머릿니 죽이는 샴푸를 다 쓰고 나면 원장선생님한테 살짝 이야기해달라고 말도 했어요.

지난번에 다녔던 어린이집 담임선생님도 내 머리를 볼 때마다 이가 있다고 얼굴을 찌푸렸어요. 친구들에겐 비밀로 하고 싶었는데 큰소리로 떠들기도 했어요. 그것뿐인가요. 친구에게 옮는다고 혼자 따로 앉혀두기도 했어요.

"어, 그랬어요?"

멍청한 얼굴이 된 원장선생님은 무슨 생각을 하는 것 같더니 내 손을 우리 교실로 이끄는 것이었어요.

"아, 못합니다. 원장님. 제가 어떻게 머리를 감겨요?"

시간이 날 때 내 머리를 좀 감겨주라고 하자 선생님은 펄쩍 뛰는 것이었어요.

"어떻게 감기긴 샴푸로 감기지. 딸 둘은 아빠가 다 키웠남?"

기분이 좀 상한 표정으로 중얼거리던 원장선생님은 내 팔을 샤워 꼭지가 있는 화장실로 이끌었어요. 하얀 종이를 바닥에 깔더니 참 빗을 꺼내 내 머리를 꼼꼼하게 빗겼어요. 아주 작은 개미처럼 생긴 벌레가 종이에 뚝뚝 떨어지는 것이었어요.

"아얏!"

머리 밑이 따끔따끔하면서 시원하기도 해서 참을 수 있었어요. 창 피해서 아픈 척했던 거였어요.

"시원할 텐데……."

귀신처럼 내 마음을 정확하게 알아버린 원장선생님은 그래도 야 단치지 않고 살살 빗겨주었어요.

우리 엄마는 매일 아침마다 머리를 감아요. 그것뿐인가요? 드라이 기로 말린 후 무스로 요런조런 모양을 만들며 심통을 부렸다가 웃었 다가 하며 야단법석을 떨었어요. 내가 머리를 들이밀면 저녁 때 감 겨준다고 약속해놓곤 지킨 적이 없었어요.

아빠 얼굴은 한 번도 본 적이 없었어요. 같이 찍은 사진도 없어서 텔레비전에 나오는 멋진 사람을 볼 때마다 우리 아빠였으면 좋겠다 고 생각했어요.

"순 거짓말쟁이!"

눈앞에 떠오르는 엄마를 보며 나도 모르게 입을 삐죽거렸어요.

"영아야, 내가 언제 거짓말했지? 기억이 나지 않는데."

눈꺼풀을 좀 들며 원장선생님이 내 눈을 들여다보았어요.

"아무것도 아니에요."

엄마한테 한 말이었다고 할 수는 없어서 그냥 둘러댔어요.

"허, 허, 아무것도 아니라구? 허, 허."

원장선생님의 입에선 허 소리가 자꾸만 나왔어요.

예전 어린이집 선생님 같았으면 기가 막힌다는 얼굴로 내 머리부터 쿡 쥐어박았을 것이었어요. 영악한 기질도 수준급이라고 비웃으며 애다운 맛이라곤 눈을 씻고 찾아보아도 없다고 하며 눈을 흘기기도 했어요.

사무실에서 사람 소리가 났어요. 머리를 드라이기로 말려주던 원장선생님의 표정이 좀 굳어지는 것 같았어요. 내 등을 말없이 교실 쪽으로 밀고는 몸을 돌렸어요.

"영아라는 그 애 정말 안 오는 거죠?"

내 이름이 귀에 쏙 들어와서 교실로 가다가 우뚝 섰어요.

"아, 예. 지나 어머니. 영아 머리에 이제 이 없답니다."

원장선생님은 거짓말을 하는 것이었어요. 방금 내 머리에서 뚝뚝 떨어지는 이를 손톱으로 눌러 죽였으면서 왜 없다고 했을까요? 금방 들켜버릴 것만 같아 가슴이 쿵쿵 뛰었어요.

지나는 내 짝꿍이었어요. 처음 여기로 왔을 때 친구가 없어서 재미없었는데 지나가 먼저 같이 놀자고 해서 살맛이 났어요. 얼굴도 우리 어린이집 친구들 중에서 제일 예뻤어요.

"그걸 어떻게 믿어요. 어쨌든 걜 끊기 전에는 우리 지나 어린이집 안 보내는 줄 아세요. 아무리 바빠도 그렇지. 어떻게 애 머리에 벌레 생기는 줄도 모르는 엄마가 다 있어. 어휴, 왕 짜증 나."

지나 엄마의 목소리에는 짜증이 몇 바가지는 들어 있는 것 같았어요.

"절 봐서라도 한 번만 더 믿어보세요 영아도 동네 언니한테 옮은 거지 원래부터 이가 있는 아이는 아니었어요."

원장선생님은 또 거짓말을 했어요.

"이젠 정말 이가 없단 말씀이죠?"

지나 엄마의 목소리가 조금 작아졌어요. 내 가슴의 쿵쿵 소리도 좀 작아졌어요.

"그럼요. 제가 방금도 확인했는걸요."

원장선생님은 자신 있게 또 거짓말을 했어요. 싫지는 않았어요.

"한 번만 더 믿어보죠. 근데 지금 제가 걔 머리 좀 봐도 되죠?"

지나 엄마는 원장선생님을 믿지 못하는 건 절대로 아니고 그냥 마음이 놓이질 않아서라고 변명했어요.

숨어버려야 했어요. 놀란 발이 그 자리에 얼어붙어버렸어요.

"물론이죠."

원장선생님은 내 머리에 이가 있다는 사실을 잊어버렸을까요? 머리를 두 손으로 감쌌어요.

"불러주시겠어요? 아님 제가 걔 교실로 갈까요?"

달아나야 했어요. 금방이라도 지나 엄마가 내 머리를 잡아당길 것만 같았어요. 예전의 어린이집에서도 이 때문에 쫓겨난 것이었어요. 또 그 예전의 어린이집에서는 옷에서 이상한 냄새가 난다고 친구들이 옆에 오기 싫어했어요.

옷장 속에는 우리 엄마 옷이 많이도 걸려 있었어요. 매일 아침마다 옷을 갈아입고 나가면서 내가 입을 쑥 내밀면 물건을 많이 팔기 위해선 때깔이 고와야 한다고 변명과 거짓말을 섞어서 했어요. 때깔이 무슨 말이냐고 물으면 몰라도 된다고 하며 마구 무시했어요.

이젠 다른 어린이집으로 옮겨가고 싶지 않았어요. 그래서 머리에 있는 이를 들키지 않아야 했어요. 옆에 있는 화장실로 고개를 돌렸어요. 안에서 잠가 버리면 아무도 열 수 없을 것이었어요.

"불러드리는 건 어렵지 않은데요? 혹시 아이가 상처라도 받을까 봐서요. 저 어릴 때 이야기를 잠깐만 해도 될까요? 아주 잠깐이면 됩니다."

화장실로 들어가다간 귀가 다시 사무실로 끌려갔어요.

"뭐, 못 들을 이유는 없죠."

입에 고이는 침을 소리 없이 꿀꺽 삼켰어요.

원장선생님은 시골 출신이라는 사실을 먼저 말했어요. 겨울철이면 온수라는 것은 구경할 수도 없던 시절이어서 찬물에 세수만 간신히 하고 학교에 가곤 했다는 것이었어요. 초등학교 이 학년이었을 때 하루는 담임선생님이 앞으로 나오라고 해서 나갔더니 턱을 들어 보라고 하며 세수할 때 목도 깨끗이 씻으라고 했대요. 집으로 돌아가서 거울에 목을 비쳐 보았을 때 친구들이 와르르 웃었던 이유를 알게 되었대요. 빨개진 얼굴로 때가 많이 끼어 있는 목을 보다간 그만 울음을 터뜨리고 말았대요.

그때부터 원장선생님은 겨울만 되면 목을 피가 나도록 씻어대는 버릇이 생겼대요. 그리고 누군가 자신을 쳐다본다 싶으면 얼굴부터 빨개졌대요. 대인기피증까지 생겨 사회생활이 불가능해졌고 우울증까지 따라왔대요.

"아이들의 미래는 아이들에게 있는 것이 아닙니다. 감히 어른들의 손에 달려 있다고 말씀드리고 싶습니다."

원장선생님의 목소리는 떨리고 있었어요.

"미래는 아이들의 것이죠? 그렇죠?"

지나 엄마의 잘난 체하는 목소리였어요. 문을 열고 나가는 소리와 함께 지나를 내일부터 어린이집에 보내겠다는 말도 남겼어요.

난 안심하고 교실로 돌아갔어요.

엄마는 또 외출했어요. 금방 돌아와서 머리를 감겨주겠다고 해놓고는 저녁밥 먹을 시간이 지났는데도 오지 않고 있었어요. 늦게 들어와선 먹고살기 참말로 힘들다고 하면서 방바닥에 드러누웠다간 억지로 일어나서 화장품으로 자기 얼굴만 닦아낼 것이었어요.

세숫대야에 물을 받아 머리를 먼저 담갔다 꺼냈어요. 어린이집에서 준 샴푸를 머리에 쏟고는 살살 비비자 거품이 났어요. 잘 해낼수 있을 것 같았어요. 머리를 헹궈내기 시작하는데 비눗물이 자꾸만 눈으로 들어갔어요. 손으로 훔쳐내면 또 들어갔어요. 눈이 너무따가워서 엄마를 부르며 앙앙 울어버렸어요.

눈물 속에서 지나 얼굴이 떠오르는 것이었어요. 이를 옳게 할 수는 없었어요.

"뭐야. 눈이 왜 이래?"

술 냄새를 풍기며 들어온 엄마는 내 눈을 보고 놀랐어요. 토끼 눈처럼 빨갛다고 하며 호들갑을 마구 떠는데 우리 어린이집 사육장의 토끼들은 눈이 까맣기만 했어요.

"몰라, 엄마 나빠. 맨날 약속 안 지키고."

나는 엄마를 노려보았어요.

"어머, 세상에 머리 감았니?"

눈꺼풀을 크게 들어 올리며 소리를 질렀어요.

"배고파."

생 라면을 먹고 있었는데 빨리 밥해줄 생각은 하지 않고 짜증 난 얼굴로 핸드폰을 꺼내는 것이었어요. 전화번호를 눌러대더니 무조건 애한테 너무한 거 아니냐고 따지기부터 했어요.

어린이집 원장선생님과 통화하고 있다는 것을 알 수 있었어요. 어른들이 심심할 때마다 하는 말로 '기가 막혀서' 핸드폰을 빼앗으려고 했어요. 엄마는 무서운 눈으로 흘기며 손을 아프게 툭 쳤어요. 들고 있던 생 라면을 떨어뜨리고 말았어요. 진짜 너무 슬퍼서 앙앙 울어버렸어요.

"우리 영아 우는 소리 들리죠?"

엄마는 이제 내 울음까지 이용하려고 했어요. 머릿니 좀 있다고 애한테 얼마나 눈칫밥을 주었으면 샴푸를 통째로 머리에 다 들이부었겠느냐고 하다간 갑자기 말을 바꾸어 아이가 이리 서럽게 울겠느냐고 하며 그게 아동학대 수준이었는지 시군구에 문의해보겠다는 말까지 하며 우는 척하기도 했어요. 전화를 끊을 땐 금방 얼굴을 바꾸어 알 수 없는 웃음을 흘렸어요. 엄마의 웃음을 보면서 난 왜 소름이 돋았을까요.

원장선생님이 걱정이 많은 얼굴로 집에 찾아왔어요. 엄마는 일부러 화난 척하며 전화로 했던 말을 또 하기 시작하는 것이었어요.

"밥 줘. 배고파. 배고프단 말야."

엄마의 팔을 잡아당겼어요. 생 라면 하나를 다 먹고 물도 마셨는데 배가 진짜로 고프겠어요?

"영아 아직 저녁 안 먹었어요?"

엄마는 들은 척도 하지 않는데 원장선생님이 내 얼굴을 보며 물었어요.

"발이 부르터라 다녀도 실적이 없다 보니. 그래서 말인데요."

그러면서 엄마는 원장선생님의 눈치를 살살 보며 가방 속에서 그 책을 꺼냈어요.

책장을 슬슬 넘겨보던 원장선생님은 어떤 게 좋은지 잘 모르겠다고 하며 비타민 종류를 두 병 달라고 하며 일어났어요. 웃고는 있었지만 기분이 좋은 것 같아 보이지는 않았어요.

창피해서 고개를 숙이고 있었어요. 엄마를 다른 사람과 바꾸어 버리고 싶었어요. 어디 가서 좋은 엄마를 훔쳐 오고 싶은 마음도 생겼어요.

오늘도 원장선생님은 나를 불렀어요. 오늘은 머리에서 이가 나오지 않았으면 좋겠어요. 참빗으로 머리를 빗겨줄 때 마음속으로 기도했어요. 세 마리가 종이 위에 떨어졌어요. 보기 싫어서 눈을 꼭 감아버렸어요. 원장선생님은 이가 죽어 나왔다고 하면서 살아있는 이는 더 없는 것 같다고 혼자 중얼거렸어요.

"이제 지나와 같이 놀아도 되는 거예요?"

눈을 번쩍 뜨며 물어보았어요. 선생님 눈치가 보여서 친구 옆에는 가지도 못했거든요.

"으응? 그, 글쎄. 아, 아직은……."

원장선생님은 말을 더듬었어요. 안 된다고 딱 잘라 말하지 않았으니까 괜찮다는 뜻으로 생각할래요. 교실 한쪽 구석에서 혼자 논다고 생각해보세요. 살맛이 나겠는지.

"애 떨어져 앉아!"

선생님의 놀란 소리와 함께 난 의자와 같이 넘어지고 말았어요. 지나와 딱 붙이고 있던 오른쪽 얼굴을 선생님이 급히 떼어내며 저쪽으로 세게 밀어버렸던 것이었어요. 우리 둘은 색종이로 토끼를 접고 있었어요.

"선생님, 선생님, 영아 코피 나요. 옷에도 묻었어요."

나를 보며 친구들이 소리를 질렀어요.

빨간 피가 뚝뚝 떨어지는 것을 보니 무서웠어요. 앙앙 우는 나를 달래줄 생각은 하지 않고 화장실로 데려간 선생님은 내 옷에 묻은 피만 자꾸 닦아냈어요.

"영아야, 선생님이 우리 영아 제일 많이 사랑하는 거 알지?"

피가 지워지지 않자 선생님의 얼굴에 검은 구름이 끼었어요.

"예. 놀다가 넘어져 코피 났다고 할게요."

그냥 생각해도 나는 참 눈치가 빠른 편이었어요. 우리 엄마는 내 옷에 무엇이 묻었는지 관심이 없었어요. 저녁마다 잠바와 함께 스웨터와 바지를 벗으라고 하곤 냄새방지 차원이라고 하면서 향기 나는 것을 뿌리고는 그만이었어요.

"그래. 그래요. 역시 우리 영아는 진짜로 영리하다. 원장선생님이 물어보면 꼭 그렇게 말씀드려야 해. 알았지?"

선생님의 얼굴에 있던 검은 구름이 하얀 뭉게구름으로 바뀌었어요.

오늘따라 엄마는 내 옷을 몇 개씩이나 사 왔어요.

"이거 뭐야? 이거 피 아냐? 어떻게 된 거야? 바른대로 말해. 빨리."

스웨터를 벗기던 엄마는 핏자국을 본 것이었어요.

"장난치다가 넘어졌어."

고개를 옆으로 슬쩍 돌리며 자신 있게 말했어요.

"선생님은 뭐하구? 그래서 다쳤니? 어디? 어디 다쳤니? 피를 얼마나 흘렸기에 옷에 온통 핏자국이야."

마구 떠들던 엄마는 내 목을 앞으로 잡아당겨 턱밑을 요리조리 보더니 별안간 웃옷을 벗기는 것이었어요. 방금 옷을 갈아입혔으면서 왜 또 이러는 것일까요?

"안 다쳤어. 코피만 좀 났어."

나는 소리를 질렀어요.

"코피? 코피는 왜 난 건데? 너 거짓말했지? 선생님이 밀었지?"

엄마는 직접 눈으로 본 것처럼 물었어요.

변명할 말이 빨리 생각나지 않았어요. 엄마는 내 등을 온통 멍투성이라고 하면서 자꾸 툭툭 치는 것이었어요. 달아나려고 하자 팔을 꼬집듯이 붙잡고는 진짜로 꼬집기까지 하는 것이었어요.

"아야, 씨이. 왜 때려? 왜 꼬집어? 엄마 싫어. 엄마 미워. 우리 엄마 안 할 거야."

엄마 손을 잡아당겨 힘껏 물어버렸어요.

"아얏, 이게 엄마 손을?"

뺨을 사정없이 때리는 것이었어요. 그래 놓곤 누군 뭐 너 같은 딸을 낳고 싶어서 낳은 줄 아느냐고 하며 내 어깨를 잡고 마음대로 흔들어대더니 가슴을 툭툭 치며 너무 슬프게 울어버리는 것이었어요. 사는 것이 더럽게 더럽다고 하면서 이렇게 살 바엔 차라리 같이 죽자는 말도 했어요.

"엄마 울지 마. 이제 안 그럴게. 응?"

나도 모르게 눈물이 나와서 같이 울어버렸어요. 볼이 아프면서도 엄마가 불쌍하고 죽는다는 것이 뭔지는 모르지만 그냥 무서웠어요.

갑자기 엄마는 나만 있으면 된다고 하면서 힘껏 안는 것이었어요. 누구든지 나를 괴롭히는 사람이 있으면 절대로 용서하지 않을 것이라는 말도 했어요. 무조건 고개를 다 끄덕일 수 있었지만 이 세상에서 누가 제일 좋으냐고 물어볼 때는 생각나는 사람이 없어서 입을 꾹 닫고 있었어요. 제일 좋아하는 친구가 누구냐고 물었다면 자신 있게 '지나'라고 했을 거예요.

울상이 된 얼굴로 선생님이 나를 CCTV 사각지대로 데리고 갔어요. 등을 돌리라고 하더니 옷을 올려보곤 새파랗게 질리는 것이었어요. 떨리는 발걸음으로 나를 사무실로 데려갔어요.

"아, 후우, 왜 그랬어요?"

CCTV 화면 앞에 서 있던 원장선생님은 할 말이 없다는 얼굴로 한숨을 쉬기만 했어요. 텔레비전처럼 생긴 그 화면에는 내가 의자에서 넘어지는 장면이 크게 나타나 있었어요.

"이건 맹세코 제가 한 것이 아닙니다."

내 옷을 올려 보이며 울먹였어요.

"알아요, 알아. 지금 확인했으니까. 하지만 시시비비를 가리게 되면 누가 불리하겠어요? 의자를 밀어 넘어뜨릴 정도이면 사각지대에서 무슨 짓을 안 하겠느냐고 따질 것이 분명한데. 왼쪽 팔에는 꼬집힌 자국도 있고 증거품으로 핏자국이 그대로 남아있는 옷도 가지고 있다고 야단인데."

원장선생님은 또 길게 한숨을 내쉬었어요.

"영아야, 말 좀 해. 엄마가 이랬지? 그렇지?"

선생님은 내 눈을 딱 보며 물었어요.

'이거 엄마가 그랬다고 하면 경찰에 붙잡혀 간다. 알았지? 누가 물으면 무조건 모른다고 해.'

아침에 엄마는 내 등과 팔을 꼼꼼하게 살펴보면서 그렇게 말했어요.

"몰라요."

나는 얼굴을 옆으로 돌렸어요.

"모르다니? 네가 모르면 누가 아니? 엄마가 일부러 꼬집고 때리고 그랬지?"

선생님은 숨어서 훔쳐 본 것처럼 화난 목소리로 물었어요. 어른들은 다 무서운 귀신 눈을 달고 있는 것만 같았어요.

'자꾸 물으면 그냥 울어버려. 알았지?'라는 엄마 말을 떠올리며 나는 울어버렸어요.

"그만하세요. 애한테 무슨 죄가 있다고."

원장선생님이 선생님을 노려보았어요.

"꼭 밝히고 말겠어요. 저도 잘한 건 없지만 혼자만 당할 수는 없잖아요? 어차피 십 년간 자격 박탈당할 건데 못할 것이 없죠. 자기애 때려놓고 돈 뜯어내려는 이런 엄마는 정말 콩밥을 먹어봐야 정신을 차린다구요."

얼굴이 허옇게 된 선생님은 우리 엄마가 오기 전에 먼저 CCTV를 경찰에 공개하자고 하며 야단이었어요. 실수로 나를 넘어뜨린 것은 인정할 수 있지만 멍투성이에 대한 결백은 꼭 밝혀야겠다는 것이었어요.

"흥, 허, 흥, 허, 흥, 허허. 어린이집 이미지 걱정은 빈대 코딱지만큼도 생각하지 않는군."

기가 막힌다는 얼굴로 원장선생님은 혼자 중얼거렸어요.

"너 울었니? 누구야? 너 네 선생님이야? 원장선생님이야? 누구야 야단 친 사람이?"

이때 문을 열고 들어온 엄마는 내 눈가에 있는 눈물자국을 보고 소리부터 질렀어요. 화가 단단히 난 얼굴로 선생님과 원장선생님을 번갈아 보며 애한테 어떻게 했느냐고 따지기도 했어요.

"영아 등에는 맞은 자국이 있고 팔엔 꼬집힌 자국이 있더라구요. 그래서 지금 CCTV 칩을 경찰에 넘기려구요."

선생님도 질 수 없다는 듯 당당하게 대들었다.

"어머, 흥, 그래주시면 나야 뭐 손 안 대고 코풀 수 있겠죠? 선생님이 우리 딸 뺨 때렸다면서요? 의자가 넘어질 정도로 세게 때렸으니 틀림없이 아동학대죠?"

엄마는 비웃는 목소리로 선생님을 흘겨보았어요.

"원장선생님, 죄송하지만 칩 좀 빼주세요."

선생님은 엄마를 더 상대하기 싫다는 얼굴로 CCTV 앞으로 갔어요.

"교실로 돌아가세요. 영아도 선생님 따라가서 놀아요."

원장선생님은 나와 선생님의 등을 사무실 밖으로 밀었어요.

선생님이 꼭 밝히고 말겠다고 하며 버틸 때 엄마는 내 손을 아플 정도로 꽉 잡았어요. 손을 빼내려고 하자 갑자기 가슴이 찢어진다고 하며 눈물까지 흘리는 것이었어요. 내 눈에는 엄마의 눈물이 가짜로 보였는데 원장선생님은 학부형의 눈에 눈물까지 빼게 한다고 선생님한테 사과하라고 했어요.

"눈물 연기할 궁리 그만하시고 애 머리에 있는 이나 잡으세요."

소리를 빽 지른 선생님은 문을 쾅 닫고 나가버렸어요.

"흥, 원장 선생님도 참 안됐다. 학부형을 우습게 아는 저런 걸 선생이라고 데리고 있어야 하니 말씀이에요."

선생님의 등에다 비웃음을 붙인 엄마는 앉을 자리라도 찾듯 두리번거렸어요.

"차라도 한 잔 나누게 앉으세요. 우리 예쁜 영아는 교실로 갈래요?"

원장선생님은 이마를 찌푸리며 내게 껌뻑인 눈을 문으로 끌어갔어요.

"안 돼, 영아야!"

교실로 가려고 하자 벌떡 일어난 엄마는 또 내 손을 꼭 잡았어요. 목숨보다 소중한 딸을 폭력교사에게 맡길 수 없다고 하며 우는 소리를 만들기도 했어요.

'흥, 목숨보다 소중한 딸!'

나도 모르게 코웃음이 나와버렸어요.

원장선생님은 조용한 목소리로 꼭 선생님을 처벌해야 하겠느냐고 물었어요.

엉뚱하게도 엄마는 어린이집도 무사하지 못할 것이라고 하면서 원장선생님을 협박하는 것이었어요.

"글쎄요. 무사할지 안 할지는 두고 보면 알겠죠? 단 어떻게 하는 것이 영아를 위한 일인지 그걸 먼저 생각해보라고 하고 싶네요."

화가 날 것도 같은데 원장선생님은 이번에도 조용한 목소리로 말했어요.

"누군들 뭐 내 아이가 다니는 어린이집을 문 닫게 하고 싶겠어요? 재발을 방지해주십사 하는 차원으로 이래 팔팔 뛰는 거죠."

양쪽 어깨를 좀 들어 올렸다 내렸다 하는 엄마가 그렇게 얄미울 수가 없었어요.

원장선생님은 맹세했어요. 두 번 다시 이런 불미스러운 일이 없도록 하겠다고.

엄마는 당당하게 요구했어요. 위로금 정도는 생각해달라고. 원장선생님은 금액을 제시하라고 했어요. 엄마는 알아서 하라고 하더니 최소 이백만 원은 받아야겠다고 했어요. 원장선생님은 백만 원만 내놓겠다고 했어요. 엄마는 당장 선생님을 해고하라는 하면서 내 손을 놓아주었어요.

"영아, 어서 와요."

우리 선생님은 기다리고 있었다는 듯 내 이름을 큰 소리로 불러주었어요.

"이제부터는 지나한테 머리 대지 않을게요."

나도 모르게 선생님의 귀에다 대고 이렇게 말했어요.

"으응? 그, 그래요. 알았어요."

친구들의 눈치를 보며 선생님은 말까지 더듬었어요. 이유는 알 수 없었지만 선생님이 불쌍하게 보였어요.

저녁에 엄마 팔을 잡고는 이제 어린이집에 전화하지도 말고 찾아올 생각도 하지 말라고 했어요. 안 그러면 엄마가 했던 말을 흉내 내어 콱 죽어버리겠다고 했어요. 또 어린이집을 옮기게 될까봐 걱정이 되었던 것이었어요.

엄마는 콩알만 한 것이 못하는 말이 없다고 하며 머리를 쥐어박았어요. 약속하지 않으면 집을 나가버리겠다고 하며 발딱 일어났어요. 문을 열어주며 등을 밖으로 떠밀었어요. 씩씩대며 그 자리에 주저앉았어요. 코웃음을 치며 걱정 붙들어 매놓으라고 했어요. 졸업이 두 달밖에 남지 않았다고 하며 입을 삐죽거리기도 했어요.

원장선생님은 오늘도 내게 머리 감는 방법을 가르쳐주었어요. 학교에 가기 전에 스스로 할 수 있는 일들을 하나씩 해 두어야 한다는 것이었어요.

서랍장을 마구 뒤지고 있었어요. 내일은 체육을 하는 날인데 활동복이 아직 마르지 않아서 다른 바지를 찾아야 했어요. 앞구르기를 하는 날이라고 선생님이 꼭 바지를 입고 오라고 했거든요.

"얘가 지금 지금 뭐하는 거니? 방구석 꼴이 이게 뭐야?"

해가 지고 나서야 들어온 엄마는 방안을 난장판으로 만들어놓았다고 화부터 냈어요.

"내 바지 어디 있어?" 불퉁한 얼굴로 물었어요.

"흥, 달밤에 체조할래? 바지는 왜?" 황당하다는 얼굴로 코웃음을 쳤어요.

"내일 앞구르기 한다고 바지 입고 오라고 했어."

우리 어린이집에는 화요일마다 체육선생님이 왔어요.

"그으래? 니 네 체육선생님 남자지? 그렇지?"

서랍장 가까이로 가던 엄마는 갑자기 고개를 홱 돌리며 물었어요. 나는 고개를 끄덕였어요.

엄마는 흰색 레깅스를 꺼내주었어요. 내일 아침에 입겠다고 하며 어린이집 가방 옆에 놔두었어요. 앞구르기 연습을 해보자고 하며 지금 입으라고 했어요.

"아얏! 씨이, 살살 잡아."

엄마는 또 내 엉덩이를 꼬집듯 잡는 것이었어요. 고개를 받쳐주던 손으론 오줌 누는 그곳을 너무 세게 잡는 것이었어요.

"그래 미안해. 목 다칠까 봐 마음이 쓰여서."

엄마는 처음으로 나한테 미안하다고 했어요.

체육시간에 지나는 머리를 바닥에 댄 채 무섭다고 울어버렸어요. 엄마와 같이 싸우면서 연습을 해 두어서인지 나는 몇 번이고 잘도 앞구르기를 했어요. 선생님은 남자친구들보다 훨씬 더 잘한다고 칭찬을 많이 해주었어요.

"당근, 내가 앞구르기 왕으로 뽑혔지."

엄마가 체육시간에 잘했느냐고 물었을 때 자신 있게 자랑했어요. 나한테 이렇게 관심을 가져주니까 정말 살맛이 났어요.

"씻고 자자."

내 옷을 벗기는 것이었어요.

"나도 할 수 있어."

옷을 벗고 갈아입고 하는 일은 스스로도 할 수 있었어요.

"여기 왜 이렇지? 엇, 여기도?"

궁둥이를 보면서 엄마는 아주 작은 목소리로 놀라는 것이었어요. 가만있어 보라고 하곤 핸드폰으로 사진을 찍기도 했어요.

생각 없이 가만히 서 있다가 갑자기 이상하다는 생각이 들어서 옷을 얼른 주워 입었어요. 엄마는 픽 웃었어요.

선생님이 턱을 찡그리며 사무실로 가 보라고 했어요. 화가 단단히 난 얼굴로 원장선생님이 CCTV 화면을 바라보고 있었어요. 잘 보라고 하기 전에 내가 먼저 나를 보았어요. 앞구르기를 하는 장면이었어요. 내 턱밑으로 들어가 있는 체육선생님의 한쪽 손은 보이지 않았어요.

원장선생님이 들고 있던 핸드폰을 내 눈앞에 딱 들이댔어요. 궁둥이와 오줌 누는 데만 보였지만 알 수 있었어요. 틀림없이 엄마가 찍은 내 사진이었어요. 씩씩거리며 엄마가 일부러 꼬집었다고 말했어요. 원장선생님이 고개를 절레절레 흔들 때 엄마가 들어왔어요.

"내가 다 말했어. 엄마 정말 나빠! 우리 엄마 안 할 거야." 엄마를 노려보았어요.

내 말은 들은 척도 하지 않고 CCTV의 화면을 힐긋 보며 원장선생님한테로 바짝 다가간 엄마는 체육선생님의 그 한쪽 손을 의심하지 않을 수 없다고 했어요. 삼척동자가 봐도 알 수 있는 문제라고 하면서 어깨를 으쓱거리기까지 했어요. 삼척동자는 어떤 사람이에요? 엄마 편이라면 틀림없이 나쁜 사람일 거예요.

원장선생님은 조용히 말했어요. 이 참에 어린이집 문을 닫아버리겠다고. 얼굴이 벌게진 엄마는 더듬거리며 말했어요. 위로금을 조금만 생각하면 될 것을 굳이 그럴 필요가 있겠느냐고. 이번이 마지막이라고. 이제 영아 졸업하면 두 번 다시 만날 일도 없지 않겠느냐고.

원장선생님은 말없이 몸을 돌렸어요. 엄마는 원장선생님 팔에 매달리며 사정했어요. 위로금은 한 푼도 필요 없다고. 나를 졸업만 하게 해달라고.

몸을 천천히 다시 이쪽으로 돌린 원장선생님은 눈물범벅이 된 엄마 얼굴을 빤히 들여다보았어요.

조마조마해지는 가슴을 숨기며 원장선생님 입에 눈을 딱 붙여두고 있었어요.

"미안하다, 영아야."

원장선생님은 나를 힘껏 안아버리는 것이었어요.

"아니에요, 원장선생님. 아니에요."

나도 원장선생님을 힘껏 안아주었어요.

이제 난 어디로 갈까요?

'어린이집'을 모티프로 한 신변소설로서의 가치
-이해선의 소설 세계

유한근
(문학평론가 · 디지털서울문화예술대 교수)

　이해선* 작가의 소설을 일별할 때, 그의 작품 경향은 리얼리즘적인 박진감 있는 현장을 보여주는 세태소설이라는 점에서는 이의가 없을 것이다. 또한 그의 소설 경향이 그러하듯이 스토리텔러인 것도 자명한 사실이다. 이번 소설집 『남녀칠세부동석』에도 이런 맥락의 단편 열두 편이 수록되어 있다. 그러나 이 소설집이 이해선의 타

---

* 1992 월간문학 신인상 「실험일지」. 소설집 『몸값 800원』(달무리, 1993) 장편 『어머니의 죽음』(달무리, 1994) 『롯의 딸』(한국예술사, 1995) 『돌을 연주하는 사람』(글힘, 1999) 『돌사랑』(글힘, 2004) 『마을의 나무들은 상처가 많다』(나눔사, 2005)(출처 한국여성문인사전, 숙명여자대학교 한국어문화연구소, 2006. 11. 28., 태학사)

소설집과 변별성을 갖고 있는 점은 어린이집의 아이들과 그들의 가족, 그리고 교사들을 모티프로 삼고 있다는 점이다. 그리고 상당수의 소설들이 예닐곱 살의 어린이가 내레이터가 되어 그 아이의 시선으로 세상을 바라보고 있다는 점도 그의 기존의 소설과는 변별성을 갖는다.

그러나 이런 맥락에서 의혹점이 생길 수 있다. 그것은 아이들을 모티프로 하고 있으며, 내레이터가 아이라는 점에서 이 작품들이 소설인가 아니면 동화인가에 대한 담론이 그것이다. 하지만, 이에 대한 담론은 잠시 유보하더라도 이 소설의 성격이 사소설 혹은 신변소설인가 하는 문제는 그의 소설의 정체성 때문에 간과할 수 없는 부분이다. 꼬한 다른 국면에서 간과할 수 없는 부분은 이해선 작가가 왜 이런 모티프로 열두 편의 소설들을 한 권의 소설집으로 묶었는가에 대한 의혹 해명이다. 이 해명의 단서를 탐색하기 위해 '작가의 말'을 보자.

아동학대니 차량사고니 하는 아이들 문제를 두고 매스컴에서 떠들어댈 때마다 모든 어린이집을 색안경 끼고 노려보기 일쑤여서 도무지 삭일 수 없는 울화가 가슴에 멍울져 맺히기도 했다.

개인적인 사정을 앞세워 학기 중에 너무 쉽게 아이들 곁을 떠나는 교사를 볼 때는 기가 막히다 못해 달랠 길 없는 분노가 정수리 위까지 뻗치고는 했다.

　큰아이 보내면서 작은아이는 그냥 끼워달라고 하는 영세민 학부형이 있는가 하면 그냥 올려놓고 집에서 받는 양육수당보다 조금 더 달라고 손 벌리는 학부형도 있었다. 흙 파서 아이들 먹이고, 안전하게 모시러 다니고, 교사들 월급 주는 줄 아느냐고 하는 반감 깊은 호소도 다른 어린이집으로 옮긴다고 할까봐 차마 입 밖으로 뱉지 못했다.

　티 없는 아이들의 웃음 속엔 언제나 멋모르는 희망이 있었다. 마음의 강산이 주제 없이 흔들리고 있었을 때, 불현듯 아이들의 그 희망에 편승되어 있는 좀 괜찮은 자신을 발견했다.

이해선은 어린이집 원장으로, 자연인으로서 삶을 영위하는 소설가이다. 위의 인용문을 보더라도 그 현장의 체험을 기반으로 하여 열두 편의 단편들이 픽션화되고 있는 점을 알 수 있다. 그리고 위의 '작가의 말'에서 언급한 아동학대(「싫어, 안 갈래」), 영세민 학부형의 부당 양육수당 문제(「눈물」 등), 어린이집 교사 문제 등이 이 소설집의 모티프로 되었음은 두말할 나위 없을 것이다.

　작가의 자연인로서 삶의 체험을 픽션화한다는 것은 소설적 상상력을 위축시킬 수 있다. 그뿐만 아니라, 일본의 사소설적 특징을 가질 수 있다. 그러나 이해선은 시점의 변화와 화자의 변용을 통해서 사소설적 특징을 극복하고 다각적으로 다원적인 시선을 확보하고 있다.

사소설의 특징은 ①그 중심인물 즉, 주인공이 작가의 인격적인 면을 반영하고 있는가. ②작중의 설정된 배경이나 등장인물들이 작가의 사생활과 흡사한가. ③작품의 소재가 작가의 전기적 사실과 비슷한가. 그리고 ④그 작품 속에 작가의 인생관이나 가치관이 진솔하게 표출되어 있는가 등을 지표로 하여 그 작품이 사소설인가를 결정해야 할 것이다. 우리 모두가 알고 있는 염상섭의 「표본실의 청개구리」나 현진건의 「빈처」가 이에 해당되는 소설이라 할 수 있을 것이다.

이런 사소설과 유사한 성격의 소설이 이른바 신변소설이다. 이 소설의 특징은 작가의 신변사를 그린다든가 혹은 사회 세태의 양상들을 객관적으로 그려나가는 소설에서 찾아볼 수 있다. 사소설과 신변소설의 구별은 다소 모호하기는 하지만 소설의 시점이 일인칭 서술이나 일인칭관찰자 서술인 경우, 그리고 화자가 작가 자신일 경우는 사소설적 성향이 강한 것으로 보아도 좋을 것이다.

이 점에서 이해선의 이 소설집에 수록된 소설들은 작가의 전기적인 삶의 모습인 '어린이집'과 그 주변의 사람들이 그리고 있다는 점에서 신변소설이라 해도 좋을 것이다. 우선 이 소설집의 표제작인 「남녀칠세부동석」부터 먼저 보자. 이 소설은 '아이랜드 어린이집'에 다니는 7살짜리 사내아이의 시선으로 아이들의 성적호기심을 리얼하게 그린 소설이다.

선생님의 눈이 무서워서 그렇게 말해버렸어요. 지킬 자신은 없었어요. 이상하게도 선생님이 화를 많이 낼수록 여자의 치마 속에 무엇이 있는지 더욱 궁금해서 견딜 수가 없었어요.

어린이집 차에서 내리면 도우미 아줌마가 마중을 나왔어요. 아줌마도 여자니까 고추가 없을 것이라는 생각이 들었어요. 틀림없이 고추보다 더 소중한 무엇이 있을 것 같았어요. 냉장고에서 내게 줄 주스를 꺼낼 때 식탁 밑으로 얼른 숨었어요.

"금방 여기 있던 애가 어디 갔지?"

식탁으로 다가온 아줌마는 컵에 주스를 따르며 중얼거렸어요,

"……?"

얼굴을 바닥으로 하며 옆으로 돌려 아줌마의 치마 속을 보았어요. 허벅지만 보이고 그 위에는 어둡기만 했어요. 치마 끝을 살짝 잡고 들어 올렸어요. 입안에 고이는 침을 꿀꺽 삼켰어요. 좀 더 위로 들어 올렸어요. 식탁 천정에 손등이 툭 소리를 내며 부딪쳤어요.

"이 녀석 언제 거긴 들어갔니?"

위의 인용문을 보듯이 이 소설의 내레이터는 아이이다. 이 내레이

터의 뒤에 숨은 화자는 작가이지만, 아이들의 생각이나 느낌에 따라 시선을 따라가며 서술한다는 점과 심리를 묘사해야 한다는 점에서 신변소설적 성향을 지닌 소설이다.

어린이들에게 있어 위와 같은 상황이나 에피소드는 흔히 벌어질 수 있는 일이다. 아이들의 성적 호기심을 어떤 심리로 묘사하는가가 이 소설의 관건이 되겠지만, 이 신변소설의 기본적인 한계는 이미 정해져 있는 것으로 보아야 할 것이다. 이해선 소설가가 어린이집 원장이라는 사회적 신분이 그 한계를 결정하는 잣대이기 때문이다. 그 한계란 이 소설의 교시적 기능이다.

따라서 이 소설집에 수록된 열두 편의 단편이 똑같은 한계성을 지니고 있기 때문에 작가가 문학성을 획득하기 위해서는 러시아형식주의 창작방법이라도 차용하여 상상력을 활성화시켜야 할 것이다. 그러나 이 또한 어린이집을 모티프로 한 소설이라는 점 때문에 쉽지 않는 상태이다. 이 점을 이해선은 인식하고 소설의 읽는 재미를 유지하기 위해 「남녀칠세부동석」에서의 아동의 성적 호기심을 테마로 하고 있는 것으로 보인다. 그러나 자신이 교육전문가임을 잊지 않는다. 이 소설의 첫 부분에 이 소설의 정체성과 함께 어린이집의 원장으로서 사회적 신분을 반영하고 있기 때문이다.

"자, 우리 친구들 여기 보세요."

오늘 아침에도 선생님은 달력의 뒷면을 높이 들어 올렸어
요. 하얀 바탕에는 크게 쓴 일곱 개의 한자가 있었어요.

"남녀칠세부동석."

아이랜드 어린이집의 일곱 살 반인 나는 친구들과 함께 큰
소리로 읽었어요. 여섯 살 때부터 한자를 배워서 이 정도는
앉아서 아이스크림 먹기보다 더 쉽거든요.

"무슨 뜻이라고 했죠?"

친구들의 얼굴을 요리조리 옮겨 다니던 선생님의 눈길이
내 눈에 와서 딱 멈췄어요.

"남자와 여자는 서로 다르대요."

너무 쉬워서 바로 대답했어요.

"그래서 어떻게 해야 한다고 했어요?"

선생님은 눈꺼풀을 슬쩍 치켜들었어요.

"남자는 고추가 있는데 여자는 없대요. 아참. 그런 것이 아
니구요. 일곱 살부터는 여자와 남자가 같이 앉으면 안 된대
요."

6살 어린이부터 한자를 가르치는 어린이집의 수업광경 묘사부터
시작하면서 이 소설의 제목이 '남녀칠세부동석'임을 환기시켜준다.
위의 인용문은 이 소설의 발단부분이다. "남자는 고추가 있는데 여
자는 없대요……"라는 '나'(박노민)의 대답을 발단으로 하여 사건이 전

개된다. 부끄러움보다는 성적 호기심이 더욱 강한 아이의 심리를 보는 듯해서 강한 리얼리티를 느끼는 부분이다. 다시 말하면, 내레이터이고 이 소설의 주인공인 박노민의 성격을 드러내는 결정적인 부분이다. 이를 발단으로 여자아이 '아영'을 통해 사건이 심화되고 갈등구조를 거쳐 절정으로 끌고 간다. 그리고 급기야는 앞에 제시한 아줌마의 치마 올리기를 통해 '고추'와 '잠지'라는 언어에 대한 소설적 트릭을 시도한다. 그러나 이 소설은 아영이와 가족 간의 갈등구조 거쳐 어린이집을 모티프로 한 소설이라는 범주의 한계를 깨지 못하고 교훈적인 결말로 마치게 된다.

이와 같은 맥락의 단편이 「눈물」이다.

난데없는 매미 소리가 '아이들 어린이집' 사무실로 들어왔다.

"여도 매미가 다 있네예."

도식은 무심결에 혼잣말로 중얼거리며 소리의 주인을 찾아 창밖으로 고개를 돌렸다. 다섯 살배기와 이제 갓 세 살이 된 두 딸의 아버지인 그는 방금 전 이곳에 도착했다.

"아버님, 이 동네 환경도 그리 나쁘진 않답니다."

원장경력 십 년 차인 쉰 후반의 혜나는 여유 있는 웃음으로 받았다.

소도시에 위치한 '아이들 어린이집'은 작은 시장을 낀 주택 단지의 뒷골목에 자리 잡고 있었다. 출입문을 열기만 하면 대형버스를 제외한 각종 차량들이 시도 때도 없이 골목길을 누비고 있어서 오후만 되면 아이들의 코밑이 까매졌다. 공기청정기도 설치하고 문도 꼭꼭 닫아두고 있지만 하루에 두 번 걸레질을 할 때마다 까만 미세먼지가 묻어나왔다.

위의 「눈물」은 이해선 '작가의 말'의 한 부분을 입증하는 소설이다. 그 부분은 "큰아이 보내면서 작은아이는 그냥 끼워달라고 하는 영세민 학부형이 있는가 하면 그냥 올려놓고 집에서 받는 양육수당보다 조금 더 달라고 손 벌리는 학부형도 있"는 우리 사회 현실의 실태를 반영하고 있는 소설이다.

위의 인용문에서 보듯이 「눈물」은 두 딸의 학부형인 도식이라는 인물을 통해서 우리 사회의 부정적인 한 부분을 고발하는 소설이다. 다분히 교훈적이다. '아이들 어린이집' 사무실을 들어오면서 내뱉는 도식의 말투가 이 소설이 분위기와 전개될 줄거리를 암시하고 있다. 이 소설이 동화가 될 수 없는 이유도 여기에 있다. 이 소설의 테마가 동심의 영역에서는 제외될 수밖에 없는 이유도 여기에 있다. 그 때문에 이 소설의 시점은 작가관찰자 서술로 설정되어 있다. 아이들의 시각으로는 추악한 인간 세상을 그릴 수 없기 때문이다.

이와 관련해서 일인칭 서술로 쓰고는 있지만 작가관찰자 서술이 교차된 다른 한 편의 단편은 「하얀 숯가루」이다.

마음 붙일 데가 없었다. 갈 곳도 없었다. 교실에 남아있다가 어두워지면 무서워서 책상 밑으로 들어가 울었다.

아들은 오늘 아침에도 따귀를 얻어맞고서야 소리 내어 울며 노란 버스를 탔다. 또 손을 복부로 가져갔다. 무거운 한숨이 가슴 바닥을 휘저으며 회오리쳤다.

"경민 다른 데 보내요. 다른 데는 괜찮을 거야."

뜨엔이 옆에 다가붙으며 울먹이는 소리로 목에 힘을 잔뜩 주었다. 캄보디아 여자여서 아직 우리말이 짧기만 한데 쇠고집과 닭고집은 다 가지고 있었다. 고집대로 되지 않으면 집안일이고 나발이고 몰라라 하곤 방 안에 틀어박혀 잉잉거리기만 해서 팔짝 뛸 노릇이었다.

"뭐 또 옮겨? 애를 망치려고 아주 작정을 했어. 작정을!"

폭발하려는 목청을 누르며 둘 곳 없는 고개를 허공으로 쳐들었다. 아무것도 눈에 들어오지 않았다. 초점 없는 두 눈을 마구 희번덕거리며 아무 데나 들쑤셔댔다.

「하얀 숯가루」의 화자는 '나', 경민이 아빠, 캄보디아 여자와 결혼한 남자이다. 그리고, 어린 시절 큰 집에 양자로 들어가 상처를 받은 트라우마가 있는 남자이다.

서두 부분 "앙칼진 민숙의 목소리가 귓속에서 살아났다. 열한 살이었던 그때 난 아들이 없는 큰집에 양자로 가야 했다. 그녀는 지금 마흔다섯 동갑내기로 큰집의 외딸이었다./"네가 왜 여기로 와? 이제 너희 집은 큰집이다. 넌 이제 큰집 아들이란 말이다. 큰어머니 아시면 서운해하실라."/학교 마친 후 집으로 달려가면 어머니는 몽둥이로 겁을 주었다"의 주인공이다.

따라서, 이 소설은 현재의 이야기인 다문화가족인 '나'와 캄보디아 여인인 아내 뜨엔, 그리고 어린이집에 다녀야 하는 경민의 이야기와 과거의 이야기인 큰집의 누이 민숙과 관련된 양자 트라우마의 이야기가 지그재그식으로 구성되어 있는 소설이다.

위의 인용문은 양자로 들어간 큰아버지 집에서는 민숙의 보복적인 학대, 집에서는 친형들의 냉대로 인해 방황했던 '나(철민)'의 회상 부분과 현재의 자신의 아들인 경민의 이야기이다. 노란 버스를 타지 않으려는 아들과 어린이집을 다른 곳으로 옮기자는 뜨엔의 이야기가 다문화가족의 갈등을 예견하게 된다. 열 살 이상 나이 차가 나는 '나'와 결혼한 뜨엔이 어린이집을 옮기자고 하는 이유는 경민의 담임 선생이 경민이를 미워한다는 것 때문이었다. 그것은 경민이 다니는 어린이집의 원장이 '나'의 유년의 트라우마 당사자인 민숙의 친구이기 때문에 시누이의 권유로 그곳 어린이집으로 다니게 했지만, 이제는 시누이로부터 아들을 떼어놓기 위한 뜨엔의 항변이다. 이 소설에서의 갈등은 경민이 친엄마처럼 따르는 손위 시누이인 민숙과 뜨엔과의 첨예한 갈등 구조이다.

삼 일째 꼼짝 않고 방 안에만 있던 뜨엔이 옷가지를 주섬주섬 챙기기 시작했다. 바로 삼 일 전 내게 시간이 얼마 남지 않았다는 사실부터 그녀 앞에 털어놓았다. 집 걱정도 덜었고 경민이 교육비까지 민숙이가 통장으로 꼬박꼬박 넣어주겠다는 말까지 전했다. 우리 주변에 있지 않고 아주 먼 곳으로 떠나주겠다고 했던 그 말까지 전하면서 뜨엔의 감동을 자극했다.

"못 믿어, 경민 고모."

삼일 전 그때 뜨엔이 했던 말이었다. 그리고 오늘 이 시간까지 열심히 그녀를 설득했는데 들은 체도 하지 않았다. (중략)

이제까지는 뜨엔에게 질질 끌려다녔다. 철들면 괜찮아질 테니까, 아이에겐 엄마가 있어야 하니까, 나 하나 보고 먼 남의 나라까지 시집온 여자를 버릴 수 없으니까라는 생각에 얽매여 양부를 몇 번씩 배신하고 민숙에게 온갖 소리 다 들어가면서도 그녀 손을 들어주었다. 죽음을 앞둔 나의 마지막 소원이거니와 그 소원이 자기 배 아파 낳은 자식문제인데도 끝내 외면하는 그런 여자와는 아무 말도 섞고 싶지 않았다.

오른쪽 복부에 또 통증이 찾아왔다. 뱃가죽을 손으로 쥐어뜯으며 이를 악물었다. 며칠 전까지만 해도 바늘로 찌르더니 이젠 숫제 칼끝으로 찔러댔다.

이 인용문에서 주목해야 할 부분은 이 소설의 갈등 구조를 완화시켜주기 위한 암시의 부분이다. "경민이 교육비까지 민숙이가 통장으로 꼬박꼬박 넣어주겠다는 말"과 "오른쪽 복부에 또 통증이 찾아왔다"가 그것이다. 전자의 것은 조카인 경민을 사랑하는 고모의 마음을 나타낸 것이고, 후자의 것은 내레이터인 '나'의 간암을 암시한다. 그리고 이를 통해 이들의 갈등이 해소될 것이라는 암시까지도 예상해볼 수 있는 부분이다.

"올케 잘 있어."

뜨엔에게는 처음으로 올케라는 호칭으로 부르고 있었다. 이럴 순 없는 일이었다. 어릴 적엔 나한테 모든 것을 빼앗겼던 민숙이였다. 혼자되고 난 후 외로움이 뼈에 저려 친정집 가까운 곳으로 이사를 왔지만 양부모는 친딸인 그녀의 외로움은 안중에도 두지 않고 번번이 실패로 끝나는 내 사업 때문에 염려의 촉각을 곤두세우기만 했다. 수술비 은행빚 이런

것들까지 다 해결해준 그녀였다. (중략)

"혀엉니임!"

뜨엔은 정신없이 대문 밖으로 달려나갔다. 이어 "가지 마. 가지 마"라고 하며 울먹이는 소리가 들려왔다.

정체 모를 소름이 전신을 훑어 내렸다. 설마?

"나 또 올케 들볶아 댈 건데……"

뜨엔의 손에 이끌려 민숙은 방금 나갔던 대문 안으로 되돌아오고 있었다.

"형님 믿을 수 있다. 우리하고 같이 산다."

민숙의 손을 꼭 잡으며 뜨엔은 막 떠들어댔다.

이번에는 전신이 후끈 달아올랐다. 이어 뜨엔이 민숙과 나의 복부를 번갈아 가리키며 서툰 한국말로 무어라고 짖어대지 않아도 내게 생명을 준 사람이 누구라는 사실은 바로 알 수 있었다.

울고 있는 경민에게로 달려가는 민숙을 보며 난 고개를 떨어뜨렸다. 죽고만 싶었다. 죽도록 고마워서. 미칠 것만 같았다. 미치도록 미안해서. 재가 다 되어버린 내 가슴에선 하얀 숯가루가 풀풀 날리고 있었다.

위의 인용문은 「하얀 숯가루」의 결말이다. 모든 갈등이나 의문이 다 풀리는 데뉴망(denouement)이다. 시누이와의 갈등을 푼 뜨엔의 화해 장면이 그것이다. 그리고, "죽고만 싶었다. 죽도록 고마워서. 미칠 것만 같았다. 미치도록 미안해서"라는 이 소설의 화자인 '나' 철민의 독백이 빛을 발하는 결말이다. 갈등의 원인제공자라 생각했던 누이의 간 기증으로 살아난 자신의 삶과 아내의 갈등해소가 "죽도록 고"맙고, "미치도록 미안"한 화자의 성격창조가 돋보이기 때문이다.

그러나 마지막 문장인 "재가 다 되어버린 내 가슴에선 하얀 숯가루가 풀풀 날리고 있었다"라는 표현과 이 소설의 제목 '하얀 숯가루'는 여백을 남긴다. 그 여백을 풀어야 한다면 이럴 것이다. 검은 숯가루는 인화가 가능한 물질이다. 그러나 하얀 숯가루는 인화가 끝나 재가 된 숯가루다. 그러니까 하얀 숯가루는 갈등이 소화된 화해의 표상물이라는 것이 그것이다.

「하얀 숯가루」는 행간 속에 많은 이야기를 담고 있는 소설이다. 중·장편소설이 가능한 서사구조다. 다문화가족의 갈등문제, 가부장적 가정에서의 양자문제, 한 남자의 트라우마 문제, 아이의 양육과 관련된 어린이집 이야기 등 이들의 내러티브를 확대할 때 장편소설도 가능할 것으로 보인다. 오히려 단편으로 서사를 축소함으로 해서 소설이 개연성을 놓칠 수 있기 때문이다.

나는 작금에 발표되는 소설을 읽으면서 프랑스의 사회학자인 장 프랑수아 리오타르(Jean Francois Lyotard)가 말한 소설의 거대서사(Master Narrative)에 관심을 가지고 있다. 그것은 우리 사회로부터 외면당하고 있는 소설이 '원 소스 멀티-유스'로서의 원작 자리를 웹툰에게서 **뺏어** 올 수는 없는가를 고민(?)하고 있기 때문이다. 쉽게 말하면 발표되는 우리 소설들이 영화나 드라마의 원작이 되었으면 하는 마음 때문이다. 리오타르가 '거대서사'에 관심을 가진 것은 그것을 비판하기 위한 것이다. 이 용어의 반대 개념인 소서사(Petit Narrative)을 옹호하기 위한 포스트모던적 발상에서 비롯된 것이라 볼 수 있다. 이러한 발상은 자연스럽다. 현대작가는 『전쟁과 평화』 『누구를 위해 종은 울리나』 『닥터 지바고』 『토지』 등과 같은 거대서사적 소설을 쓰는 데 어려움이 있다. 굳이 그러한 소설을 써야 할 이유도 없기 때문이다. 우리 인간의 사소한 삶이나 행위는 모두 서사적이기 때문이다. 일상적인 삶에서 소설의 모티프를 찾아내도 족하기 때문이다. 그래서 지금은 거대서사보다는 소소한 일상 속의 소서사에 관심을 가지고 써야 한다는 것이 그의 이론이며, 오늘날 작가들의 생각일 수도 있다. 그의 이론대로 지금 우리의 소설은 소서사적이다. 그래서 서두에 언급한 사소설 혹은 신변소설이 가능해지는 것이다. 그러나 신화가 없는 시대에 신화의 욕구하는 사람들이 많아지는 것처럼 거대서사의 필요성이 요구되기도 할 것이다.

이해선의 그 출발은 어린이집 혹은 어린이의 모티프로 한 「하얀 숯가루」를 장편화함으로서 시작된다. 교시적 기능이 강하고, 세태 소설적이고, 우리가 간과할 수 없는 유아교육이 문제의 경우에도 장편소설화와 영상화에 대한 관심을 가져야 할 것이다. 그것이 우리 문제적 소설의 키워드며, 이해선 소설가의 화두가 되었으면 한다.

남녀칠세부동석